陆永建自选集

陆永建 著

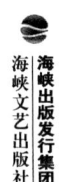
海峡出版发行集团
海峡文艺出版社

图书在版编目(CIP)数据

陆永建自选集/陆永建著. — 福州：海峡文艺出版社，2021.4
ISBN 978-7-5550-2590-0

Ⅰ.①陆… Ⅱ.①陆… Ⅲ.①中国文学－当代文学－作品综合集 Ⅳ.①I217.2

中国版本图书馆 CIP 数据核字(2021)第 052945 号

陆永建自选集

陆永建 著

责任编辑	任心宇
出版发行	海峡文艺出版社
经　　销	福建新华发行(集团)有限责任公司
社　　址	福州市东水路 76 号 14 层　　邮编　350001
发 行 部	0591－87536797
印　　刷	福州力人彩印有限公司　　邮编　350012
厂　　址	福州市晋安区新店镇健康村西庄 580 号 9 栋
开　　本	700 毫米×1000 毫米　1/16
字　　数	310 千字
印　　张	25
版　　次	2021 年 4 月第 1 版
印　　次	2021 年 4 月第 1 次印刷
书　　号	ISBN 978-7-5550-2590-0
定　　价	60.00 元

如发现印装质量问题,请寄承印厂调换

自 序

朱光潜说，人生本来就是一种较广义的艺术，每个人的生命史就是他自己的作品。近日，我对自己的作品甄选梳理、集结编撰，再一次回顾经历过的人事代谢，拾掇拥有过的情怀梦想，于清醒检视中躬身自省、在客观观照时明达思辨。

我自1985年主编《浦城公安志》开始，便养成了思考与写作的习惯，至今一晃已30多年。我边走边看边想边写，往往触景生情便纵墨铺展，有感而发则信笔随行，不限题材、不拘格式，尝试多领域交流融通，探索多元文化参照互鉴。既有书画创作，又有散文随笔、报告文学、文艺评论和电视剧文学剧本等，从往事钩沉到当代观察，从情感体悟到哲思感怀，从艺术鉴赏到文化研究……曾有人称我是"杂家"，倒有几分确切。在我看来，凡尘俗世，林林总总，无不细碎繁杂，于芜杂中辨识万象纷纭，于嘈杂里淬炼真理道义，也算"杂"得有趣味，"杂"得有意义。

我根据这些年创作的主要体裁，将本书大致分为四辑：散文、散文诗、诗词赋、文艺评论，不仅为方便读者阅读理解，也为厘清自己一路行来的轨迹图谱。

散文是写作者生活经验的生动记录和情感思想的深刻阐发，是最适合追求主体自在、表达生命自由的文体。苏东坡在流传千古的《后赤壁赋》中提到"适有孤鹤，横江东来"的情景，并由此引发对人生与艺术及生命与自然永恒关系的感悟，也深深地影响着我的思想和写作。我总以为，散文创作应该是闲散自然、平淡隽永的。收入本书的散文，是我之前出版的散文集《思想与性情》《一天中午的回忆》中的部分作品，以及后来数年积累的一些文章，皆是寻常生活的所见所闻、对普通人事的所感所悟。在跳跃的思考中，构成交叉往复的行文路线，力求达到宽敞辽阔与延伸拓展的效果。

多年前，读到庄子《逍遥游》。鲲鹏展翅，扶摇直上九万里，翼若垂天之云，这种对无限空间和自我能力的双重想象，远远超过了现代人的想象。而我们只有通过生活、通过艺术不断地认识自然、认识自我，才能抵达更宏阔、高远的境界。因此，我选择散文诗，在出差途中随手写下感怀随想，走到哪、想到哪、写到哪。这里有对天地苍茫的感喟，对历史沉浮的怀想，对人事代谢的体悟，对儿女情长的领会……它将文学与摄影、现实与想象、自然与个人相结合，讲究短小精悍，注重留白联想，从形式到内容都是一种新的尝试。后来为了与沿途拍摄的照片相辅相成、互作注释并有所延展，又对部分文字进行修改完善，并于2011年出版了摄影散文集《飞翔的痕迹》。

这本书的出版，对于我来说具有某种纪念意义，于我也是一次新的挑战。出版后，得到读者的一致好评。后来，随着事务日增，行走得少，见闻得少，这样感怀记录式的文字也就渐渐少了。多年后重新梳理，竟成为人生行旅的一段珍贵记录，于是再作删减增补，汇编进来，以慰怀想。

本书选的诗词赋，都是我十多年来陆续写的案头小品，往往即景即事提笔而就，写完即放入抽屉。荣格曾说，艺术并不是某个人的无病呻吟的产物，而是民族精神自然而然的流露；它也不仅源于单纯的直觉经验，而是来自一个无法说出的更为深邃、更为久远的人类体验。是的，诗词赋对于我来说就是如此，因此写得从容。

从2012年开始，我便不再满足于片断的随感记录，开始专注于研究并创作具有一定理论性、系统性的文艺评论。文艺评论在格局视野、逻辑思维、知识积累、理论素养等方面都有着很高的要求，对我来说是一个新的领域，也是充满激情的挑战。我自幼习书学画，青年时自研篆刻摄影，对于艺术有着近乎天然的热爱与执着，因此对于艺术规律、审美特征和美学范式，长期以来一直有着强烈的探索研究志趣。这些年来，我所创作的文艺评论涉及文学、书法、美术、篆刻，甚至铸剑、瓷器、剪纸等，不知不觉竟累计有二三十万字。2019年分别在海峡文艺出版社和福建美术出版社出版了《审美的印记》和《雄姿卓态八闽风——闽籍古代书法大家艺术风格和时代意义研究》两本评论集。收入本书的文艺评论，就是对《审美的印记》中相关文字的删减和扩充。

我很喜欢宋代诗人翁卷的《夜望》："一天秋色冷晴湾，无数峰峦远近间。闲上山来看野水，忽于水底见青山。"这也是本书要表达的文化思索、美学力道、自然状态和生命情怀，我在工作之余、闲暇时分所追求的学问、道艺、境界，无意得之，大美无言，永无止境。

本书选编的文章大多曾在各类报刊上刊登过，有些获得全国和省级奖项，有些被选入中学语文读本或教辅教材，如《福州的三坊七巷》被选入2006年高考语文模拟试卷，《后街》被选入《福建优秀文学70年精选·散文卷》，产生了一定的社会影响。这些收获和肯定，均来自师友亲朋和读者的关心支持，在此表示衷心感谢。

是为序。

2021年1月3日

目　录

第一辑　散文

武夷山咏墨
　　——谈朱熹的艺术思想　/ 3

朱熹反腐　/ 7

寻觅柳永　/ 10

孤独的李贽　/ 38

读刘伯温《苦斋记》　/ 41

叹"迎者塞路"　/ 44

一个女人的葬礼　/ 47

江淹"才尽"　/ 49

章惇：潇洒与悲歌　/ 51

浦城女人　/ 54

浦城男人　/ 57

爷爷　/ 60

福州的三坊七巷　/ 64

聆听那遥远的声音　/ 68

走进承德避暑山庄　/ 72

莫高窟之殇　/ 75

读黄山 / 78

雪山记行 / 83

华山偶遇 / 86

登方岩小记 / 88

且听风去 / 91

山那边有条河 / 96

后街 / 98

从"路索斋"到"三闲堂" / 102

诗意的栖居
　　——浅谈文化与生活 / 104

青竹广场记 / 107

闲事的分量 / 108

永恒的飞翔 / 110

百姓美食 / 114

豆 / 118

吃茶去 / 121

岩茶滋味 / 123

运动之旅 / 126

阅读的境界 / 131

生命的欢歌 / 137

漠视精确 / 141

尴尬滕王阁 / 144

淡定看"末日" / 146

"杀猪"有感 / 148

说"病" / 150

战蚊记 / 153

谣言：听说你想扮演柳永 / 155

"三坊七巷"之残 /158

第二辑　散文诗

思想　/163

天才　/165

尊严　/166

善良　/168

艺术　/170

感觉　/172

忠诚　/174

时间　/175

方言　/177

孤独　/179

文化　/181

喝酒　/183

自由　/184

未来　/186

天问　/187

宝贝　/188

知音　/189

家园　/190

逝水　/191

纯净　/192

牧歌　/193

祈福　/194

遇见　/195

故乡 / 196

岁月 / 198

对禅 / 199

朝圣 / 200

归 / 201

生与死 / 203

游于艺 / 205

远行前 / 206

在路上 / 207

白桦林 / 208

飞翔的鹰 / 209

曲高和寡 / 210

坐而论道 / 211

西藏民居 / 212

放歌草原 / 213

秋日禾木 / 215

行走沙漠 / 217

油画九寨 / 219

江南水乡 / 220

生命的诠释 / 221

人生的意义 / 222

男人和女人 / 223

信仰与法治 / 224

战争与和平 / 225

荣誉与耻辱 / 227

宏观与微观 / 229

永恒与瞬间 / 231

毁灭与拯救　/ 233

人类的敦煌　/ 235

远去的召唤　/ 237

雪域路漫漫　/ 239

神奇喀纳斯　/ 240

夕阳五彩滩　/ 241

神秘魔鬼城　/ 242

神圣布达拉宫　/ 244

高原上的经山　/ 245

泸沽湖上的等待　/ 246

圣洁的天山天池　/ 247

北京798艺术空间　/ 248

庄子钓鱼　/ 249

刘秀焚信　/ 250

心中无妓　/ 252

世界公民　/ 253

善行即天堂　/ 254

苏格拉底的苹果　/ 255

黑格尔的猫头鹰　/ 256

建巴别塔的启示　/ 257

第三辑　诗词赋

十六字令·风　/ 261

十六字令·山　/ 262

十六字令·归　/ 263

十六字令·闲　/ 264

十六字令·闲 / 265

十六字令·闲 / 266

建党百年感怀 / 267

泛舟 / 268

雨后游大金湖 / 269

登黄岗山 / 270

书法吟 / 271

浪淘沙·怀友 / 272

破阵子·怀章仔钧 / 273

建宁上坪观荷 / 274

寄友 / 275

饮酒 / 276

采桑子·游九曲溪 / 277

游闽侯十八重溪 / 278

观三十六脚湖 / 279

贺文昌市书协成立三十周年 / 280

西藏感怀 / 281

感怀 / 282

春日吟一 / 283

春日吟二 / 284

浪淘沙·过南昌 / 285

江城子·抗疫有感 / 286

西江月·夜读 / 287

清平乐·观平潭石厝 / 288

清平乐·访浦城永建村 / 289

忆爷爷 / 290

和信之先生诗 / 291

送别李宏先生 / 292

天净沙·和梁建勇先生 / 293

赠陈祖辉先生 / 294

答谢李福生先生 / 295

鹧鸪天·和谢秀桐兄 / 296

有感于潘国璋先生欧洲五国游 / 297

三闲堂赋 / 298

青竹碑林赋 / 299

青竹山庄赋 / 301

佛跳墙赋 / 303

金骏眉赋 / 304

云门赋 / 305

第四辑　文艺评论

躬行修笃志　求索著华章
　　——读叶双瑜《晴耕雨读》 / 309

绿荫下的诗意
　　——读梁建勇的诗 / 313

真诚面对广阔的社会现实
　　——评陈毅达长篇小说《海边春秋》 / 319

秦巴汉水故园情　气韵风流金州吟
　　——读陈俊哲的诗 / 327

何处楼台无月明
　　——读陈元邦散文及其他 / 332

书香墨影中的海天瞭望
　　——读沈世豪《醉美五缘湾》 / 336

乡土文化的守望
　　——读"小英阿姨看客家"丛书 / 340

历史构建下的责任担当
　　——读钟兆云《我的国籍我的血》 / 344

"琵琶语"声续续弹
　　——评徐华丽散文集《琵琶语》 / 348

纫佩秋兰抱初心
　　——谈魏德泮的歌词创作 / 351

铸就文学的新时代品格
　　——福建省第33届优秀文学作品榜暨第15届陈明玉文学榜
　　评审印象 / 355

五味酌见
　　——《碎语闲言》序 / 363

个性化写作
　　——《坛中日月长》序 / 367

浮世小悲欢　清明大世界
　　——《新月似当年》序 / 370

汲古得修绠　开怀畅远襟
　　——陈为新寿山石雕刻印象 / 374

"石帆"丛书总序 / 379

"海坛文丛"总序 / 381

附录　陆永建作品出版年表 / 385

# 第一辑 散文

武夷山咏墨

——谈朱熹的艺术思想

金秋，重游武夷山。

在朱熹纪念馆，有幅木匾，上刻"静我神"三个大字，这是朱子的亲笔题字，为该馆增添了不少书卷味，也把我带进了另一个天地。

朱熹是中国文化史上的一位巨人。他是宋代理学之集大成者，同时还是一位书法家。

宋初，继承唐末五代的书法是书坛的主流。之后，一些有个性的书家渐渐不满足于这种似是而非的古法，而直取魏晋之精髓，由此独特的古法新变、推陈出新的书风迅速盛行。朱熹的书法思想就是在这种书风中应运而生的。也正因为他学问高深渊博，所以这些因素往往融为艺术上的有益成分，自然地流溢于字里行间，使他成为一代书家，其书法与道德、理学相容。

朱子此幅书法作品所表现的书风，可见他取法晋唐，与宋代苏轼、黄庭坚、米芾等诸大家迥然不同，虽遵循欧阳询、虞世南的轨迹，继承颜真卿的遗意，但他用笔寓含蓄于矫健，秀丽中存清劲，引而不发，坚实遒劲，结字严谨，不乏典则，与朱子本人力正风教、秉性刚直、提倡居敬的立身态度相契。朱子善评诸家书法，曾说："蔡襄之前有典则，乃至米芾、黄庭坚诸人以来，便自欹放纵、世态衰下，其为人亦然。"此评是否正确暂且不论，但从中可见朱子对书艺的审美标准是重典则的。宋人自苏、黄、米、蔡之后大多讲变化，追求放纵恣肆，主张表现个性，较少典型楷则。然而，朱子却追求古雅，对"宋四大家"进行批评，曾说："书学莫盛于唐，然人各以其所长自见，而汉、魏之楷法遂废，入本朝来，名胜相传，亦不过以唐人为法，至于苏、黄、米而欹倾侧媚，狂怪怒张之势极矣。"

朱熹在书法艺术上过于注重典则，反对个性解放，这主要是由他的哲学思想和审美感受所决定的。审美感受的特点是审美对象的特点的反映，这种反映在朱熹身上主要表现为绝对精神和伦理道德观念的综合体现。

朱熹认为，理是宇宙的最高原则和最终根源，"宇宙之间一理而已"。这就是说，理是一个最高范畴，是唯一的存在和永恒循环往复的运动，是天地万物以至三纲五常的创造者。

在朱熹看来，理是个抽象概念，它创造一切是通过一个中介——"气"来完成的。"天地之间，有理有气"，"理与气，此绝是二物，但在物上看，则二物浑沦，不可分开各在一处"。朱熹提出"理一分殊"学说，即所谓"万个是一个，一个是万个"。这里含有一个和个别、一分为二的辩证法的合理成分。由此可见，"理一分殊"是朱熹哲学思想体系的骨架。这就是说，在万物万理之上，还存在一个主宰者"理一"（即太极），而"理一"又体现于万物、万理之中。

格物致知是朱熹认识论的核心。他认为"所谓致知在格物者，言欲致吾之知，在即物而穷其理也"，即认识的主体是人的心知，认识的对象是万物之理，认识的方法是格物，认识的目的是穷理，以达到伦理道德修养的最高标准。

可见，"理"是朱熹哲学思想体系的基础。理的展开，使其学说更完备，更有思辨性。

朱熹的艺术哲学思想便是由此展开的，他提出"文皆从道中流出"。

这个命题中的"道"，主要有两种含义：一是绝对精神，即"太极"和"理"；一是伦理道德观念。前者是宇宙原理，属哲学范畴；后者是道德准则，属伦理范畴。

"文皆从道中流出"告诉我们，艺术的终极根源是"道"，艺术本质上是道的"流行发见"，艺术美的最深层的意蕴、最高的模式也就是"道"。朱熹在谈到艺术的审美理想时就用"气象近道"形容艺术理想美的极致。他认为，从根本上说"文便是道"："道者文之根本，文者道之枝叶，惟其根本于道，所以发之于文皆道也。"

"文皆从道中流出"还意味着，不仅艺术的内容、本质是由"道"决定的，而且艺术的形式美也是从"道"里流出，为"理"所决定的。而"理"凭借"气""流行发见"。艺术的实际构成是"气"。如朱熹评书画为"本之精神"（即所谓"精神"，正是"气之精英为神"，"凝在里面为精，发出光彩为神"）。艺术美的实际形态也是"气"之体现。如他推崇的"英风逸韵"包含的两种风格。前者指峻健飞动的格力，属于"气"的阳刚形态，如"气力雄壮""势若飞动""才雄气刚"等都是；后者指平淡含蓄的韵趣，属于"气"的阴柔形态，如"萧散淡然"等。因此，朱熹在审视书法作品时，极力反对"放纵"，推重钟繇"平整古雅"的楷书实为达到一种理想的"和谐"，即"中庸"。总之，朱熹在谈艺术本源时，推论逻辑根源多言"文道"，分析实际问题则多言"文气"，后者往往能突破其唯心主义格局而表现为唯物主义的合理因素。

在审美感受中，朱熹把"道"看作"宇宙原理"时，这个"道"相等于柏拉图的"理式"和黑格尔的"理念"，它也是世间万物的本源，既包括伦理之道，也包括事物的规律，这个"道"是周延的。等朱熹把"道"看作"伦理之道"时，这个"道"就只是精神本体的一部分，这个"道"是不周延的，既有"载道之文"，又有"害道之文"。

在这种情况下，朱熹把宣传封建伦理道德放在压倒一切的位置，表现出理学家过分强调艺术的政治、伦理的功利目的。但这种强调并不意味着对艺术的否定，相反，在某种意义上却肯定和强调了艺术，只不过这种肯定和强调的角度不是纯艺术的。

（刊于《西山书画》1994年2月25日，《闽北日报》2001年9月12日。获全国"武夷颂"征文比赛二等奖）

朱熹反腐

初春的一天,我赴尤溪开会。在下榻的宾馆大厅正面墙上,悬挂着一幅巨大的山水画,画里有朱熹的一首诗:"半亩方塘一鉴开,天光云影共徘徊。问渠那得清如许,为有源头活水来。"朱熹1130年生于尤溪,7岁随父旅居崇安(现武夷山市),后游学天下。

史学界有评价:"东周出孔丘,南宋有朱熹。中国古文化,泰山与武夷。"朱熹到武夷山后边讲学边做学问,建构了博大精深的理学体系,将中国的传统文化推到了一个新领域,创立的考亭学派(又称闽学),达到了当时世界范围内哲学理论的最高水平。

朱熹作为一位思想家、哲学家、教育家,妇孺皆知,但懂得他还是正气凛然、奋发有为的领导者的人就为数不多了。1181年,他52岁时出任提举浙东常平茶盐公事,相当于今天的省工商局局长;61岁知福建漳州,65岁知湖南潭州。朱熹一生中从政的时间虽然不长,职位也不高,但他始终与老百姓的利益联系在一起,正官风,纾民困,育人才,做了一番实事,深受百姓爱戴。

朱熹扬名,除了他的知识力量外,还源于他6次弹劾台州知府唐仲友之举。唐仲友是宰相王淮的亲家,即唐的弟妻是王的胞妹,朱熹的提举浙东常平茶盐公事之职又是王淮推荐的。面对大义与私情,朱熹选择了前者。一场政治斗争由此展开。

朱熹出任提举浙东常平茶盐公事不久，浙江发生洪灾，他向朝廷自荐，赴灾区巡视灾情，组织抗洪救灾。

1182年7月初，朱熹到台州巡视灾情。不几天，就查出唐仲友在台州任知府两年多来的8条违法乱纪行为：一是违法收税，骚扰百姓。二是贪污官钱，偷盗公物。一次就从国库中支钱2800多贯为儿子办婚宴。三是贪赃枉法，敲诈勒索。四是培养爪牙，为非作歹。五是纵容亲属，败坏政事。在处理公事时，三个儿子以及外甥、侄儿数人跟随左右，干扰行政，公开索贿。六是仗势经商，欺行霸市。七是蓄养亡命，伪造纸币。把伪造纸币的案犯蒋辉藏在家中为自己伪造纸币。八是嫖宿娼妓，通同受贿。长期与妓女严蕊鬼混，还动用官钱为其脱籍，用国库的钱为严蕊等40多个妓女做衣服。其亲属不仅公开出入妓院，还为妓女干预讼事等。朱熹把与案情有关的蒋辉、严蕊等人捉拿归案。在掌握了大量的证据后，朱熹先后3次向朝廷递交了弹劾唐仲友的报告，对唐仲友的违法乱纪行为进行全面揭露。

朱熹见朝廷迟迟不肯发落唐仲友，估计是王淮在从中作梗。经过深思熟虑，他决定给王淮写信。他在信中告诉王淮，如果不及时把4份弹劾唐的报告呈送给孝宗皇帝，他就要进京。

在王淮的运作下，唐不但没有被追究责任，反而被提拔到江西任提刑。与此同时，朝廷通知朱熹迅速离开台州，前往婺州、衢州、明州等地巡视灾情。消息传开，成千上万的百姓纷纷涌到朱熹的住所进行挽留。当天晚上，朱熹考虑再三，又上书朝廷说，如果不惩处唐，他就不走。消息终于传到孝宗那里，王淮立即从朱熹寄来的4份弹劾报告中挑选了一份不至于使唐入狱的奏折呈给孝宗，并轻描淡写地说：朱熹和唐仲友之间纯属书生秀才之争。唐又逃过了一劫。过了半个多月，朝廷又发通知催促朱熹。朱熹到缙云县后，又写了第5份报告，指出唐仲友之所以无视法纪、贪赃枉法、荼毒百姓，完全是仗着弟媳王氏的门族高贵。他发誓如果朝廷不处置唐仲友，他就辞职。

  王淮怕事情闹大会牵连到自己，于是向孝宗奏请免去唐仲友的江西提刑职务，移交浙西提刑查办。最后，唐仲友按提前退休论处，告"老"返乡。朝廷对唐的纵容使朱熹十分气愤，于是他又递交了《按唐仲友第六状》，要求朝廷依法追究唐仲友的刑事责任，以平百姓之愤。为缓解朱、唐之间的矛盾，王淮请吏部尚书郑丙出面提名朱熹到江西任提刑。朱熹接到任职通知后，左思右想，深感不安：如果上任，岂不是让人以为我6次弹劾唐仲友为的是自己谋其位窃其权？最后，他向朝廷递交了《辞免江西提刑奏状》，带着家眷回武夷山去了。

  朱熹罢官回到武夷山后，潜心研究理学，完成了客观唯心主义的理论体系。为了纪念朱熹，武夷山脉方圆数千平方公里内有不少山水至今仍以朱熹的名字命名，如朱山、朱溪。历史上多少帝王将相为了留名而刻碑刻石、建陵建祠，但哪一座比山高、有水长？

（刊于《福建通讯》2004年第12期，《福州日报》2004年6月16日）

寻 觅 柳 永

一

金秋的周末下午,天高云淡,和风拂面。我和作家陈旭驱车去武夷山上梅乡白水村探访柳永遗迹。不料遇上修路,汽车一路颠簸,走走停停,停停走走,四五十公里的路程竟花了3个多小时。到了村口,我即到一农家问路,一位20多岁的农民兄弟得知我的来意后,执意要为我做向导,领着我们借着手电光深一脚浅一脚来到依山傍水的路边自然村。他指着跟前的五六幢房子说:"柳永曾住在这个地方,具体是哪一幢已无证可考。"眼前视野开阔,溪水潺潺,绿波荡漾。不远处,可见两棵参天大树,我们沿着田埂走到树旁,两棵罗汉松枝繁叶茂,生机勃勃。农民兄弟自豪地说:"去年曾有人出资20万元想买树,因为是柳永当年亲手种的,也是柳氏家族的唯一物证,所以我们不肯卖。"村主任告诉我,自然村有72户人家,没有一人姓柳,听村里的老人家说,当年柳永三兄弟考上进士后,都在外地当官。

夜幕降临,从农户的门窗射出的光线里,我仿佛感到柳永当年挑灯夜读的情景。柳永10岁那年,父亲柳宜病逝,母子俩在京城无依无靠,为了生计,母子在叔叔柳宷的陪同下从汴京(今开封市)到崇安县五夫里(今武夷山市上梅乡)投靠祖母虞氏。虞氏系柳永的祖父的继室,与柳永没有血缘关系,生活中不免会少些亲情。柳永母子俩在武夷山过着农耕生活。柳永一边向村姑学习制茶,一边在祖母和母亲的督导下学习文化,日渐成长。12岁时,胸怀大志的柳永写下了《劝学文》:

> 父母养其子而不教,是不爱其子也。虽教而不严,是亦不爱其子也。父母教而不学,是子不爱其身也。虽学而不勤,是亦不爱其身也。是故,养子必教,教则必严,严则必勤,勤则必成。学,则庶人之子为公卿;不学,则公卿之子为庶人。

柳永出身名门望族。家族人才辈出,进士满门,四代出了14位进士,祖父柳崇以博学鸿儒著称,父亲柳宜官至工部侍郎。父辈七兄弟都在中央机关任职。柳永自幼聪慧,见多识广,他生于山东,后来随父亲的职务调整而迁居湖南和京城。在"修身,齐家,治国,平天下"的儒家思想影响下,柳永勤奋好学,每天晚上都在烛光下苦读到深夜,被传为佳话。为了纪念柳永和鼓励后人,乡亲们把柳宅后门的两座无名山命名为蜡烛山和笔架山。

柳永写有一首《中峰寺》:

> 攀萝蹑石路崔嵬,千万峰中梵室开。
> 僧向半天为世界,眼看平地起风雷。
> 猿偷晓果升松去,竹逗清流入槛来。
> 旬月经游殊不厌,欲归回首更迟回。

我慕名走了40多里山路,来到上梅乡的寂历山上,寻找始建于唐初的中峰寺。尽管岁月的尘沙已经吞食了这里的一切,当年规模宏大、占地万顷的寺庙,现已荡然无存,但是我从1998年由村民自发在遗址上修建的小佛堂以及从小佛堂到寺尾村 5 里路的距离中，推断当年中峰寺的非凡气派。难怪 100 多年后，朱熹把父亲朱松的墓地选在中峰寺的后山上。我站在朱松的墓旁，遐想景福元年（892）"里中有虎患，众捕之，师骑虎出迎"的情景。禅师骑虎出迎的神话故事，风景如画的寂历山，嬉戏的猿猴，娟秀的翠筱，深深地吸引了风流倜傥的柳永，这里的一草一木让他陶醉忘怀，以致流连旬月还依依不回。

此时的柳永情窦初开，帅气十足。15 岁时，年迈多病的祖母希望孙子早日成婚，在母亲的主持下，选了一个良辰吉日为柳永办了婚事。在爱情的催化下，柳永的词才也小荷露尖角，词人的才情初露锋芒。他广收博采，吸收养分，把民间流行的《眉峰碧》"蹙破眉峰碧，纤手还重执。镇日相看未足时，忍便使，鸳鸯只。薄暮投村驿，风雨愁通夕。窗外芭蕉窗里人，分明叶上心头滴"书写在墙上，反复推敲，认真思考。把流行民谣《武夷情歌》"一想郎，日落山，奴家想郎也艰难。三年一去无音信，十载倚门望眼穿……十想郎，天大亮，梦醒奴家愁断肠。懒穿绫罗懒施粉，青丝杂乱待郎还"熟记于心，边唱边研究其韵律。柳永从武夷山的乡土文艺以及旅居武夷山的江淹、李商隐、徐凝等的诗词作品中，悟出了诗词创作的玄机，找到了灵感。在丹山碧水美丽的自然景观催动下，他一气呵成了五首《巫山一段云》：

　　六六真游洞，三三物外天。九班麟稳破非烟。何处按云轩。
　　昨夜麻姑陪宴，又话蓬莱清浅。几回山脚弄云涛，仿佛见金鳌。
（其一）

　　琪树罗三殿，金龙抱九关。上清真籍总群仙，朝拜五云间。
　　昨夜紫微诏下，急唤天书使者。令赍瑶检降彤霞，重到汉皇家。
（其二）

清旦朝金母，斜阳醉玉龟。天风摇曳六铢衣，鹤背觉孤危。

贪看海蟾狂戏，不道九关齐闭。相将何处寄良宵，还去访三茅。

（其三）

阆苑年华永，嬉游别是情。人间三度见河清，一番碧桃成。

金母忍将轻摘，留宴鳌峰真客。红狓闲卧吠斜阳，方朔敢偷尝。

（其四）

萧氏贤夫妇，茅家好弟兄。羽轮飙驾赴层城，高会尽仙卿。

一曲云谣为寿，倒尽金壶碧酒。醺酣争撼白榆花，踏碎九光霞。

（其五）

《巫山一段云》是柳永作词的处女作，从此一发不可收拾。他的创作源泉源于北宋王朝尊崇道教，是武夷山大王、玉女的神话故事开启了柳永描写神仙生活、创作游仙词的思想阀门，也反映了柳永崇尚自然、向往自由的人生追求。柳永在武夷山学有所成后，准备赴京城应试。

二

母亲和妻子为柳永打点好行囊后，妻子拉着柳永的手，难舍难分。面对妻子的缠绵和伤情，柳永看在眼里，痛在心头。感受了这情深意切、凄惨哀伤的离别情景后，词人立刻把这种寸肠万绪升华为艺术的冲动。怀着对未来的憧憬，柳永踌躇满志地骑上马背，踏上晨曦，一首《鹊桥仙》涌上心头：

届征途,携书剑,迢迢匹马东去。惨离怀,嗟少年易分难聚。佳人方恁缱绻,便忍分鸳侣。当媚景,算密意幽欢,尽成轻负。

此际寸肠万绪。惨愁颜,断魂无语。和泪眼,片时几番回顾。伤心脉脉谁诉,但黯然凝伫。暮烟寒雨,望秦楼何处。

一心追求功名又重情善感的柳永日夜兼程地赶到京城,按照北宋科举制度中进士考试的科目规定,昼夜埋头苦学,对诗、赋、词和《论语》《春秋》《礼记》等应试科目进行了认真的复习,信心十足地参加应试。结果,天资聪慧的柳永在激烈的科考竞争中落榜了。第一次参加科考就被淘汰,这是才高气盛的柳永所不曾料及的。柳永丝毫没有心理上的准备,他认为这不是自己的失误,而是时代失去了一位天才。狂傲、自负的柳永把十多年来苦读圣贤书的磨砺化为怨恨和悲恸,牢骚满腹地脱口而出一首《鹤冲天》:

黄金榜上,偶失龙头望。明代暂遗贤,如何向。未遂风云便,争不恣狂荡。何须论得丧,才子词人,自是白衣卿相。

烟花巷陌,依约丹青屏障。幸有意中人,堪寻访。且恁偎红翠,风流事,平生畅。青春都一饷,忍把浮名,换了浅斟低唱。

柳永以不甘屈辱的意志,向封建制度发出了自己的人生宣言:"忍把浮名,换了浅斟低唱。"仁宗得知后说:"此人任从风前月下浅斟低唱,岂可令仕宦。"柳永则以放浪形骸的方式进行反抗,打着"奉旨填词柳三变"的旗子,选择了歌楼妓院,朝夕与著名歌伎为伴,开始了他的通俗文艺创作生涯。那首《集贤宾》里他这样描述:

小楼深巷狂游遍,罗绮成丛。就中堪人属意,最是虫虫。有画难描雅态，无花可比芳容。几回饮散良宵永，鸳衾暖，凤枕香浓。算得人间天上，惟有两心同。

近来云雨忽西东，诮恼损情悰。纵然偷期暗会，长是匆匆。争似和鸣偕老，免教敛翠啼红。眼前时，暂疏欢宴；盟言在，更莫忡忡。待作真个宅院，方信有初终。

柳永在京城歌楼妓院的红粉知己中，最钟情"虫虫"，她的芳容，令柳永怦然心跳，与虫虫共度良宵，那是平生的第一快事。词人与虫虫"算得人间天上，惟有两心同"，爱得如痴如醉，死去活来，愿与她"在天愿作比翼鸟，在地愿为连理枝"。但虫虫毕竟是虫虫，对柳永的誓言，她愁眉紧锁，无语泪流。一个浪萍风梗，一个沦落风尘，他们的爱情终将是一场虚幻的梦。

柳永在这个虚幻的情感世界里，过着花天酒地的潇洒日子。滋润的时光一晃就是三四年。一天，他在歌楼徘徊时，遇见旧情人，他顿时喜上眉梢、心潮澎湃，情感的跌宕起伏，聚与散、喜与悲、爱与恨、浮名与情爱顿时交织在一起。柳永在《殢人娇》中把这种心理表述得淋漓尽致：

当日相逢，便有怜才深意。歌宴罢，偶同鸳被。别来光景，看看经岁。昨夜里，方把旧欢重继。

晓月将沉，征骖已鞴。愁肠乱，又还分袂。良辰好景，恨浮名牵系。无分得，与你恣情浓睡。

一对萍水相逢、一见钟情的青年，一年后邂逅重逢，重温旧情。短暂的欢聚，转眼晓月西沉，天色明亮，彼此又将分离。这时的柳永思绪纷乱，愁肠百结，感叹说：人生如萍踪鸿影，无法摆脱"浮名"，更无法把握自己的命运。无奈之下，柳永只好重新拿起课本，继续读书，追求功名。

在一次与"人人"相聚时，词人进一步流露出了对考取功名的态度和决心。他在《长寿乐》中说：

尤红殢翠，近日来陡把狂心牵系。罗绮丛中，笙歌筵上，有个人人可意。解严妆巧笑，取次言谈成娇媚。知几度、密约秦楼尽醉，仍携手，眷恋香衾绣被。

情渐美，算好把夕雨朝云相继。便是仙禁春深，御炉香袅，临轩亲试。对天颜咫尺，定然魁甲登高第。待恁时，等著回来贺喜，好生地，剩与我儿利市。

词人与这位"可意"的姑娘"人人"沉醉在"情渐美，算好把夕雨朝云相继"的温柔乡中时，竟觉得像是"仙禁春深，御炉香袅，临轩亲试"，流露出向往功名的心愿和"定然"考取、接受皇帝殿前召见的决心。

试想，一个整天泡在歌楼舞厅、美女堆里，眷恋世俗享乐生活，醉生梦死、天天过年的词人，尽管才高八斗，但是没有"苦其心志，劳其筋骨，饿其体肤，空乏其身"的磨砺，怎能"登高第"？结果，柳永又连连在考场中名落孙山。

经过多次落榜打击后，柳永的狂傲和自负心态开始收敛，他思前想后，决定放弃歌楼舞厅的生活，到武夷山看望妻子和年幼的儿子柳涚，继续攻读，再回京城应考。

三

这天晚上，柳永辗转反侧，不能入眠，他起床站在窗前，凝望着眼前一片凄清的秋色，顿时，家乡、亲人、落榜、凄伤的复杂心理一并涌上心头，立即取出笔墨，铺好宣纸，一气呵成写下了著名的《八声甘州》：

> 对潇潇，暮雨洒江天，一番洗清秋。渐霜风凄紧，关河冷落，残照当楼。是处红衰翠减，苒苒物华休。惟有长江水，无语东流。
> 不忍登高临远，望故乡渺邈，归思难收。叹年来踪迹，何事苦淹留。想佳人，妆楼颙望，误几回，天际识归舟。争知我，倚阑干处，正恁凝愁。

词人面对黄昏时大雨"洗"出的清秋，凄凉萧瑟，以孤寂的情怀，表达自己念远、思乡、怀人的羁旅情思，写得苍茫、寂寥、深沉，而又凄伤、婉转、细腻。苏东坡评价说："人皆言柳耆卿词俗，非也。如《八声甘州》的'霜风凄紧，关河冷落，残照当楼'，此语与诗句不减唐人高处。"

柳永从开封出发，经过一个多月的艰难跋涉，走到了他曾经生活过的湖南潇湘，他站在潇江和湘江的汇流处，触景生情，百感交集，一首《玉蝴蝶》走不出感情的缠绕：

> 望处雨收云断，凭阑悄悄，目送秋光。晚景萧疏，堪动宋玉悲凉。水风轻，苹花渐老；月露冷，梧叶飘黄。遣情伤，故人何在，烟水茫茫。

难忘文期酒会，几孤风月，屡变星霜。海阔山遥，未知何处是潇湘。念双燕，难凭远信；指暮天，空识归航。黯相望。断鸿声里，立尽斜阳。

柳永凭栏远眺，目力所及，尽是"雨收云断"的寥廓秋光，忧伤、黯淡。当年宋玉的悲秋，蕴含着深深的社会与身世的悲慨，柳永对此有着共识。柳永的悲秋念远，隐含着词人对生命、前程、情感的伤怀与悲慨。此前，柳永都是以美女为寄托，以"坎廪兮贫士失志而不平，寥落兮羁旅而无友生"所写的悲哀，在柳词中是第一次出现。这也是中国式悲秋的传统，这个传统源于战国的宋玉，他因为草木的摇落，想到生命的短暂，想到自己的才华不能实现，想到国家的兴与亡。面对浩瀚的宇宙、渺小的自己，柳永发出了悲凉慷慨之声。

柳永终于回到了阔别已久的武夷山，与母亲和妻儿团圆。

柳永的妻子娇美温柔，知书达礼，是个贤妻良母。婚后的一段时间，小两口相濡以沫，爱得如痴如醉。祖母和母亲看在眼里，喜在心头，都希望能早日抱上宝宝。结果事与愿违，一年过去了，不见动静，两年、三年仍然没有动静，生性胆小怯弱的妻子遭到了来自各方面的压力和冷落。在柳永奔波考试的20多年里，她都是独自一人在空房里受尽煎熬。直到祖母去世，柳永回武夷山奔丧时，才有"喜"，这一年柳永已41岁。想到这一幕幕酸甜苦辣的情景，夫妻双双深夜不寐，絮语绵绵。在亲情、爱情、乡情、友情的触动下，一切酸楚的往事顿时一一悄然融解。柳永立刻把这种幸福心情化为词作，一首描述家乡自然风光和欢乐心情的《女冠子》脱口吟出：

淡烟飘薄，莺花谢，清和院落。树阴翠，密叶成幄。麦秋霁景，夏云忽变奇峰，倚寥廓。波暖银塘，涨新萍绿鱼跃。想端忧多暇，陈王是日，嫩苔生阁。

正铄石天高，流金昼永，楚榭光风转蕙。披襟处，波翻翠幕。以文会友，沉李浮瓜忍轻诺。别馆清闲，避炎蒸，岂须河朔。但尊前随分，雅歌艳舞，尽成欢乐。

词人对柳宅的房前屋后、地面天空、近景远景、大景小景、浓景淡景等进行了细致的描绘，把上梅乡路边自然村洋溢着欢愉和旺盛生机的初夏景致呈现在我们面前。而此前，柳永作羁旅词，多与男女情爱有关，写得缠绵，有阴柔之美。这是一首独具阳刚之气的羁旅词，也许是亲情所致吧。

柳永在家"闭关"攻读诗书数月后，已熟练掌握考纲要求的内容，在一个"骤雨新霁，荡原野，清如洗。断霞散彩，残阳倒影，天外云峰，数朵相倚。露荷烟芰满池塘，见次第，几番红翠"（《玉山枕》）的日子里，他起身告别了母亲和妻儿，充满信心地奔赴考场。

四

柳永告别了妻儿，满怀理想和抱负地离开了武夷山。经过一个多星期的艰难跋涉，来到了浙江金华郊县。

清爽的天空，秋风中飘着细雨，带来几许凉意。柳永拖着疲惫的身体，一步一歇地朝山顶上的凉亭走去。凭栏远眺，脚下的孤山、凉亭、水中的沙洲，浅淡的长虹和"雄风"一一映入眼帘。这种"清秋"情形加上背井离乡的孤独，令柳永惆怅万分，乱人心绪的蝉噪，更让他心烦，近十天来的所见所闻所思所想和眼前的情景相互碰撞，勾起了词人的创作欲望。词人静静地伫立着，沉思着，悲伤着，在情感的冲突中，一曲《竹马子》随着秋风飘向远方：

登孤垒荒凉，危亭旷望，静临烟渚。对雌霓挂雨，雄风拂槛，微收烦暑。渐觉一叶惊秋，残蝉噪晚，素商时序。览景想前欢，指神京，非雾非烟深处。

　　向此成追感，新愁易积，故人难聚。凭高尽日凝伫，赢得消魂无语。极目霁霭霏微，暝鸦零乱，萧索江城暮。南楼画角，又送残阳去。

　　柳永遥想不久将考中进士并和好友欢聚的情景，既欢喜又感到遥远，可望而不可即。30多年来，不知道参加了多少次进士考试，结果都以落榜告终，这种生活经历使柳永对羁旅行役、对离别相聚有着很深的感慨。于是悲秋的精神状态和对故乡的思念是他的词作情感主线之一。

　　秋风把词人送到了京城。容不得柳永有半丁点儿休整，即投入了紧张的考前总复习和最后冲刺。1034年，柳永终于考上了进士，这年他已是50岁的老人了，可谓"及第已老"，其次兄柳三接也同榜登第，双喜临门。

　　在即将赴睦州（今浙江建德市）任推官之时，文艺界100多位朋友在京城搭帐设宴为柳永饯行。面对前来送行的情人，想到眼下的离别，哪里有心情饮酒？正在难舍难分之际，艄公又催促柳永上船。乘船的"留恋"，划船的"催发"，这一对矛盾将热恋中的情人推到了不想离别但又不得不离别的最后时刻。两双手紧紧地握在一起，泪眼蒙眬中，纵有千言万语也无法开口，只能无言相对，泪眼相看。词人用滚烫的心、澎湃的热血喷射出《雨霖铃》这首天籁之曲：

　　寒蝉凄切，对长亭晚，骤雨初歇。都门帐饮无绪，留恋处，兰舟催发。执手相看泪眼，竟无语凝噎。念去去千里烟波，暮霭沉沉楚天阔。

多情自古伤离别，更那堪冷落清秋节。今宵酒醒何处？杨柳岸，晓风残月。此去经年，应是良辰好景虚设。便纵有千种风情，更与何人说。

《雨霖铃》把柳永的慢词创作推到了前所未有的历史巅峰，这首词在宋元时期得到了广泛流传，被后人评为"宋金十大名曲"之一。

柳永在江河里漂泊了十多天后，在一个黄昏时候，船停靠在长江的南岸。当柳永站在孤城的城楼上看着江中漂泊不定的小船时，顿感苍凉与失落，对自己的前程感到未卜和担忧，对眼前这种"游宦"生活感到无奈。新官尚未上任的柳永，在精神上没有一点儿的欣慰，唯有苦涩。词人把这种心情写在《迷神引》里：

一叶扁舟轻帆卷，暂泊楚江南岸。孤城暮角，引胡笳怨。水茫茫，平沙雁，旋惊散。烟敛寒林簇，画屏展。天际遥山小，黛眉浅。

旧赏轻抛，到此成游宦。觉客程劳，年光晚。异乡风物，忍萧索，当愁眼。帝城赊，秦楼阻，旅魂乱。芳草连空阔，残照满。佳人无消息，断云远。

柳永出身仕宦之家，从小受到"学而优则仕"的影响，到睦州任职后，他勤于政事，努力工作，关注民生，得到了百姓的拥戴和朝廷的肯定，不久就被提拔到余杭县当县令。在余杭任职期间，他更是勤奋工作，发展生产，在他的努力下，百姓的生活水平有了较大的提高。500多年后，清嘉庆《余杭县志》记载："柳永为人风雅不羁，抚民清静，安于无事，百姓爱之。"

词人不仅热爱睦州和余杭的黎民百姓，也热爱那里的山山水水一草一木。他说："桐江好，烟漠漠。波似染，山如削。绕严陵滩畔，鹭飞鱼跃。"（《满江红》）至于朝廷把自己从推官提拔到县令，柳永并没有感到喜悦，他认为县令这一级职务不能满足他远大的志向，是大材小用。为了生计，又不得不接受"游宦"这个远离家乡孤独艰辛的差事，对这种生活，柳永感到无奈和厌倦。他在《满江红》里说："游宦区区成底事，平生况有云泉约。归去来，一曲仲宣吟，从军乐。"柳永认为这种"游宦"生涯终究将一事无成，不如像当年严子陵那样，在美丽的桐江旁找一个地方归隐。

在"归去来"的渴望中，命运又跟他开了一个玩笑，不久，朝廷把他调到离京城更远、条件更艰苦的地方去工作。

五

柳永接到调令后，百思不得其解，在余杭干得好好的，政绩突出，百姓称赞，怎么突然又调到昌国州（今浙江定海）任晓峰盐场监官呢？恰好这时，他听说宰相吕夷简在颍州（今安徽阜阳）一带视察，由是，他借上任之名，绕道颍州去拜见吕，希望能得到吕的关心帮助。此时，正逢三月初三的春游活动，柳永陪着吕夷简参加了每年一度的传统节日。在颍州的两三天里，他把吕夷简参加的春游活动写成一首词——《如鱼水》：

轻霭浮空，乱峰倒影，澉滟十里银塘。绕岸垂杨，红楼朱阁相望。芰荷香，双双戏，鸂鶒鸳鸯。乍雨过，兰芷汀洲，望中依约似潇湘。

风淡淡，水茫茫，动一片晴光。画舫相将，盈盈红粉清商。紫薇郎，修禊饮，且乐仙乡。更归去，遍历鳌坡凤沼，此景也难忘。

吕看完《如鱼水》后，对柳永说："词句俱佳，今日此景难忘啊。你到晓峰盐场任职，多一份经历，能丰富自己的精神世界，对诗词创作有帮助，好好干吧。"

辞别了宰相，词人抱着对未来美好的憧憬，日夜兼程地赶到定海。他深入盐场，深入盐民，深入民心，权为民所用，利为民所谋，情为民所系。不久，柳永用诗的形式，把盐民的生活、工作和情感记在《煮海歌》里：

煮海之民何所营，妇无蚕织夫无耕。
衣食之源太寥落，牢盆煮就汝输征。
年年春夏潮盈浦，潮退刮泥成岛屿。
风干日曝咸味聚，始灌潮波增成卤。
卤浓盐淡未得闲，采樵深入无穷山。
豹踪虎迹不敢避，朝阳出去夕阳还。
船载肩擎未遑歇，投入巨灶炎炎热。
晨烧暮烁堆积高，才得波涛变成雪。
自从潴卤至飞霜，无非假货充猴粮。
秤入关中充微值，一缗往往十缗偿。
周而复始无休息，官租未了私租逼。
驱妻逐子课工程，虽做人形俱菜色。
煮海之民何苦辛，安得母富子不贫。
本朝一物不失所，愿广皇仁到海滨。
甲兵净洗征输辍，君有余财罢盐铁。
太平相业何惟盐，化作夏商周时节。

从《煮海歌》这首诗可以看出，柳永并非只是一个空负才情的专业词人，而是体察民情、关心百姓疾苦、想干一番大事业的士大夫。但是，在这个封建伦理空前强化的时代，在严尊宗法礼仪规范的宋王朝，在仁宗皇帝"留意儒雅"，晏殊讥讽柳词"俗词艳曲"的大背景下，柳永直率、坦露的性格和不掩饰个人情感的诗词作品，注定了他的悲剧一生。

两年过去了，百姓的生活仍然没有得到明显改善，柳永感到前景一片渺茫。一天傍晚，骤雨刚过的郊外天暗风凉，萧条冷落，词人驻足长堤，纵目远望，看着熙熙攘攘步履匆匆追名逐利的人群，自言自语地说："悲也！"当他联想到自己羁旅生涯中的孤寂与痛苦时，又发出了一连串的悲叹。柳永用一首《定风波》把这种悲情表达得淋漓尽致：

伫立长堤，淡荡晚风起，骤雨歇。极目萧疏，塞柳万株，掩映箭波千里。走舟车向此，人人奔名竞利。念荡子，终日驱驱，争觉乡关转迢递。

何意？绣阁轻抛，锦字难逢，等闲度岁。奈泛泛旅迹，厌厌病绪，迩来谙尽，宦游滋味。此情怀，纵写香笺，凭谁与寄。算孟光，争得知我，继日添憔悴。

词人认为自己"终日驱驱"，在外奔走，舟车劳累，离家乡愈来愈远。这是第一悲。

"绣阁轻抛，锦字难逢，等闲度岁。"没想到自己为了点儿蜗角功名和蝇头微利，竟付出了抛妻别子、背井离乡、虚度光阴的沉重代价。这是第二悲。

无奈受尽羁旅漂泊之苦，尝够辗转宦游之辛，却无法摆脱名利的束缚。这是第三悲。

"此情怀,纵写香笺,凭谁与寄。"自己的种种情怀,纵然写在"香笺"上,又能寄给谁呢?内心的孤独和痛苦,却没有一个人能够倾诉。这是第四悲。

"算孟光,争得知我,继日添憔悴。"就算有孟光这样的贤妻,也未必理解我内心的苦衷。这是第五悲。

柳永一步紧逼一步,一层更深一层,写尽了自己仕宦之途的矛盾心理和悲剧命运。

晓峰盐场,依山面海,是个穷乡僻壤、人烟稀少、贫穷落后的小渔村,柳永在这里与数百名渔民打交道,整天无所事事。由是,思念家乡、追怀往事、眷恋佳人、期冀未来,以及孤独无奈、飘零感伤等复杂心情与日俱增。

柳永以词为寄托,在《留客住》中,描绘盐场的风情和自己丰富复杂、充满矛盾的内心世界:

> 偶登眺,凭小阑。艳阳时节,乍晴天气,是处闲花芳草。遥山万叠云散,涨海千里,潮平波浩渺。烟村院落,是谁家绿树,数声啼鸟。
>
> 旅情悄,远信沉沉,离魂杳杳。对景伤怀,度日无言谁表。惆怅旧欢何处,后约难凭,看看春又老。盈盈泪眼,望仙乡,隐隐断霞残照。

面对"闲花芳草"的远山、"潮平波浩渺"的大海、炊烟四起的村舍、绿丛中的小鸟等构成的美丽画卷,词人心情沉重。"远信沉沉",亲人杳无音信,春去春来,青春不再,"度日无言谁表","对景"岂能不"伤怀"?最后,是"盈盈泪眼,望仙乡,隐隐断霞残照",透出了无限的迷惘和哀伤。

如果是现在，我相信柳永早就辞职下海，成立一家中国最牛的文化传媒有限公司，自己当老板了，而且知名度、影响力和收入绝对可以与张艺谋、赵本山媲美。但是，在封建社会，在重农轻商、经济单元的封建社会，柳永别无选择，只有这条"独木桥"。

无奈的柳永开始思考人生问题：短暂的一生应该怎样度过？他说："似此光阴催逼，念浮生，不满百。虽照人轩冕，润屋珠金，于身何益。一种劳心力，图利禄，殆非长策。除是恁，点检笙歌，访寻罗绮消得。"（《尾犯》）

柳永对读书人的最高追求目标："照人轩冕"和"润屋珠金"，提出了"于身何益"的反诘，此中，包含了柳永深深的自我反思、反省。这时的词人几经仕途挫折，心力交瘁，他清醒地认识到"图利禄，殆非长策"。那么"长策"何在？柳永回答："除是恁，点检笙歌，访寻罗绮消得。"词人把追求名利与享乐人生相比较，认为后者更有意义。

六

人的痛苦来自无法改变的命运，人的快乐来自适应命运的安排。自古以来，中国的文人始终难以置身体制之外。渐渐步入晚年的柳永，多年来一直在争取仕途上的发展，结果总是不尽如人意。过了两年，柳永被调到甘肃灵台当县令。灵台的自然条件比定海更差，离家也更远。这次调动让柳永更是感到失望，渴望改变命运的焦虑时时困扰着他。

宋代官制，文臣分京朝官与选人两类。选人是指地方初级官员，分七级，提拔称"循资"，各级的地方官员要通过政绩考核且有足够的上级领导推荐，才能"磨勘"选调为京朝官。柳永长期在地方任职，属"久困选调"，为选调和早日进京任职，词人作了许多努力。庆历三年（1043）春，柳永专程到苏州拜访太守吕溱，并为之作了一首《木兰花漫》：

> 古繁华茂苑，是当日，帝王州。咏人物鲜明，土风细腻，曾美诗流。寻幽，近香径处，聚莲娃钓叟簇汀洲。晴景吴波练静，万家绿水朱楼。
>
> 凝旒，乃眷东南，思共理、命贤侯。继梦得文章，乐天惠爱，布政优优。鳌头，况虚位久，遇名都胜景阻淹留。赢得兰堂酝酒，画船携妓欢游。

柳永称赞吕溱有刘禹锡、白居易的诗才和仁爱，施政宽和，风流儒雅，对太守的德才和政绩给予了很高颂扬。不幸的是，吕溱因"躬勤政事，为两浙第一"，积劳成疾，到任不久即辞世西归。柳永的一番苦心付之东流，而不经意间留下的"晴景吴波练静，万家绿水朱楼"，却成为古人赞美苏州景观的绝句。

第二年春，柳永去益州拜会太守蒋堂，写了一首《一寸金》歌颂蒋堂的丰功伟绩：

> 井络天开，剑岭云横控西夏。地胜异，锦里风流，蚕市繁华，簇簇歌台舞榭。雅俗多游赏，轻裘俊，靓妆艳冶。当春昼，摸石江边，浣花溪畔景如画。
>
> 梦应三刀，桥名万里，中和政多暇。仗汉节，揽辔澄清，高掩武侯勋业，文翁风化。台鼎须贤久，方镇静，又思命驾。空遗爱，两蜀三川，异日成嘉话。

柳永说蒋堂在益州主政期间的功绩，比诸葛亮治蜀时的功勋和文翁在蜀改革教育的政绩还要大得多，还说，凭蒋堂的能力水平可以承担朝廷中更重要的职务，将来必定在百姓中被传为佳话。

不久，词人来到杭州，为老朋友孙沔知府作词，并请名妓楚楚到孙府演唱。《瑞鹧鸪》写道：

吴会风流，人烟好，高下水际山头。瑶台绛阙，依约蓬丘。万井千闾富庶，雄压十三州。触处青蛾画舸，红粉朱楼。

方面委元侯。致讼简时丰，继日欢游。襦温袴，已扇民讴。旦暮锋车命驾，重整济川舟。当恁时，沙堤路稳，归去难留。

词的大意是：杭州美丽、兴盛，人杰地灵，地饶人富，"雄压十三州"，是江南的政治、经济、文化中心。"襦温袴，已扇民讴"，孙沔治郡有方，为政清廉，使民生安泰康阜，赢得百姓的讴歌。

《早梅芳》写道：

海霞红，山烟翠，故都风景繁华地。谯门画戟，下临万井，金碧楼台相倚。芰荷浦溆，杨柳汀洲，映虹桥倒影。兰舟飞棹，游人聚散，一片湖光里。

汉元侯，自从破虏征蛮，峻陟枢庭贵。筹帷厌久，盛年昼锦，归来吾乡我里。铃斋少讼，宴馆多欢，未周星，便恐皇家，图任勋贤，又作登庸计。

孙沔听完演唱后，称赞柳永词具有"隆宋气象"。后人称柳永描写杭州的美景，仿佛词中的《清明上河图》，具有极高的审美价值。

柳永通过不懈努力，在太守等的帮助推荐下，于庆历四年（1044），终于被提拔进京，任著作郎。为了纪念仕途上的重要转变，词人把自己的名字柳三变改名为柳永。

七

一天中午，柳永听说著名歌伎香香因病去世，这突如其来的噩耗，让柳永哀痛欲绝。一个年轻美丽的生命消逝了，世间如此之大，却没有她的栖身之地，柳永的哭泣、呼唤，怎能留住香香匆匆离去的脚步？一首《秋蕊香引》记述了柳永的心绪：

> 留不得。光阴催促，奈芳兰歇，好花谢，惟顷刻。彩云易散琉璃脆，验前事端的。
>
> 风月夜，几处前踪旧迹，忍思忆。这回望断，永作终天隔。向仙岛，归冥路，两无消息。

上片叹光阴无情，它催促着一个美好的生命走向另一个世界，芬芳的兰草瞬间消歇了，美丽的花朵顷刻间凋谢了。下片讲述词人回忆往事，无数的风清月明之夜，留下多少相偎相伴的身影，留下多少幸福欢快的歌声。"忍思忆"——真不忍再追忆下去了！"这回望断，永作终天隔。"词人从回忆中挣扎出来，终于清醒地认识到，这次不是生离，而是死别，自己即便望穿双眼，也不能觅到她的踪迹。香香的亡灵是"向仙岛"还是"归冥路"，一切都不得而知。

俗话说：人生得一知己足矣。香香如九泉有知，聆听此词，悲情满纸，也将会泪下沾襟，堪慰悲魂了。柳永身处中央机关，以文人的身份真情悼念一位社会底层的风尘女艺人，在中国古代文学作品中为数不多，足见柳永人性的光辉。

宋代的民间歌伎是以小唱为职业的女艺人，她们在歌筵舞席、茶坊酒肆和瓦市中演唱，以卖艺为生。她们的社会地位卑贱。歌伎们自幼学习歌舞,聪明美丽,有的还会吟诗作词,能书会画。由于柳永受到新兴市民思潮的影响,没有将她们当作贱民看待,尊重她们,同情她们,并为她们创作新词,所以赢得了她们的友谊和爱情。如《锦堂春》,描写一位妇女曲折复杂的心理。她不拘泥于封建礼教,具有很强的自我意识,不甘示弱。词作具有反封建的意义。在《定风波》里,写一位市民妇女的精神生活,叙述其丈夫离家后的苦闷情绪,表现出对爱情的向往和大胆的追求。"针线闲拈伴伊生",伴丈夫读书,形影不离,在她看来是幸福的事,也是古代许多妇女最朴素的要求,但在封建统治者看来,这位妇女是有违妇道和礼教的。为此,柳永还遭到宰相晏殊的严厉批评。柳永长期生活在基层,熟悉基层,其作品往往能够真实地表达基层受压迫妇女的呼声,这种进步思想在当时被称为"淫冶讴歌之曲",如:

> 万里丹霄,何妨携手同归去。永弃却、烟花伴侣。(《迷仙引》)

> 向鸡窗、只与蛮笺象管,拘束教吟课。镇相随,莫抛躲。针线闲拈伴伊生。(《定风波》)

> 少年公子负恩多。(《抛球乐》)

> 恨薄情一去,音信无个……悔当初不把雕鞍锁。(《定风波》)

> 待伊游冶归来,故故解放,翠羽轻裙重系。(《望远行》)

这些词作,字里行间没有一点猥亵的成分,没有一点居高临下的意味。柳永对她们的赞美和同情都是发自内心的、真诚的,这是柳词"民生意识"的光辉所在。

柳永在众多的女友中，曾与虫虫感情最深，并向她求过婚，"待作真个宅院，方信有初终。"不幸的是，虫虫在恶劣的环境里过早地去世了，这让柳永悲痛万分，转眼之间，怎么虫虫就"花谢水流"了呢？词人对生命流逝的痛苦，青春易逝的悲叹，写在《离别难》里：

> 花谢水流倏忽，嗟年少光阴。有天然蕙质兰心，美韶容，何啻值千金。便因甚，翠弱红衰，缠绵香体，都不胜任。算神仙，五色灵丹无验，中路委瓶簪。
>
> 人悄悄，夜沉沉，闭香闺，永弃鸳衾。想娇魂媚魄非远，纵洪都方士也难寻。最苦是，好景良天，尊前歌笑，空想遗音。望断处，杳杳巫峰十二，千古暮云深。

上片写虫虫是一位"蕙质兰心"的女子，不仅"美韶容"，而且气质文雅，心灵美好，却经受不了疾病的折磨，不幸早逝。词的下片抒发了词人对虫虫早逝的怀念和哀悼之情。"人""悄悄"，"夜""沉沉"，"香闺"已"闭"，"鸳衾""永弃"，最痛苦的是，当面对"好景良天"时，当"歌笑""尊前"时，只能徒然地怀想曾经的音容笑貌。一个"空"字写尽了词人内心求之不得、触之不及的失落与痛楚。最后，词人用巫山十二峰的"杳杳"和暮云的"千古"来表达对虫虫永远的怀念及自己茫然若失的心境。可是"巫峰""杳杳"，在"暮云""深"处，又怎能及之？

自古以来，人生倏忽和由此带来的失落感、悲哀感都是文人们咏叹的主题。从憔悴江泽之畔的屈原到病老孤舟之上的杜甫，从悲秋釜临之际的宋玉到哀叹黄昏落日的李商隐，从未间断过。谁不期盼青春长驻，生命永存？

八

在一个春暖花开的季节，孙沔在西子湖畔举办全国名曲演唱会，邀请柳永担任评委。其间，孙沔邀柳永到钱塘江观潮，词人为大潮澎湃浩荡、惊涛拍岸的雄浑气势所震惊，一曲《望海潮》涌上心头：

东南形胜，三吴都会，钱塘自古繁华。烟柳画桥，风帘翠幕，参差十万人家。云树绕堤沙，怒涛卷霜雪，天堑无涯。市列珠玑，户盈罗绮，竞豪奢。

重湖叠巘清嘉，有三秋桂子，十里荷花。羌管弄晴，菱歌泛夜，嬉嬉钓叟莲娃。千骑拥高牙，乘醉听箫鼓，吟赏烟霞。异日图将好景，归去凤池夸。

词人概括了钱塘潮的壮观、西子湖的秀丽和都市物阜民康的景象。赞誉孙沔"千骑拥高牙，乘醉听箫鼓，吟赏烟霞"，孙沔的威武和清雅风流由此可见一斑。一年后，当金主亮听到这首歌后，欣然仰慕于"三秋桂子，十里荷花"，遂起投鞭渡江之志。1000多年后，毛泽东亲自手书《望海潮》，后来杭州市政府把这首词刻在钱塘江畔。

次年9月，时值天空出现寿星，朝廷举办盛大的歌舞演唱会，柳永奉旨填词，祝愿仁宗皇帝万寿无疆。内都知史把柳永的新作《醉蓬莱》呈给仁宗皇帝审定。

渐亭皋叶下，陇首云飞，素秋新霁。华阙中天，锁葱葱佳气。嫩菊黄深，拒霜红浅，近宝阶香砌。玉宇无尘，金茎有露，碧天如水。

正值升平，万几多暇，夜色澄鲜，漏声迢递。南极星中，有老人呈瑞。此际宸游,凤辇何处,度管弦清脆。太液波翻,披香帘卷,月明风细。

仁宗看到"渐"字开篇,心即不悦,读到"凤辇何处",此句与御制真宗悼词暗合,再往下看到"太液波翻"时,大怒道:"何不云波澄?"说完把词稿丢在地上。

柳永深知这次创作的重要性,为了让皇帝满意,用尽了多种创作技巧:比如首韵写自然风光,次韵写宫廷气象,第三韵写宫中花卉,末韵写天人合一。在语言的运用上,多处借用前人的诗文、典故、传说;对偶句俯拾皆是,对偶形式多种多样;词调以和谐匀齐的韵律为主旋律,鲜明庄重,太平景象无处不在。但《醉蓬莱》中的个别语句与悼词暗合,犯了大忌,再加上仁宗对柳永有成见,多方挑剔,致使这次机遇与柳永擦肩而过。

转眼两个多月过去了,晚秋的景象给柳永带来了无限的感慨,和李白的"抽刀断水水更流,举杯消愁愁更愁"一样,在"愁"的后面是一连串的无奈。一曲《戚氏》从心中生起:

晚秋天,一霎微雨洒庭轩。槛菊萧疏,井梧零乱惹残烟。凄然,望江关,飞云黯淡夕阳间。当时宋玉悲感,向此临水与登山。远道迢递,行人凄楚,倦听陇水潺湲。正蝉吟败叶,蛩响衰草,相应喧喧。

孤馆度日如年。风露渐变,悄悄至更阑。长天净,绛河清浅,皓月婵娟。思绵绵,夜永对景,那堪屈指,暗想从前。未名未禄,绮陌红楼,往往经岁迁延。

帝里风光好,当年少日,暮宴朝欢。况有狂朋怪侣,遇当歌,对酒竟留连。别来迅景如梭,旧游似梦,烟水程何限。念名利,憔悴长萦绊。追往事,空惨愁颜。漏箭移,稍觉轻寒。渐呜咽,画角数声残。对闲窗畔，停灯向晓，抱影无眠。

词人从傍晚写到深夜再到拂晓，从孤馆的庭轩写到旅舍的窗畔，从少年写到中年再到老年，从当下写到未来，一夜无眠的词人形象永久地留在读者的眼前。虽然言已尽，但情未尽，意未尽。展现在我们面前的是一幅"秋江旅思图"，格调高古，气势恢宏，真是"离骚寂寞千古后，戚氏一曲凄凉终"。

一个人内心里的焦虑和苦恼，其实是有种子的。早在柳永心灵的土壤里，那首《少年游》已露端倪：

长安古道马迟迟，高柳乱蝉嘶。夕阳岛外，秋风原上，目断四天垂。

归云一去无踪迹，何处是前期。狎兴生疏，酒徒萧索，不似去年时。

柳永一生命运多舛，形似飘蓬，尝尽了折磨与心灵困顿之苦。先是早年困于科考，备受多次落榜之痛苦；及第为官后，又长期困于选调，谙尽羁旅漂泊滋味。

"夕阳岛外，秋风原上，目断四天垂。"夕阳就要落山了，秋风四起处，极目远望，唯见天垂四野，空旷无边。柳永站在茫茫平原上，心底悲凉，随着夕阳的渐渐西沉，把最后的一点儿希望也湮灭了。

世间有一种执着叫期待，有一种快乐叫苦难。柳永的一生就是在期待中坚守执着，在苦难中寻找快乐。一个春天的傍晚，柳永独自一人站在楼上极目远望，眼前的春景，在词人的眼里化成了一幅"春愁"图——《凤栖梧》：

伫倚危楼风细细，望极春愁，黯黯生天际。草色烟光残照里，无言谁会凭阑意。

拟把疏狂图一醉，对酒当歌，强乐还无味。衣带渐宽终不悔，为伊消得人憔悴。

登高凭栏观春色，不能解春愁。既然在清醒中不能将她忘却，那只好放纵自己饮酒，他想一醉解千愁。结果所有的努力都是徒劳，"对酒当歌，强乐还无味"，依然无法排遣心中的抑郁。衣带日渐宽松，仍然无怨无悔，为了事业和爱情，这点憔悴算得了什么？近代国学大师王国维将"衣带渐宽终不悔，为伊消得人憔悴"作为古今成大事和做大学问者必经的三种境界之二，有着烘云托月之效。

晚年的柳永开始对自己的人生进行反思，他认为追求仕途不是人生中最重要的事情，人世间比仕途更重要的是生命的价值。他对自己心仪的仕途和情爱，进行反复的拷问。

九

不久，柳永又改任太常博士。宋制官员七十致仕，柳永在临退休前被提拔担任屯田员外郎，属从六品。退休后，柳永一边在家整理《乐章集》，一边盘算着到武夷山养老。在《思归乐》精美隽永的词句里，我们看见了柳永与友人欢聚喝酒、听歌赏舞、渐入醉乡的欢乐场面，感受到了柳永对人生观的态度和看法，还看到了柳永归隐养老的情景。古代文人归隐多是无奈或者厌倦仕途的黑暗，柳永也不例外：

天幕清和堪宴聚，想得尽，高阳俦侣。皓齿善歌长袖舞，渐引入，醉乡深处。

> 晚岁光阴能几许，这巧宦，不须多取。共君事把酒听杜宇，解再三，劝人归去。

柳永对自己的仕宦生涯进行深度反思，对今后的生活进行反向思考。他开始看淡功名，产生不如归去的感慨。同样的心境，在《凤归云》里也有表述：

> 向深秋，雨余爽气肃西郊。陌上夜阑，襟袖起凉飙。天末残星，流电未灭，闪闪隔林梢。又是晓鸡声断，阳乌光动，渐分山路迢迢。
> 驱驱行役，苒苒光阴，蝇头利禄，蜗角功名，毕竟成何事，漫相高。抛掷云泉，狎玩尘土，壮节等闲消。幸有五湖烟浪，一船风月，会须归去老渔樵。

柳永因其一生常处于奔波辗转的道途中，因而对相思离别，对游子羁旅行役的悲哀有着极深的感慨。《凤归云》似一声压抑太久的呐喊，感情激越。"驱驱行役"为了什么？还不是为了像"蝇头""蜗角"般极其微小的"利禄"与"功名"，但这些"毕竟成何事"，究竟算得了什么！将世人对功名利禄的夸耀一笔否定，把自己追求仕途而徒耗年华的悲慨深切地、酣畅淋漓地吐露了出来。人在性格的转型中，都会产生这样的呐喊，柳永更是一吐为快，把压抑在心头数十年的郁闷一扫而光。

柳永整理完《乐章集》之后，交给在京任著作郎的儿子柳涚印刷。皇祐八年（1058），柳永在京病逝，他带着遗憾和失望，带着大彻大悟之后的悲凉，带着《乐章集》这部光照千秋的不朽著作，离开了人间。20多年后，柳涚谢官迁居镇江，遂把父亲改葬于镇江的北固山下。之后的200多年里，每年都有大批文艺界人士自发到北固山凭吊柳永，后来有了"名妓春风吊柳七"的美丽传说。

《乐章集》共215首，长调慢词100首，占46%，用了69个词调，其中37调53首属唐曲，32调47首是柳永创作的新词。从内容上看大致可以分为：吟佳人感离愁别恨（46首）、羁旅行役（29首）、颂词等（10首）、节令或自然风光（15首）。不难看出，柳永的慢词创作主要以女性为中心，这类词占全部慢词的46%，这显然与柳永的生活经历有着密切的关系。柳永不仅是著名的词作家，还是著名的音乐家，精通音律，所以他创作的词，好唱好听，通俗易懂，是标准的音乐文学，以致出现了"凡有井水饮处，皆能歌柳词"的普及和广泛性。柳词的意义和思想主要体现在：以写实的手法客观而真实地反映了北宋都市繁华富庶的生活；对传统思想和传统道德观给予否定，对封建礼教进行嘲讽与批判；同情社会底层的妇女，揭示了她们的情感生活和悲剧命运，对"门当户对"的传统婚姻进行抨击和批判，提出了"男才女貌"的爱情观，深受全国百姓特别是女性的喜爱。宋《清平山堂话本》云："东京有一才子，天下闻名，人称柳七官人，人才出众，吟诗作赋，琴棋书画，品丝调竹，无所不通，多少名妓欢迎他。"文学史家评论说，柳永是宋词婉约派的代表，是慢词的奠基人，没有柳永就没有后来的苏东坡，没有柳永就没有宋词。柳永在宋代词人中是最受人民热爱的词人。

写到这里，已是凌晨，推开窗户，举目远眺，一片朦胧，我仿佛看见沧浪江水中有一叶孤舟，有人诵着"念去去千里烟波，暮霭沉沉楚天阔"，渐渐远去，小船载着这位大师，载着他满心的酸楚和满腹的才情，杳然天际……

（刊于《闽北日报》2012年1月13日，《福建文学》2018年第2期）

孤独的李贽

纵观古今，官员削发为僧，大多都是官场失意后，精神上受到巨大的打击，以至于看破红尘，万念俱灰，于是从世俗中抽身而出，遁入虚拟世界，隐居深山，一盏孤灯侍流年，几缕青烟了残生。

1588年，61岁的李贽在极其孤独中削发为僧，也属于这一流程。不过，较一般人而言，他的经历和超乎常人的思想，使其削发的内涵却要复杂得多深刻得多。顾炎武说他是："自古以来小人之无忌惮而敢于叛圣人者，莫甚于李贽。然虽奉严旨，而其书之行于人间自若也。"李贽削发，是对封建制度的无畏挑战。

他出身于航海贸易世家，性格"倔强难化，不信学、不信道、不信仙释"，官至云南姚安知府，明朝杰出的思想家、文学家、史学家，是一位极富战斗精神的反封建主义启蒙运动先驱。

《藏书》是他的史学代表作。宣称"咸以孔子之是非为是非，故未尝有是非耳"，要"颠倒千万世之是非"，并在这个基础上做出了不同凡响的历史批判。在一切道德价值取向都必须以孔子的思想为标准的时代里，李贽言论被当权者视为离经叛道的邪端异说。

李贽还宣扬男女平等的思想，"谓人有男女则可，谓见有男女，岂可乎？谓见有长短则可，谓男子之见尽长，女子之见尽短，又岂可乎？"意思是说，人有男女之分，但见识没有男女之分；见识有长短之分，但没有男女之分。他还对汉代才女卓文君结婚不到半年，丈夫不幸去世后与司马相如相爱私奔给予肯定，他说："丧夫者与其守寡，不如早自抉择，忍小耻而就大计。"

其著作的进步性还体现在反封建等级制度。他认为，每一个人都是平等的。尧舜和普通人一样，圣人和凡人一样。这种平等观否定了封建等级制度，否定了封建君主特权制度。他说，每个人经过努力都可能成为圣人，什么忠孝仁义，都是假装出来的，只有"饥来吃饭困来眠"，才是最自然的。

1580年，李贽辞去姚安知府后，搬到湖广黄安，在耿家充当门客兼教师。那时，耿定向的父亲去世不久，兄弟四人在家丁忧守制，李贽和二兄耿定理的交情最深。耿定理死后，耿定向被召回京担任左金都御史。回京后耿写信指责李贽，说他迷误了耿氏兄弟。李贽回信给予反驳，说耿定向是伪君子。两人闹翻后，李贽派人把妻子送回福建老家，独自一人离开了黄安，居住在麻城芝佛院，削发为僧。

李贽在给朋友的一封信中，谈到了他削发为僧的初衷："则因家中闲杂人等时时望我归去，又时时不远千里来迫我，以俗事来强我，故我削发以示不归，俗事亦决然不肯与理也。"所谓闲杂人等，就是他的宗室兄弟等；所谓俗事，是指那些买田买地建立宗祠宗塾等。

削发的另一个原因，是他想彻底摆脱官场的困扰。1580年，李贽时任姚安知府，正当官运亨通、春风得意之时，他不等任职期满，忽然提出辞职，这出乎意料的决定，缘于他人生的矛盾性和崇尚自由的人格。明末清初，退休的官员被称为"乡官"，仍享受有官员的身份。这种权力，在一般人看来，无疑是一种荣耀，甚至是为官生涯的延续、为官风光的补充和权力与威仪的再生。李贽却不以为然，他把这种权力和荣耀看成是精神上的一种负担，他向往真正意义上的无官一身轻的平民生活。他独立的人格，超脱的情怀，令整个同时代的幕僚和学者都刮目相看。

1601年芝佛院失火被烧，李贽不得已离开了麻城，先后漂泊两京、湖广。第二年，礼科都给事中张问达上疏朝廷，参劾李贽，建议把李贽解押回原籍治罪，所著之书全部销毁。

灾难终于从天而降，李贽76岁时因所著书籍而被捕入狱。不久，以剃刀自刎。李贽死后，其思想和著作长存于世。尽管著作屡遭禁印和销毁，直到清朝仍被列为禁书，但"野火烧不尽，春风吹又生"，著作越禁流传越广，后来还传到了朝鲜、日本等10多个国家，同时，李贽的名字也被越来越多的人记住。

（刊于《福州日报》2005年11月28日）

读刘伯温《苦斋记》

戊子春,重游浦城匡山。

匡山因"四周奋起,而中窊下,形似匡庐"而得名。元朝末年,刘基(字伯温)等"浙西四贤"结庐匡山,他们在此著书立说,关注民生,纵横天下,后来辅助朱元璋建立了明朝,成为一代开国名臣。匡山也因此名扬天下。

刘伯温工诗文,备受世人推崇。《明史》说他:"所为文章,气昌而奇,与宋濂并为一代之宗。"刘伯温曾在匡山驻留较长时间,赋有大量诗文,最著名的是《苦斋记》。《苦斋记》记述了他在匡山住苦斋、吃苦茶、食苦笋、喝苦蜜的苦难生活,并受章溢的"乐与苦,相为倚伏者也。人知乐之为乐,而不知苦之为乐;人知乐其乐,而不知苦生于乐"启发,悟出"彼之苦,吾之乐;而彼之乐,吾之苦也"。这种"苦乐相倚"的苦乐观,是对儒家思想的传承和发扬。这篇文章现被选入中学语文课本。

什么是苦?什么是乐?苦与乐的界定,关键是自己对待生活的态度,得失的取舍与苦乐的感悟,取决于个人的内心感受。有人认为有钱最乐,贫困最苦;有人认为自在最乐,束缚最苦。我认为,无论职务多高、权力多大、物资多丰富,如果没有精神或道德、心灵的满足,仍然不会有快乐。

老子说："祸兮福之所倚，福兮祸之所伏。"刘伯温的苦乐观，正是对老子思想的阐述和补充：苦与乐不过是一对孪生兄弟，结伴随行。在一定条件下对立的双方能相互转化，正所谓"乐极生悲""苦尽甘来"。苦与乐往往一步之遥，境由心生，苦乐之间只一念之差。

如何将苦转化为乐呢？我们无法改变个人肉体的不幸、社会的苦难，但可以转化和提升自己的精神境界，超拔的道德、精神、气质可以胜过世俗的价值，突破世俗的不幸，产生令人愉悦的魅力。这种超越的精神境界不仅可以帮助我们忘却现实之苦，更可以让我们享受到精神之乐。

心灵的宁静是化苦为乐的转折点。面对苦难，常见的或怨天尤人，或自怨自艾，或自暴自弃，或誓死相拼，或玉石俱焚，对社会、对个人都是有百害而无一利。要看到每个人在现实生活中都有无奈之时，都有无能为力之事，这是任何人都无法完全避免的真实存在。"不以好恶内伤其身"，心情不随苦难而起伏波动，不让现实的不幸和苦难影响自己应有的精神状态和心灵的宁静。

如大文豪苏轼，几仕几出，一贬再贬，依旧闲乘月色，漫步中庭，潇洒吟唱"竹杖芒鞋轻胜马，谁怕？一蓑烟雨任平生"。面对困境和苦难，他始终保持着悠然自得的心态，为后人留下了千古佳话和绝逸美文。

庄子提出：乘物以游心；游心乎德之和。他认为真正应该追求的是逍遥之乐，它是一种精神的自我满足，是一种非常识、非世俗的愉悦之乐，是超脱现实的有限性而达到精神无限的境界。这是心灵的特殊状态，是忘记自身肉体的存在，是对现实没有任何摩擦的宁静、和悦，然后体验到与天地万物合为一体的崇高境界。得到这种境界的体验，自然是一种享受、一种愉悦，或者说，是一种特殊的快乐，心里也就没有了现实之苦。

这种精神的逍遥不是随便可以达到的，需要摆脱世俗的价值观念，以及对个体自我的牵挂。《中庸》有语："君子无入而不自得焉。"意思是说，君子无论到了什么境地，都能安然自足，没有不自由自在的。这是一种境界。安贫乐道者如颜回，一箪食一瓢饮，而仍不改其乐，施施然、怡怡然，不以为苦。胸怀天下者如刘伯温，在匡山或登山，或临溪，或倚修木而啸，衔觞赋诗，以乐其志。

人生有限，甚至渺小，但是人的思想境界、精神境界却可以无限提升。我们在达到心灵平静之后，还可以有更高的追求。即使不去追求逍遥游的境界，也可以有对人生、社会、宇宙的终极关怀，可以追求自己在宗教、艺术、科学、哲学、爱情生活中的高峰体验，从而达到精神的、超越的愉悦和满足。我等纵然不能如古人般超脱飘逸，也达不到"先天下之忧而忧，后天下之乐而乐"的胸怀，但至少可以做到知足者常乐；纵然不能左右天气，却可以改变心情；不能样样如意，但却可以事事尽力。多一些宽容，多一些慈悲，少些欲望，少些钻营，人生也可以胜似闲庭信步。

"怀良辰以孤往，或植杖而耘耔。"为人的最高境界，莫过于始终保持一种坦然积极的心态。生命精彩与否在于自己的创造，人生既已苦短，又何必让旅程苦上加苦？

写到这里，诗人潘国璋的"隐伸慎择能审势方为人杰，苦乐相依不登山难识先生"在我脑海里回荡……

（刊于《领导文萃》2014年第13期）

叹"迎者塞路"

《宋史》记载,真德秀第二次赴泉州任职时,"迎者塞路,深村百岁老人亦扶杖而出,城中欢声动地。"寥寥数语勾勒出了一个感人肺腑的壮观场面。

这不是精心组织的一次欢迎仪式,不是人为制造的一种虚伪气氛,而是民众心里爆发出的一种由衷的爱戴与景仰。这是高山流下的一脉清泉,是大地蒸腾出的一股热浪。

一个官员能够在黎民百姓的心中占有如此重要的位置,既是他本人的荣耀,也是百姓的福祉。

衡量一个官员的政绩有诸多的标准。人民高兴不高兴、满意不满意、答应不答应、拥护不拥护无疑是最重要的标准。人民群众心中都有一杆秤,这杆秤是对官员最公正最实在最铁面无私的检验者。

真德秀的成功就在于他经受住了人民群众的检验,成为人民群众心目中的好官。

真德秀,福建浦城人,生于1178年,4岁开始读书,自幼勤奋好学。至今家乡还流传着他当年"追月苦读"的故事。他的父亲去世后,他与母亲相依为命,生活艰难。晚上读书经常连油灯都用不上。每逢月明星稀的夜晚,他就捧着书本借着月光读书。月儿浮出时,他坐在屋内的窗下读书;月儿高悬时,他到屋外读书;月儿西斜时,他爬上屋顶读书。一次因困乏从屋顶上摔了下来，他忍着疼痛仍然坚持读书。

他因此成为一代大儒，著作颇丰，如《大学衍义》《四书集编》《读书记》《文章正宗》《心经》《政经》等，其中影响最大的是《大学衍义》。该书的主题是正君心，肃宫闱，抑权幸。理宗说："《大学衍义》一书备君人之轨焉。"1737年御制的《大学衍义跋》中写道："西山之学……所谓集群书之大成，而标入道之程式也，近自修身，远及治国，引古证今。"真德秀对理学的最大贡献，是确立了理学的正宗地位，引领了宋朝的思想潮流和意识形态，在历史上影响朝廷执政五六百年之久。

真德秀不仅是一代大儒，也是一代贤臣。1197年考取进士，一生中他历任太学正、江东（现南京、安徽一带）转运副使，泉州、隆兴（现南昌）、潭州（现长沙）、福州知府，礼部侍郎、户部尚书、参知政事、资政殿学士等近20个职位。1235年病逝。

真德秀为官以公道正派、刚正不阿、勤政廉洁、敢于直言而蜚声宋代。《宋史·真德秀传》载："立朝不满十年，奏疏无虑数十万言，皆切当事要务，直声震朝廷。宦游所至，惠政深洽。"实事求是地说，对真德秀的这个评价是恰如其分的。真德秀建议朝廷：施仁政，结民心。他说："立国不以力胜仁，理财不以利伤义，御民不以权易信，用人不以才胜德。"理宗当政时，任命真德秀为户部尚书。在任职谈话时他恳切地进言理宗：好酒色、贪游乐会损害威信。

真德秀曾以"律己以严，抚民以仁，存心以公，莅事以勤"与同僚共勉。他说："士之不廉，犹女之不洁，不洁女虽功容绝人，不足自赎；不廉之人，纵有他美，何足道哉。"真德秀还是南宋官员中廉政的典范。他为官数十年，家乡的旧居"西山故里"也不过是寻常之宅，并不豪华气派。

真德秀任江东转运副使时，正值蝗灾和旱灾。他连续两三个月马不停蹄风尘仆仆深入一线走村访户，到灾情最严重的广德（现安徽广德县）、太平（现安徽当涂县）等地，开粮仓赈灾，甚至把他母亲的金银首饰都全部捐了出来。真德秀在泉州任知府时，更显德才兼备。由于地方风气败坏，官史层层敲诈勒索，致使泉州的经济日趋衰退。真德秀到任后，采取"整饬吏治""发展生产""崇尚风教""安固海疆"等措施，革前弊，禁重征，深得人民群众欢迎。海运船舶由原来每年三四艘，增至36艘，经济繁荣，社会发展。1232年当他再次到泉州任知府时，出现了"迎者塞路"的场面。

真德秀有着高尚的民族气节。他多次提醒理宗："宗社之耻不可忘。"1214年，金派使者到南宋索要银两。他上书千言，坚决反对。理宗采纳了真德秀的主张，予以拒绝。

真德秀是我的同乡，我曾不止一次地前往他的故居"西山故里"瞻仰。西山故里在仙阳镇东街，历代均有修葺。现存建筑为1888年于原址重建。故居坐北朝南，四进平房，砖瓦结构，每进三开间，以围墙和廊屋构成船形建筑。正厅内高悬康熙四十五年（1706）御笔"力明正学"金字木匾。

我每次走进西山故里，心中总会油然而生一种肃然起敬之感，为家乡诞生了这样一位贤臣大儒而自豪。我也常想，今天的各级公务员，不妨将真德秀当成一面镜子，时不时地拿来照一照，这对国家对人民对社会对自己都会大有裨益。

（刊于《福建通讯》2004年第3期）

一个女人的葬礼

一个女人死后，经朝廷批准，从952年开始每年由官府组织祭拜活动，并在数百年间还不断被朝廷加封加爵，这在中国历史上恐怕是空前绝后的。我漫步在建瓯市的芝城公园，在一棵柳树旁找到一个空位坐了下来，于随风摇曳的柳枝下，仰望着眼前这个女人的铜像，体味着她的博爱，感受着她当时的义举。

1000多年前，这里曾刀光剑影，硝烟弥漫，是这位女人——南唐太傅公章仔钧的妻子练寯力挽狂澜，以女人之柔情，克勇士之刚强，拯救了建州城十多万百姓的性命。话要从935年发生在我老家的那场战火说起。那年，南唐李昇率兵攻入福建后，即派兵进攻浦城。练的丈夫章仔钧率兵在西岩山一带屯兵把守，一面以逸待劳，伺机出击，一面派边镐、王建封二人到建州府求援，限七天赶回。经章仔钧部七昼夜的奋力还击，南唐军队败退。建州方面的援军因暴雨受阻，第八天才赶到。按军法规定，边、王二人将被处死。练劝章说："时危未靖，公奈何杀壮士？"意思是说，现在是多事之秋，闽国又在内乱，不如宽赦了他们。经章默许，练出面并资助盘缠，将关押在牢房里的两名校官偷偷放走。不久，章去世，练搬迁到建州与儿子一道生活。边、王二人投奔了南唐。

当初，练并没有军事上"放虎归山"的用意，更没有"引蛇出洞"

的图谋，纯粹是女人的母性本能——爱的体现。这种爱一旦释放出来，就能化干戈为玉帛。十年后，南唐李景派兵大举进攻福建。任命查文徽为大将军，边镐为行军招讨使，王建封为先锋桥道使，率兵攻打建州。由于建州军民顽强抵抗，致使南唐将士久攻不下。查发誓，破城后屠城。经血战，建州城被攻克。边镐和王建封当晚找到练寯家中，递上金帛和一面白旗，说："吾且歼此城，夫人宜植旗于门，已戒士卒勿犯矣。"练拒收金帛和白旗，并表示："欲保我家，必顾全此城，否则唯有先死。"沈括《梦溪笔谈》里的这段对话是说，南唐要屠建州城，请练把白旗悬挂在门框上，以免兵乱。练当即回答，城里十多万人口，大多都是无辜百姓，如果非要屠城，就从我家开刀，我愿先于全城百姓而死。边、王二将被练的大义所感动，并说服了查，最后放弃了屠城，只杀了二三十名民愤较大的官吏。可以断言，如果没有练寯，就没有现在的建瓯。因此，1000多年来在建瓯百姓的心里，练寯是"芝城之母"。

873年，练寯出生在浦城仙阳，曾居住的县城马车街彩门楼，是我的近邻，离章仔钧曾屯兵的城郊西岩山也不过三四里的路程。我已记不清到过多少回仙阳镇，上过多少次西岩山，去朝圣这位"芝城之母"。

练寯虽死犹生。1000多年过去了，家乡人民为了纪念她，把她的生长地命名为"练村"。每年的端午节，建瓯的老百姓家家户户门前挂满了柳枝，以缅怀这位"芝城之母"。就连远在浙江的萧山，也修建了"章氏祠堂"。当我驻足在祠堂门口，凝望"渭水功德扬九州，全城恩泽贯古今"时，心中忽然闪出歌德的一首诗："永恒之女性，领导我们走。"

（刊于《福州日报》2005年3月12日）

江淹"才尽"

"梦笔生花"和"江郎才尽",两个成语出自一人,这在中国文学史上是独一无二的。

时光毕竟已经流逝了1500多年,岁月的沙尘已经吞蚀这里的一切,不要说梦笔山房、江淹祠什么的,就是断壁残垣、破砖碎瓦也荡然无存,留下的只是美丽的传说。476年,江淹从京城被贬到我的老家当县令。他深深地被这里的佳山丽水吸引,他说:浦城"地在东南峤外闽越之旧境也。爱有碧水丹山,珍木灵草,皆淹平生所至爱,不觉行路之远矣。山中无事,与道书为隅,乃悠然独往,或日夕忘归。放浪之际,颇著文章自娱"。离我家二三里路,有一座山,名叫孤山。它在平野旷畈中崛地而起,景色秀美。据传,有一天江淹郊外漫步,徜徉孤山,夜宿在山上的寺庙中。睡梦里,梦见仙人授给他一支五彩神笔,此后,文思如涌,落笔皆成华章。后来,孤山也因江淹而改名为梦笔山。"梦笔生花"成了千古美谈。

"逆境出诗才,悲愤有佳句。"江淹是在仕途上遭受挫折后被贬到浦城的,此时他政治上不得志,精神上受压抑。他把抑郁的情感用文字进行宣泄,这种惊天地泣鬼神的文字和情感不是任何时候都可以达到的,就像苏东坡被贬才有《赤壁怀古》的千古绝唱一样。此外,浦城的奇山丽水为江淹的创作提供了丰富的营养,造就了他的文章题材新颖别致,文辞绮丽多彩,音韵铿锵优美。

"江文通遭逢梁武,不敢以文凌主。"江淹回到京城后,在梁武帝身边工作。武帝也喜好文艺,并以文待人,广纳名士,但他性格固执好强,虚荣妒忌。沈约因为私下里说了一两句对梁武帝文章不恭的话,差点被问罪。刘峻因为文才锋芒,编著了一部120卷的《类苑》而遭到武帝的忌恨。鉴于这些,聪明豁达的江淹为了保护自己,给自己一个台阶,就故意编了一个故事,说自己已经"才尽",写不出东西了。

"江郎才尽"最早出现在南朝梁钟嵘的《诗品》中:"初,淹罢宣城郡,遂宿冶亭,梦一美丈夫,自称郭璞,谓淹曰:'我有笔在卿处多年,可以见还?'淹探怀中,得五色笔以授之。尔后为诗,不复成语。故世传江郎才尽。"

此外,"才尽"还有几种可能:一是"晚年既富贵,岂非有所怠"。晚年,江郎官越做越大,地位越来越高,远离百姓生活,平民意识淡化,这种变化反映到文章里,直接影响到情感的真实和思想的品位;二是官大了,胆子却小了,有些真话不敢说了,有些真情不敢流露了,在这种心理状态下写出的文章,当然没有了震撼力;三是应酬多了,自己可支配的时间少了,哪有时间去孤灯挥笔呢?

尽管"梦笔生花"和"江郎才尽"是两个传说,但其间颇为严密的因果关系以及引无数文人遐想深思的文化魅力,已经永远根植在人们的心中。"梦笔生花"是前提,"江郎才尽"是结果,没有前者的耀眼光芒,就不存在后者的千古遗憾。正如花开花落、月圆月缺,世界上任何事物都要经历一个由盛到衰的历程。从这个意义上说,"梦笔生花"和"江郎才尽"不仅是两个成语,更是自然与社会中带有普遍意义的符号。

(刊于《福州日报》2005年2月26日)

章惇：潇洒与悲歌

千百年来，家乡浦城传诵着不少章惇的佳话。譬如：章惇少闻鸡练笔，博学多才，文采飞扬等。章惇长大后，不仅成为一代政治家，同时还是著名的书法家。《宋史》有章惇传，《宋人书法》《三希堂法帖》等都刊有他的作品，台北故宫博物院还存有他的尺牍。

自从王羲之的兰亭序问世后，书法的两大功效得到了充分的体现，即汉字作为表达思想的符号，具有实用价值；同时，汉字作为书法艺术的研究对象，又具有审美价值。历史上许多书法家力求通过信札这种形式，把这两者有机地结合起来，达到内容与形式的和谐统一。章惇的《会稽帖》就是宋人信札的书法艺术珍品。

章惇生于1035年，那时的书法界大兴帖学，宗法二王，追踪魏晋的书风遍及全国。在这个大背景下，章惇也不例外。宋黄伯思在《东观余论》中评论章惇的书法作品时说，近百年来，书法家中唯有章惇能表达笔意，虽然精巧方面不如唐人，但笔势上超过了唐人，意境在初唐四大家中的褚遂良、薛稷之上，暮年愈妙，神采像王羲之。明赵崡在《石墨镌华》中也说，章惇用卧笔，间作渴笔，游丝法迹既苍劲有力又飘逸潇洒。

章惇的潇洒不仅表现在字里行间，而且贯穿了他的整个人生。《宋史》记载，章惇与苏东坡曾是好友，一天，他们相约去游南山，走到仙游潭时,潭下绝壁万仞,章惇横木空架,挽苏东坡一同在绝壁上写字。苏胆小畏惧,不敢过独木桥。章惇稳步过桥,垂索挽树,在石壁上书写:"苏轼、章惇来。"写毕,苏对章说:"君他日必能杀人。"章问:"何也?"苏说:"能自判命者,能杀人也。"果然不出苏东坡所料,三年后,章惇支持王安石变法,把苏东坡一贬再贬,一直贬到天涯海角。昔日的好友成了政敌。

宋元丰八年(1085)三月,哲宗继位。这时哲宗年方10岁,由宣仁皇后听政。五月,章惇知枢密院事(宰相)。章惇支持王安石变法,而且毫不顾忌,以勇往直前的风格,争辩于宣仁皇后帘前,终遭打击,黜知汝州。其后的七八年间,他被保守派数度弹劾。

元祐八年(1093),哲宗亲政。有志于改革的哲宗于第二年改年号为绍圣,意为绍述先帝遗业,也就是要恢复改革。为此,首先起用章惇,为尚书左仆射兼门下侍郎,地位显赫。章惇雄心勃勃,大展拳脚,成就了一番闪光的事业。他不遗余力地推行新法,扫除推行新法的绊脚石。以"诋毁先帝,变易法度"的罪名,对已死的司马光等人,剥夺赠谥;又以朋党之罪,对当时障碍变法的大臣包括他的好友苏轼在内进行排斥,重的贬去岭南,轻的贬在近地。由于他重拳出手,终使新法中的一些重要法度如《青苗法》《免役法》得到推行。在这场政治斗争中,他像行笔一样天马行空,挥毫泼墨,但也有矫枉过正、株连过众之嫌。

对外政策,他更是纵横驰骋,睥视敌方,一改屈服妥协的政策。一方面以"浅攻耕"的战略战术,使虎视眈眈的西夏陷于被动而不易集中兵力进犯过境。另一方面则在泾原、鄜延、环庆邻近西夏的边境筑成坚固的防御工事。元符元年(1098)十月,在章惇的部署下,由渭州知州、浦城人章楶直接指挥,取得平夏大捷,击败西夏30万大军,使之不能成军而屡向宋朝廷请命求和,从而使宋朝西部边境局势得到暂时稳定，边界百姓得以安居。

哲宗去世后，潇洒的章惇在继承皇位的人选上出错了牌，犯了严重的路线错误。哲宗一去世，朝廷内就发生激烈的继位之争。章惇坚持礼律，要立简王或申王，皇太后一意孤行要立端王。面对显赫的至高无上的皇太后，章惇厉声抗争，并一针见血地指出，端王"轻佻不可以君天下"。但是，章惇还是败下阵，端王还是当上了皇帝。端王就是历史上有名的花花公子似的徽宗皇帝。历史证明了章惇的预言，这个穷奢极欲的徽宗，在靖康二年（1127）被金兵俘虏，死在五国城（今黑龙江依兰），北宋的江山也被他葬送了。

徽宗即位，章惇虽败阵，但虎威仍存。徽宗送给他一份假人情，封他为申国公，任命他为山陵使，就是负责把哲宗的灵柩运送到墓地。也许霉运落到章惇的头上，灵车陷在泽地中，过了一夜才起行。反对章惇的大臣大肆鼓噪，借此大做文章，弹劾他这是不恭。徽宗得此奏章，即把章惇贬为越州知州。不久，又贬为武昌军节度副使、潭州安置。这时，有一个右正言叫任伯雨的人，翻章惇的旧账，说他想追废宣仁皇后。于是，皇帝把他再一次贬到雷州，任司户参军，后又徙睦州（今浙江建德）。章惇终于心力两废，在崇宁四年（1105），病死于睦州。

政和（1111—1118）中，章惇被追赠为观文殿大学士。但绍兴五年（1135），高宗看到任伯雨告章惇诋诬宣仁皇后的奏章，为了维护皇权，再算旧账，又去掉章惇的追赠，贬为昭化军节度副使，并严规"子孙不得仕于朝"。

但历史永远记住了潇洒而悲歌一生的章惇。

（刊于《福州日报》2006年6月29日）

浦 城 女 人

那天与几位好友吃夜宵,谈起浦城女人来。有位朋友说:"福建美女,数浦城第一。"

女人的美丽其实都有原因。上海美女是和当地的时尚指数挂钩的;江浙女人美丽是因为水乡和富庶;而川湘出美女是因为空气潮湿和饮食的缘故;北京美女多是因为北京是首都,是国家政治、经济、文化的中心,优质资源云集,美女自然多;扬州盛产美女是因为当年盐商十万,富甲天下,温饱思美色,而后十万美女聚集扬州。

浦城出美女,首先是那里山环水绕,空气潮湿,滋润皮肤,紫外线弱,自然条件优越,很养人。其次是遗传基因好,浦城是中原进入福建的门户要道。南宋首都迁徙杭州,与浦城近在咫尺,金灭宋后,大批宫女纷纷逃到浦城隐居。清兵入关,中原许多有钱人南逃迁居浦城。人口流动性大的地方,人群肯定就会出现杂居,而研究证明,基因的地理隔离,可以培育出优良品种,最明显的例子就是混血儿大都漂亮可人。

据说过去福建才子进京考试,无论是陆路还是水路,都要途经浦城,因为那里的女人太漂亮,许多才子忘记了考试,乐不思蜀,上演了无数动人的故事。浦城有个九石渡,坐落在水北街镇观前村,村庄虽然已经破落,但是沿溪很长一排吊脚楼,现在依然清晰可见,那是当年才子佳人的聚集地。

浦城女人不仅长相标致，而且个个装扮得体。她们虽然身处山区，但是所采集到的时尚信息却非常新潮，她们看《瑞丽》，读《昕薇》，由于地理优势，许多有钱的女人还时不时专程去上海大百货购物，而没钱的浦城女人也能把普通衣服穿得有型有款，走出去一副山清水秀的好模样。

女人如花，浦城女人如桂花（素有浦城县花之美称），轻盈小巧，玲珑可人，散发幽香，有着江浙女人的婉约风范。她们外表如水般温婉，但内心直爽干脆，洒脱坦荡。戴望舒笔下撑着油纸伞、行走在雨巷的"丁香一样的结着愁怨的姑娘"在浦城处处可见。

浦城女人能干持家，贤惠淑良，上得厅堂下得厨房。她们忙于事业之余，也会把家里打扫得窗明几净，把家人打扮得光鲜得体。她们心灵手巧，是打理厨房的高手，烹制的家常小菜胜过八大菜系，泥鳅芋子煲、清明果、蛋皮燕等浦城名吃，她们都是信手拈来。如果你来到浦城，点上一盘蛋皮燕，首先你会惊愕于浦城女人的独特思维，居然能想到这样的方法来结合蛋与肉。而后，你一定会被它的独特口感所折服。普普通通的鸡蛋和猪肉，一经浦城女人神奇的手，立刻出神入化。

浦城女人做人低调，做事高调，不甘平庸。她们乐观向上，吃苦耐劳，实现自我价值。不少女人下海创业，当起了老板，产业遍及饮食、服装、百货，甚至工厂或建筑工程等，足迹遍布大江南北。

浦城自古人杰地灵，崇尚文化蔚然成风，无论大户还是普通人家都重视私教，不但名门闺秀吟诗作画，小户女子也喜读诗书，从古至今，孕育出不少才女。宋朝时浦城女词人孙道绚的词作曾名噪一时，《词苑丛谈》一书盛赞她："堪与李清照颉颃。"因为对文化的爱好，我因此有缘结识了不少文化界的浦城籍才女，她们中有的担任省文联主席，有的是报业副刊部主任等，无论哪个岗位，她们均秀外慧中，才华横溢，因饱读诗书而显得气质如兰，浦城才女也因此声名远播了。

曾见浦城女人的诗中有这样的句子："天地樊笼小，我心天地宽。"这是她们胸怀的写照。浦城女人相信宽阔的胸怀是永远的天空，每一个生命都能善意地相处。五代时期，浦城的练氏夫人，用大爱拯救了万户黎民，使其免受血光之灾，被建瓯百姓尊为"芝城之母"。浦城女人有着包容的情怀，通情达理，与人为善，她们以豁达乐观的人生态度，感染着周围的朋友和亲人。前年，北京市评选"十大道德模范"，一位浦城女人名列榜首，她以大爱捐助无数素昧平生的孤寡老人，使其安度晚年，用最朴素的行动折射出生命的灵光。

说到底，浦城女人，是泥鳅芋子煲喂大的，是桂花熏大的，是南浦溪水灌大的，是这一方土地养大的，因而她们是浦城所特有的。如果你想看美女，就请到浦城来吧，漫步五一三路街头，无论是亭亭玉立的少女，还是牵着小孩的少妇，或是霜染两鬓的阿姨，她们的灵秀和韵味，都会让你忍不住频频回首。

（刊于《福建人》2012年第9期）

浦 城 男 人

浦城交接闽浙赣三省，是福建的最北端，山延两脉，水流三江，山清水秀，历史悠久，是浙派文化和赣派文化的集散地，同时又散发着浓厚的本土气息。我在浦城生活了30多年，感觉这里的男人兼有浙人和赣人的基本特征。

浦城男人耿直，无论做人做事，直来直去，实实在在，不拐弯；说话像竹筒倒豆子，有多少倒多少，不留底。在酒桌上浦城男人更是豪气，即使酒量一般，也是大碗大碗地喝，否则就有待客不热情之嫌。要是迟到了，还要自罚三碗，表示很真诚、很男子汉的样子。都说"三个女人一台戏"，酒桌上三个浦城男人更是一台戏，他们说的是浦城话，猜的是浦城拳，喝的是浦城苞酒，吃的是泥鳅芋子煲。

浦城男人务实，他们待人真诚，做事实在，就像浦城水北的酸枣糕、黄壁洋的酸腌菜，美味可口，也许不好看，但一定好吃，而且有着独特的地方味道，是任何地方都无可替代的"实实在在"的味道。这种务实，体现在工作上，就是求实，一步一个脚印，讲诚信，不浮夸，工作富有成效。

浦城男人义气，这与赣文化有关，味重、吃辣、喝酒、出英雄。浦城男人自古以来重义，为朋友两肋插刀的事绝对干得出来，并且不计后果，他们只看眼前利益，只负当下责任。浦城男人又有浙文化的基因，他们既能想事，又能干事。浦城男人的义气还体现在老乡情结上，在外工作的浦城男人只要一听家乡话，就倍感亲切、易走近，能相互帮衬。有位南平市直机关的"一把手"告诉我，他分别在南平的C市和浦城担任过领导，调回南平不久，就到省委党校学习，3个月里，就是与浦城人联系得最多，吃饭喝茶，谈天说地，无拘无束；而唯有一次C市人请吃饭，结果是有事找他帮忙，让他感慨无奈。

浦城男人包容。海禁开通前，浦城是连接南北的桥梁和纽带，备受朝廷重视。汉代，浦城称汉城；唐代，浦城改称唐城，是个移民县城，老百姓主要来自江浙、江西和中原的其他省份。浦城男人一般都会上海话、浙江话或江西话，有的乡镇甚至只会浙江话或江西话，而不会浦城话。浦城男人常常对讲普通话的外地人心怀敬仰之情，外地人在浦城工作，无论是从政还是经商，无论是老板还是打工仔，浦城男人都能以诚相待，时间久了，还能成为朋友。

浦城男人能干。自古以来，浦城儒学盛行，学风正统，梦笔生花。宋代有8位宰相、20位尚书和4位状元。恢复高考以来，浦城隔三岔五总会冒出高考状元。会读书、勤做事、会做人等几种因素凑在一起，铸就了浦城男人有所作为，事业有成。武夷山市委常委中一度80％以上都是浦城人，南平市直机关三分之一的处级干部都是浦城人，近几年还出了一位省委书记。上海的建筑市场60％以上由浦城人经营，亿万富豪还真不少。

浦城男人长寿。浦城秀山丽水，气候宜人，适宜人居。20世纪80年代曾以"舞城"著称，90年代又被冠以"休闲之城"。茶馆酒楼遍布大街小巷，甚至连水北观前的溪鲜酒店，无论是周末还是工作日，都绝对火爆。这些年，麻将摊层出不穷，城里乡下，高层市井，"砌长城""斗地主""打炸弹"，笼罩全城上下，个个都是活神仙。在这种小富即安、知足常乐的环境中，老百姓能不长寿吗？河滨街道宝山村，人均寿命92岁，我爷爷活了105岁。

2005年浦城的猫耳弄山商代龙窑遗址群和2006年浦城管九先秦土墩墓先后被列入"全国十大考古新发现"。浦城男人还有什么新特点，有待你去进一步考证。外地的姑娘，当你了解了浦城男人的这些特征后，假如你想嫁人，不妨带上你的嫁妆嫁给浦城男人。

爷　　爷

爷爷叫陆英松，1904年出生，属龙——属得其所，一辈子游历四方：生于杭州，8岁迁居上海，14岁到南京学医，上海沦陷后，先后逃难到重庆、四川、浙江等地，最后定居福建。

我从小就在爷爷家生活。那时，爷爷月薪50多块钱，奶奶是家庭主妇。除了每月给太婆（爷爷的妈妈，住上海）寄10块钱生活费外，每天早饭后，爷爷就从上衣口袋里掏出一块钱给奶奶，作为我们任一天的伙食费。那时物资匮乏，许多东西都要凭票供应，如每人每月猪肉半斤、面粉1斤、油3两、米23斤等。似乎除了空气、水和青菜以外，其他都要按计划供应，尽管生活艰苦，但很幸福。当时颇为时髦的"四大件"——收音机、手表、自行车、缝纫机，我们家早就已经有了两大件，至于自行车和缝纫机，我们家基本用不着。在我读幼儿园和小学期间，还没有"零花钱"这个概念，除了过年爷爷和父亲各给一块的压岁钱外，就是平时卖一些废品的收入，全年合计也不过六七块钱，但足够一年买小人书、学习用品和一些零食的开销了。在那些艰难的日子里，爷爷常教导我："好木头，既能做棺材，也能劈了当柴烧。"见我听不懂其意，爷爷接着又解释说："既要学会做皇帝，也要学会做乞丐。"我由此知道，男子汉，要经受得起大起大落和大风大浪的考验。

爷爷对我要求很严。学龄前，他就在墙壁上挂着一大一小两块黑板，他每天早上在小黑板上写五个字，教我识读，知其大意，接着就要我每个字在大黑板上用粉笔抄十遍。晚饭前考试——爷爷读，我默写，如果有一个字写不出来就要挨骂被打，直到考试合格，才能吃饭。如此几年下来，我在上小学一年级前，就已经认识500多个汉字了。在读一年级的时候，爷爷让我用钢笔抄信。有一次，我抄一封写给他妹妹的信，才抄第三行，就被站在身后的爷爷发现抄错了一个字。按照爷爷的提示，我立刻涂改更正，结果还是少不了挨打。爷爷身材魁梧，力气大，打起来痛得直钻心底。我一边哭泣一边重抄，很是痛苦。从二年级开始，爷爷就要求我没话找话地给他的亲戚写信了。每次写信都免不了或多或少地被打骂，写信成了我一个沉重的包袱。此外，他还要我临摹柳公权的《玄秘塔》，每天午饭后写一张纸——现在，我还保存有小学二年级以来的书法习作。后来，练习书法和写作成了我生活中的一种习惯。

每天早晨鸡一叫，爷爷就起床晨练。他总是第一个到单位上班。每次为病人治疗后，他都要用"来苏水"洗手消毒，这既是一种习惯，亦是他的基本生活态度。他不仅严于律己，对待家人也很严厉。一天，我父亲在街上看大字报耽误了上班时间，迟到了半个多小时，结果遭到爷爷的拍案批评。但他对待同志却非常热情宽厚。20世纪70年代初，我母亲和她的一个同事都请爷爷帮忙弄一张购买缝纫机的供应券。后来，爷爷搞到了一张票，给谁呢？爷爷考虑到，前不久他身患重病，近半年时间都是妈妈的这位同事每天到家里给他打吊针。为了报答这份情谊，最后他把票给了妈妈的那位同事。平时，如果遇到有家庭困难的病人，爷爷总是减免医疗费、手术费等。有一次，一个病人没钱买车票回家，爷爷知道后立即拿出10块钱给这个病人……奶奶得知后，责怪爷爷对家人抠门儿，对别人大方。爷爷却说："帮助别人，就是帮助自己。"

爷爷的生活极其简朴。1954年从浙江龙泉迁徙到福建浦城后，他就一直住在后街那间古老破旧的40多平方米的木板房里。有些衣服裤子破了，他就自己缝补一下在家里穿，有两双长筒袜子是三双改成一双的，有两件内衣是由多件旧内衣拼接起来的。夏天由于买不到合适的汗衫，他就把破蚊帐改成汗衫穿，熟人看了跟他开玩笑说："您这么著名的医师，咋穿这个啊！""没钱买呵！"爷爷笑哈哈地回答。冬天，闽北天气湿冷，他不用电热器，坚持烧木炭取暖。一个冬天下来，一二十块钱就够了。为了节约用电，家里的灯泡一律都是15瓦的，后来又换成了8瓦的日光灯和3瓦的节能灯。为了节约用水，爷爷把洗脸用的长条毛巾换成了小方巾，我百思不解地说："用水又不要花钱。隔壁就是水井，要用多少我去挑就是了！"爷爷却说："要知足啊。"直到很多年后，我才悟出节约是一种习惯。

平时我的朋友到家里来访，只要在家门口叫我的名字，屋里的爷爷就知道是谁来了，常常直呼其名，分毫不差，其耳聪目明和超强的记忆力让人惊叹不已。更为神奇并让我吃惊的是另一件事：2007年10月，我陪爸爸、妈妈去浙江龙泉走亲访友。在河村，爸爸专门到老房东家看望儿时的好友，并合影留念。第二天，我们返回老家后把相片给爷爷看，我问他认不认识与爸爸合影的人。他摇摇头说，不认识。我提示道，那个人就是1949年前你们住在他家里的保长的儿子。"哦，是胡根生。"爷爷脱口而出，让所有在场的人听后都目瞪口呆。

2005年2月，爷爷的脚扭伤引起股骨局部骨折，骨科医师要求他卧床治疗三四个月，并告诉我们说："老人家想吃什么，你们尽量给予满足。从临床上看，七八十岁的老人一般躺个把月就没了，何况他已经100多岁了。"爷爷在卧床治疗的数月里，除了受伤的脚以外，仍然坚持每天锻炼，如举哑铃、自我按摩、练气功等。结果不到4个月，爷爷就奇迹般地康复了。卧床期间，他还让我弟弟（永基）烧掉了数十张借款收据。爷爷顽强的生命力主要源于他积极、开朗、自律坚守和豁达淡然的人生追求和生活态度。此外，一是运动。他常说："生命在于运动。"他每天早晨5点起床锻炼身体，几十年如一日，风雨无阻。二是食素。他告诫我们说："病从口入。"三餐要少盐少油少辣，提倡吃新鲜菜，反对吃腊、腌、熏、炸的食品。爷爷上班到81岁才离开单位回家休息，但病人仍慕名找到家里求医。为此，他专门腾出一间做工作室为患者治病，日复一日，年复一年，一直工作到92岁。

2008年春节前夕，我们全家从福州赴老家过年。晚上8点多钟，爷爷给我父亲挂来电话，当他老人家得知我们还要一个多小时才到浦城时，关心地说："你们一路辛苦了，晚上早点儿休息，明天再来看我。"接着又跟我母亲说："你要信耶稣啊。"这是爷爷留给我们的最后一句话。第二天早上，当我们去见他老人家时，他因脑梗已昏迷不醒。四天后，爷爷去了那个天国之家……

（刊于《福建文学》2011年第9期）

福州的三坊七巷

早就听说福州"三坊七巷"的历史文化地位与江苏周庄、山西平遥、云南丽江齐名,在建筑界被誉为"明清建筑博物馆"。但省里每次接待北京和外省的客人时,参观的日程安排表上却从未出现"三坊七巷"。带着疑惑,我拨通了福州大学陈晓博士家里的电话,约他周末与我去"三坊七巷"看个究竟。

我们相约在塔巷的老字号"永和鱼丸店"集合,穿过塔巷到了南后街。陈博士边走边跟我说,"三坊七巷"由白墙、灰瓦、亭台、楼阁等组成,具有典型的闽越民居特色,是福州历史文化名城的标志性建筑,占地40多公顷。它始建于西晋末年,到唐代逐渐形成规模。当时在南街建起了"七巷",后来隔了一条街(南后街)又建起了"三坊",形成了以南后街为中轴线的"非"字形结构的大型建筑群。"三坊七巷"是南后街两侧从北到南依次排列的十条坊巷的统称。"三坊"是:衣锦坊、文儒坊、光禄坊;"七巷"是:杨桥巷、郎官巷、塔巷、黄巷、安民巷、宫巷、吉庀巷。

听了陈博士绘声绘色的介绍,我建议说,那我们就按古人的建筑顺序先去"七巷"再走"三坊"吧。陈博士摊开双手摇了摇头,遗憾地告诉我,杨桥巷已被改造成宽大的杨桥路了,遗址上仅留存黄花岗烈士林觉民的故居,剩下的全是高楼和商业街。

站在南后街与杨桥路的岔路口，面对车水马龙的杨桥路和衣锦坊的建筑工地，我们和"三坊七巷"一道仿佛一同被挤在高楼大厦的夹缝中。"三坊七巷"成了现代建筑群中的孤岛，现代派家居豪华大厅中的一件小古董。

　　不经意间我们走进了郎官巷。这里与最繁华的东街口只一步之遥，却是两个世界，一边是灯红酒绿的花花世界，一边是幽深的古老庭院，它静谧地躺在高楼大厦之中，散发出古老的芬芳。郎官巷20号是严复的故居，那是一幢三进三开式的古建筑，白墙灰瓦，精致的木雕，土筑的马鞍形风火墙。两个天井里各有一口直径40多厘米的水井，大厅正中悬挂着梁启超题的"读圣贤书，行仁义事"对联，厅后有他的半身塑像，两侧陈列了他的生平简介和日常生活用品等。这里的每块砖瓦仿佛都透出浓浓的书卷味，让人释怀。参观结束时，为了纪念这位中国近代史上的启蒙思想家，我还专门买了一本《天演论》。

　　现在的南后街成了一条时装街。据说，每一种时装新款刚上市，在南后街就能买到它的仿制品，而且价格十分便宜，每到节假日，满街都是购物者。在福州这片最古老的坊巷里，我们仅看到一家字画装裱店。这是南后街唯一的文化窗口。店内正中挂着一幅精致的匾额，上写"米家船"三个字。我走进店内向林师傅请教，他递给我一张名片后解释说，该店建于1865年，由清代著名学者何振岱题匾，取意北宋书画家米芾携带书画作品游览山水，以船为家。

　　"三坊七巷"自从唐"安史之乱"后，逐渐成为福州士大夫和文人墨客为主居住的地方，具有浓厚的文化气息。通过坊名、巷名就可以看出它的风姿。这里人杰地灵，福州近代史上许多知名的政治家、军事家、文学家都在这里留有足迹。

　　光禄坊附近是林则徐纪念馆，杨桥路口是黄花岗烈士林觉民的故居。宫巷有洋务运动先驱沈葆桢的故居，记录了现代海军的发展史。

安民巷有"新四军驻福州办事处"的遗址，记录了福州抗战的历史等。

漫步在"三坊七巷"中，仿佛置身于明清时期，浮躁的心境也会随着挂钟不慌不忙的摆动而平和下来。随着城市建设的发展，杨桥巷和吉庇巷已分别扩建为杨桥路和吉庇路，衣锦坊的一大半已被推倒拆建为现代住宅小区。"三坊七巷"成了"二坊半五巷"。但尽管如此，"三坊七巷"宏大的规模和别具一格的建筑群，仍然掩不住昔日曾有的气派和辉煌。

在宫巷，我们慕名来到林聪彝的故居。据说它是明清以来福州最大的私宅，占地面积3000多平方米。现今里面居住了二三十户人家，内有十多个小天井，天井里栽培着各种各样的花草，把整个庭院衬托得更加妖娆。我踩着光滑的石板路，看着精美的木雕装饰，突然想起了云南的丽江，仿佛那远古的纳西古乐又在耳边回荡。

院外却是另一番景象。那具有深厚的文化底蕴和独特的建筑风格的坊巷，两边的高墙有的已倾斜，白粉墙有的已脱落，坊巷里的牌子有的已残缺，蓝天被零乱的电线分割得支离破碎。经过历史沧桑，昔日辉煌的历史文化景象如今已黯然失色，很难寻找到往日的风采。"三坊七巷"不知不觉地变得浮躁起来，那浓重的商业味，把整个坊巷压得透不过气来，承载着福州久远的历史文化的"三坊七巷"渐渐被现代文明吞没。福州是否在远离多样性、差异性和历史性文化特色中逐渐失去了记忆？

建筑学家黑川纪章说："建筑是一本历史书，我们在城市中漫步，阅读它的历史。把古代建筑遗留下来，才便于阅读这个城市，如果旧建筑都拆光了，那我们就读不懂了，就觉得没有读头，这座城市就索然无味了。"城市是一种历史文化现象，每个时代的文明都在城市建设中留下了自己的痕迹。保存城市的记忆，保护历史的延续性，保留人类文明发展的脉络,是精神文明建设的要求。城市现代化不仅仅意味着高楼大厦,更重要的是深厚的历史文化内涵。

当人类砍倒第一棵树时,文明诞生了;而当人类砍倒最后一棵树时,文明结束了。难道城市不也是如此?

(刊于《美文》2005年第11期,《福建文学》2006年第10期,选入2006年全国高考语文模拟试卷阅读试题)

聆听那遥远的声音

第一次到泉州距今已20多年了，曾写过一篇《泉州走笔》在《泉州文学》上刊登。当汽车进入泉州市区的一瞬间，一种久别重逢的亲切感涌上心头。瑟瑟秋风中的刺桐城，视野所及，刺桐花、紫荆花等姹紫嫣红，把千年的古老与文明衬托得活灵活现。1155年，26岁的朱熹云游到此，感慨地说："此地古称佛国，满街都是圣人。"过了773年，李叔同似乎为了印证朱熹的这句话来到泉州，最后发出"悲欣交集"的感叹。李叔同长期生活在"上有天堂，下有苏杭"的杭州，为何偏偏跑到泉州来感叹？是这海浪，这山风，还是这刺桐花的缘故？

到开元寺朝圣时，已经快进入冬季。这里的花草依然葱绿清纯，如豆蔻少女；树木雍容绰约，似风韵贵妇。我们沿着鹅卵石小径悠然慢走，不远处映入眼帘的是两座唐代建造的花岗岩石塔，塔高三四十米，坐落在开元寺的东西两侧，又称东西塔。我想登临远望，追寻朱熹那远去的足迹，聆听李叔同那遥远的声音，不料塔门紧闭。问附近一株千年桑树，古桑无语。往前走不远，到了大雄宝殿，门柱上高悬的就是朱熹的名联："此地古称佛国，满街都是圣人。"自古以来天才之作都是来自于心灵的震撼和偶然的灵感，比如王羲之的《兰亭序》，罗丹的《思想者》，苏东坡的《赤壁怀古》，贝多芬的《命运交响曲》等。当年充满现实主义和浪漫主义精神的朱熹流连莲花寺（686年建寺，

738年更名为开元寺）时突发灵感，随口吐出以上的词语，一下子幻化成永久的光环，把泉州照得通亮。

拐个弯，来到弘一法师纪念馆。大厅陈列了大量李叔同的佛学研究著作，东侧的两个展厅有他出家前的文学、戏曲和出家后的书法作品，西侧的两个展厅有他晚年的书法手迹和起居生活用品。李叔同早年留学日本，学成回国后，先后在天津、上海、南京、杭州等地任教。面对国家内忧外患，他要求学生"男儿若论收场好，不是将军也断头"。在黑暗和迷茫中，他把思想从乱世中超拔出来，把目光投向茫茫宇宙，寻求解脱，到虎跑寺出家为僧。出家前夕（时任浙江第一师范学校教授），他已经做好了思想上的充分准备：

众生病苦谁扶持？尘网颠倒泥涂污。惟神悯恤敷大德，拯吾罪过成正觉。（《晚钟》）

仰碧空明月，朗月悬大清。瞰下界扰扰，尘欲迷中道！惟愿灵光普万方，荡涤垢滓扬芬芳。（《月》）

从《晚钟》和《月》这两首词中可以看出李叔同的忧国忧民和寄托佛门的心绪，李叔同为何出家也就不言而喻了。受朱熹的影响，晚年的李叔同长期生活在泉州，直到1942年仙逝。记得朱光潜曾说：他是以出世的精神做入世的事业，虽是看破红尘，却绝对不是悲观厌世。丰子恺说他是"出于幽谷，迁于乔木"。

离开开元寺，到清源山拜见了当年从楚国骑着青牛到"佛国"的老子。只见他满脸慈祥，从容坚定，目光深邃，充满睿智。他席地而坐，似乎是"天人合一"，又似乎在对"佛国"的"圣人"阐述"道"的含义。我站在离老子不远的右侧，仔细观看赵孟頫书写的《道德经》碑刻，联想起托尔斯泰在《老子学说的实质》里的一段话:"老子教导人们从肉体的生活转化为灵魂的生活。他称自己的学说为'道',因为全部学说就在于指出这一转化的道路。也正因此,老子的全部学说叫作《道德经》。"一切顺应自然法则,像水一样没有障碍,一直向前流去,遇到堤坝,停下来;堤坝出了缺口,再往前流去;容器是方的,它成方形;容器是圆的,它成圆形。如果人人都能同老子说的一样,人类将充满了爱、智慧和生命,世界就不会发生战争、饥饿和死亡。

"圣人"喜欢刺桐城,刺桐城的百姓崇拜"圣人"。古老的文明城市在"两相情愿"中孕育而生。到了明末清初,李贽轻轻地掀起"圣人"的盖头,一种千古不变的思想开始动摇。

李贽的故居在聚宝街一个很不起眼的角落。一扇小木门上挂着一把铁锁。司机跟我说:"我在市委机关开了十多年车,只有两个人来看李贽,一个是两年前毛泽东的女儿李讷,一个是你。里面没有什么东西看。"我们找到附近的居委会。居委会主任热情地带我们到李贽故居的隔壁邻居家,穿过客厅、卧室、厨房一直到后院。后院是另一番景致,五六户人家连成一片,没有栅栏,地里种有白菜、扁豆、大蒜等。再往外是一条环城的人工水渠,当地人称八卦河,直通古时的刺桐港口,是当时通商的水上交通线。主任指着李贽故居厨房的窗户说:从这儿爬进去,再开启后门。用这种方式参观名人故居对我来说还是头一回,深感不安。正思量着,司机已翻窗进屋。故居极其普通和简陋。正门进来经过一段过道就是天井,客厅门框上挂着赵朴初题写的"李贽故居"匾额。厅内正中摆着一张桌子,上有李贽的塑像,正面和两侧挂着李贽的画像和生平简介。

我边看边想,心中涌起无边的惆怅。李贽是名战士,他一生都在战斗,都在为自由而战。他极力反对孔子、孟子等先哲"虚伪"的一面,提出不以孔子的是非为是非,说《论语》《孟子》是"道学之口实,假人之渊薮"。一个官职卑微的李贽竟敢在被封建王朝尊为圣人的头上动土，岂不是找死！李贽用激情构建起来的幻想虽然对宋王朝的意识形态形成了较大的冲击，但终究是昙花一现，76岁时他被强大的封建势力彻底摧毁，1602年，在河北通州的监狱里自刎。

  天已垂暮，聚宝街顿时沉静下来。我们沿街走到尽头，来到刺桐港口。面海远望，一片片帆影已飘然远去，剩下的只是阵阵永恒的潮声。对了，这潮声就是泉州人品格的原动力。是这潮声把西方文明传播到泉州；是这潮声把泉州人推到大洋彼岸接受文艺复兴的洗礼；是这潮声唤醒了传统的儒家思想，催生了泉州的海洋文化。李贽就是在这浪潮中催生出来的代表人物之一，他是泉州海洋文化的先驱者，是泉州人品格的象征。但是由于人性的弱点，人们习惯了盲从和攀龙附凤，尽管不是故意的。泉州人只知道清源山上的老子、李叔同和到过开元寺的朱熹，绝大多数人对李贽一无所知。对于这一点，李贽早在400多年前就预知了，所以把他的著作取名为《焚书》和《藏书》。

  是因为我们接受了太多的老子、朱熹、弘一法师的道学、理学和佛学，对李贽的心学不容易接受；还是因为老子、朱熹、弘一法师的声音巨大，李贽的嗓门儿太小，以至影响了我们的听力？

（刊于《福建文学》2004年第3期）

走进承德避暑山庄

承德避暑山庄又名承德离宫或热河行宫，是清代皇帝夏天避暑和处理政务的场所。避暑山庄位于承德市中心区以北、武烈河西岸一带狭长的谷地上，距离北京230公里。

据说当年康熙皇帝在北巡途中，发现承德这片地方地势良好、气候宜人、风景优美，又是清朝皇帝家乡的门户，可俯视关内，外控蒙古各部，于是选定这里建行宫。它始建于1703年，历经康熙、雍正、乾隆三代皇帝，耗时约90年建成。

走进山庄，这里古木参天，芳草萋萋，鸟语花香。一园宫阙，九重天宇。碧波千顷，山耸峰奇。从园到殿、从殿到林、从林到湖，"括天下之美，藏古今之胜"，承载着清朝皇帝在一座园林内浓缩天下美景的梦想。

它，是清王朝鼎盛的标志。

避暑山庄的宫墙高大宏伟，形似长城，至今仍被当地人称为"小长城"。康熙废弛了长城的修筑，筑起一道坚不可摧的大墙，这道大墙是无形的，它不隔绝民族，不固守土地。康熙设置木兰围场，以木兰秋狝的方式获得蒙古族、满族之间的民族认同与融合，来达到"民心悦则邦本得，而边境自固"的目的。

康熙把避暑山庄建于长城之外蒙古人的牧场上，并兴建藏传佛教庙宇，以宗教、文化的民族融合手段解决了边患，显示出康熙高超的政治智慧、强大的信心与博大的气魄。

当地的朋友告诉我说，康熙和乾隆每年都有一半的时间在这里接见蒙古、新疆、青海及西藏少数民族首领和宗教领袖，这里是处理边疆民族问题运筹帷幄、决策指挥之地，也是接受朝鲜、缅甸、安南、琉球、暹罗等藩属国国王使臣朝贡的重要场所，许多事关民族团结、中华统一的大事要事都曾在这里发生或与之紧密关联。

避暑山庄名副其实地成为北京以外的第二个政治中心，经过几代人的励精图治，出现了在中国历史上足以傲视汉唐的康乾盛世，一个空前广阔、统一、繁荣、强盛的大清帝国屹立在世界东方。

它，也是清王朝没落的见证。

大清帝国在空前的繁荣盛世下潜伏着巨大的危机——奢侈、骄怠、贪污、腐败等罪恶的毒瘤借盛世疯长，正日益腐蚀破坏着大清王朝的根基。

当朝廷上下对乾隆的文治武功洋洋自得、沉湎于盛世而自我感觉良好时，清王朝正从盛世的顶峰迅速滑落。从康熙到道光五代皇帝，他们做梦也没想到，到了咸丰执政时，避暑山庄竟成了一代帝王贪生怕死的避难所。

咸丰皇帝从皇城狼狈而来，带着屈辱、带着羞愧，签下了丧权辱国的卖国条约，黑龙江以北、外兴安岭以南60万平方公里和乌苏里江以东40万平方公里给了俄国，帝国列强从此一步步蚕食着中国。咸丰也在避暑山庄里度过了最惨淡的日子，最终郁郁死去。

慈禧，撤下挡在座位前的帘子，在承德山庄的一个侧院发动了"辛酉政变"，推翻八大辅臣，镇压"戊戌变法"，走向政治权力的巅峰，也将中国带入了无边的屈辱和黑暗，大清王朝国运像长河落日一样，垂垂逝去。

历史的云烟在依旧恢宏的山庄内变得朦胧而遥远,昔日的刀光剑影、妃嫔们泣死的冤魂、皇族的自相残杀、帝王威严的敕令,却一幕幕清晰地映现在历史沉重的底版上。

前事不忘后事之师,以史为镜,方知兴亡。

清朝以少数民族崛起于关外而后入主中原,经过几代人的励精图治,完成了国家的统一大业,社会经济发展到一个崭新的高峰。但就在国家鼎盛之际,统治者放弃了文治武功和积极进取,因富而奢,因盛而骄,因腐化而衰败懈怠、落后挨打,在不间断的外国侵略和内部变乱中一步步走向衰败覆亡的不归路。

"四围秀岭,十里澄湖,致有爽气",源源不断的湖水涌着岁月的烟雾,青山秀岭耸立着一个朝代的蹉跎与峥嵘。也许,鼎盛之后的衰败更容易让人铭记。纵观历史,有哪一个骄奢腐败的国家和民族,在岁月的长河里翻起过壮阔波澜?自我陶醉的君主也许会使歌舞诗赋焕发出一时的光芒,但自强不息却能把一个民族的性格砥砺得格外坚强。

当下,从历史中走来的百年民族复兴之中国梦,连接着过去与现在、历史与未来,承载着中华民族的自尊、自强与自豪,也包含着对人类美好未来的憧憬和追求。远去的清王朝,就让它永远覆盖着历史的尘土吧。

我信步于山庄之中,山色葱茏而静美,湖水荡漾且清宁。秋色渐渐浓重了,是长城外的秋天来了,避暑山庄的秋天来了,皇家盛大的秋围就要开始了。我仿佛又听见了震耳的号角和金戈铁马铿锵有力的声音。

莫高窟之殇

己丑初夏，我从新疆返闽，途经敦煌，当地朋友安排我参加了"莫高窟藏经洞发现110周年"的纪念活动。在博物馆展出的大量图片和文献资料，介绍了王道士发现藏经洞，以及斯坦因等外国人乘虚而入，采取坑蒙拐骗等手段，进行掠夺性考察，卷走了大批国宝级文献和文物等的全过程。我驻足在一组图片面前，遥想100多年前发生的那件震惊世界的事件……

1900年6月22日，住在莫高窟下寺的王道士，偶然发现了一个封闭近千年的藏经洞。面对这些来自中世纪丝绸之路上中华文明的顶级宝藏，清政府及其官员们在干什么？

王道士发现藏经洞后，立即从"古人废弃的纸堆"里，选一些精美的经卷和漂亮的绢画，送到县衙并报告了情况。随后，他又选了几卷书法精美的佛经送给酒泉的道台，道台看后不屑一顾地说，经卷的书法还不如他自己写得好，使王道士"颇沮丧，弃之而去"。

某日，敦煌县令汪宗翰等人到莫高窟视察，检查藏经洞文献文物。汪某趁人不注意，把一只精美的纯金佛炉偷偷地塞进袖管，还挑选了200多卷佛经和绢画带回县衙，将偷来的佛炉熔化成金条占为己有。不久，汪某又把经卷和绢画分别送给安西直隶州知州、安肃道道台等，藏经洞的文物逐渐在甘肃的一些官员名流中流散。

1910年，在罗振玉等一批中国学者的强烈要求下，清政府拨专款并电令甘肃布政使何彦升把藏经洞所有剩余的文献和文物运到北京。但专款到甘肃后，并没有得到专用，而是被各级地方政府层层截留，最后用于藏经洞的经费所剩无几。运送的车队在进京途中，又遭到各级地方官员和名流的掠劫或监守自盗。到北京后，文物和文献被秘密拉到何彦升儿子的府第，通过藏书家李盛铎等人遴选，截留了一批经卷。后来，李盛铎以8万日元的单价卖给日本人432卷。为了保证经卷的数量不出差错，与在敦煌清点的卷数相符，负责押送的官员竟把剩下的经卷一撕为二为三。呜呼哀哉！

发现藏经洞一个多月后，即8月14日，八国联军攻进北京城，15日光绪皇帝等仓皇出逃，清政府摇摇欲坠。即便有一两个像罗振玉这样的国学精英，以其区区布衣微不足道的力量，怎能抵挡一个国家全面的崩溃和全局性的腐败？藏经洞的命运可想而知。

1911年，辛亥革命一声枪响，清政府灭亡，一个政权被另一个政权取代，但藏经洞的厄运并没有得到扭转。

1921年，在苏俄国内战争中失败的白俄罗斯残部逃窜到莫高窟，900多人在洞窟里吃喝拉撒长达5个多月，他们在壁画上任意涂抹、刀刻，并在洞窟内烧火做饭，致使大批精美的壁画被熏得一团漆黑，遭到了严重的破坏。"敦煌者，吾国学术之伤心史也。"

敦煌是古丝绸之路上的重镇，从汉代开始，逐渐成为中国、印度、希腊、伊斯兰世界四大文化的唯一交汇点。莫高窟藏经洞发现的5万多件宗教、历史、文学、艺术等门类5000多种文献和文物，时间跨度达600多年，从十六国延续到北宋。与殷墟甲骨文、汉简、明清档案一起，被誉为中国近代古文献的四大发现，堪称"中国古代大百科全书"，震惊了世界。藏经洞的发现，标志着敦煌学的诞生。

在20世纪初期，由于清政府风雨飘摇，国力薄弱，地方政府昏庸，各级官员腐败，王道士愚昧无知等，导致了5万多件文献和文物，大部分流散到全世界十多个国家和40多家国家级的图书馆、博物馆和研究机构中，仅英、法、俄、日、美、丹、韩等7个国家的藏品数量就占总数的3/5。大批珍贵文献和文物流散国外，从民族利益的角度看，这是一种耻辱。幸运的是，流散在国外的文献和文物都得到了妥善的保护。而在中国则是另一番情景，在斯坦因入敦煌之前的7年里，无论王道士怎么呐喊，地方政府都无动于衷。一旦懂得了它的价值，官员们则千方百计以权谋私窃为己有。时至今天，仍然没有一件回到我们的博物馆或图书馆里。即便在"文革"中，甘肃等地虽也曾有一捆捆的经卷被红卫兵抄了出来，但仍不免杳无踪迹。中华文明的顶级文化宝库遭到如此严重的肢解，这在近代史上是罕见的。

藏经洞的发现，被称为20世纪人类最伟大的文化发现之一，很快被联合国列入"世界文化遗产"。从某种意义上说，藏经洞文献已经成为全世界的共同财富，这个"文化遗产"是中国的，也是全世界的。面对"敦煌在中国，敦煌学在国外"的尴尬，我期望流散在国外的文献和文物能早日汇聚在一起，重新回到它的大本营和发源地，受到完整的继承和保护，全面回溯它的文化内蕴，复活它的历史原貌。

站在莫高窟大泉河沙滩王道士的土塔旁，看着塔基上的墓碑，我想，作为藏经洞的发现者，无论后人为他立的是功德塔，还是纪念塔，或耻辱柱，都已成为历史。历史将永远铭记：藏经洞的发现，是人类的一次伟大发现；文献文物的流散，是清政府莫大的耻辱；经卷的损毁肢解，是中华文明史上永远的痛！

读 黄 山

一

845年，唐武宗会昌灭佛后，黄山道教盛行，从传说中轩辕黄帝在丹峰炼丹修道升天开始，黄山的轩辕峰、浮丘峰、容成峰、道人峰等山峰的命名均与道教有关，每一座山峰都有一个美丽的传说。

天竺国（今印度）僧人包西来倾慕黄山之神奇，认为此地即佛地，在翠微峰修建了翠微寺。朝廷得知翠微寺高过道教的九龙峰之后，便下诏要"毁佛寺，减僧民"。包西来在离开他心爱的黄山，离开他赖以生存的翠微寺时，悲切地写了一首诗：

敕命如雷到翠微，佛前垂泪脱麻衣。
深山有寺不能住，四海无家何处归。

1368年，和尚出身的朱元璋称帝后，佛学成了中国哲学思想发展的主流，佛教取代了道教的地位。

这期间，黄山的宗教活动发生了两次重大事件。智空和尚在炼丹峰建造了"大悲寺"。一天，智空和尚在峰顶上看到"日华"出现（一种光学现象，即阳光透过云雾时，经过折射、反射所产生的金光万道、灿烂无比的景象），认为这是佛光，便把峰顶称作"光明顶"，并从轩辕黄帝的炼丹峰中分离出来，另立一峰作为佛教的领地，与道教分庭抗争。

万历四十年（1612），为弘扬佛教，明神宗赐给黄山法海禅院"护国慈光寺"匾额，列为皇太后的香火地，并赐给金佛像28尊，还有袈裟、佛经、香烛等物。后又经过几次扩建，寺中有僧人1000多个，真是琉璃片片，殿宇重重，香烟弥漫，成为声振江南的名刹。

道教是我国传统文化的一个重要组成部分，对中国古代社会、思想、文化艺术等方面有着很大的影响。佛教蕴藏着深刻的智慧，它对宇宙人类的洞察，对人类理想的反思，对概念的分析，有着深刻独到的见解，给中国传统文化的长河注入了新的成分。道教和佛教在中国宗教史上，此起彼伏，既有辉煌又有衰微。历史上曾出现过三次扫荡道教、四次毁灭佛教的运动，直到1175年朱熹、陆象山鹅湖之会，将道、佛、儒三教合一形成唯心主义思想体系，创立理学。

1000多年的黄山宗教活动，不知给黄山带来多少灾难，但也填补了这座名山的宗教文化空白，在黄山活动的道士和僧人中就有相当一部分是诗人、文学家、画家、书法家和艺术家。

道教和佛教创造了黄山文化，黄山风光造就了文艺家。

二

历史上文学艺术大家中第一位上黄山的要数唐代的李白了。安禄山叛乱后，李白随永王璘东巡，被认为叛逆，囚于浔阳，后又被长流夜郎。李白在政治上失败后，即弃政从文，周游名山胜地。775年，李白到黄山，在轩辕峰下写了一首诗《赠黄山胡公晖求白鹇》，与碧山村胡晖换得白酒和两只白鹇，在此一边饮酒，一边观景，一边听泉，一边作诗，其中以《送温处士归黄山白鹅岭旧居》一诗最为脍炙人口，诗中写道：

黄山四千仞，三十二莲峰。
丹崖夹石柱，菡萏金芙蓉。
伊昔升绝顶，府窥天目松。
仙人炼玉处，羽化留遗踪。
亦闻温白雪，独往今相逢。
采秀辞五岳，攀岩历万重。
归风吹我时来，云车尔当整。
去去陵阳乐，行行芳桂丛。
回溪十六渡，碧嶂尽晴空。
它日还相访，乘桥蹑彩虹。

在古代，真正把黄山看得认真、感悟透彻的还是那位不知疲倦的旅行家徐霞客。他两次上山，爬遍72峰，得出"五岳归来不看山，黄山归来不看岳"的绝句，成为数百年来赞美黄山、评价黄山的权威名句。

紧接着，画家、书法家、篆刻家、摄影家纷纷上黄山采风。

明末清初，渐江、梅清、石涛隐居黄山20多年，以黄山风光为蓝本，细心观察、揣摩，搜尽怪石、奇松、云海，厚积而薄发，创立了黄山画派，留下了大量的艺术珍品。

1693年，康熙皇帝诏黄山画派主要成员之一雪庄入朝做官。雪庄入朝后，日夜思念黄山，几个月后，他放弃了荣华富贵，偷偷跑回黄山，与这里的山山水水相依为命，潜心作画，给后人留下了140多幅精美的黄山画。

明代中叶，何震、程邃、巴慰祖、胡唐等人食宿在黄山，早出晚归，博采众收，终得黄山之灵气。《何雪渔印选》的问世，标志着徽派篆刻艺术的确立。

上黄山次数最多、跨越时间最长的要数刘海粟了。他从1918年到1988年的70多年里，十上黄山，以黄山为师，得黄山之魂，把黄山画派的艺术技巧推向了新的高峰。

在纪念他十上黄山的欢迎会上，刘海粟深情地说：我到过阿尔卑斯山、蒙不朗勃峰、格尔斯默尔、冰海、日本的富士山，它们都没有黄山好！徐霞客说得对，五岳归来不看山，黄山归来不看岳。我还要补充一句：黄山归来不看富士山，不看阿尔卑斯山……

三

我是坐缆车上白鹅岭。因为是旅游季节，又是假期，云谷寺人山人海，缆车售票处更是拥挤不堪。在缆车等候室，我听一位黄山的导游小姐说，上黄山不能坐缆车，一坐缆车就没味了，只有沿着石阶一级一级往上爬才有意思。这话当然有道理，只是时间不允许。我不假思索，坐上缆车，瞬间就到了山顶，但如此快捷地登上了黄山，脚下的著名景点一一闪过，实在有点对不起古人。

古人上黄山，条件十分艰苦，当时荒草迷离，道路依稀，食物匮乏，他们跋山涉水，攀藤跳涧，靠的全是手和脚。

徐霞客在游记中记载：1616年正月，大雪封山，白雪皑皑，"石级为积雪所平，阴处冻雪成冰，不容著趾。"在这种恶劣的气候下，他不畏艰险，攀上了黄山第一峰。

于是，我们放弃了第二天从丹霞站到松谷庵站和从玉屏站到慈光阁的索道计划，开始登山。

我们一行随着摩肩接踵、熙熙攘攘的旅游者游览黄山的各个风景点：始信峰、梦笔生花、猴子观海、飞来石、光明顶、莲花峰、玉屏楼、迎客松、鲫鱼背、天都峰、慈光阁……一一看过去，有古人的诗、古代的庙、光滑的路，还有摩崖石刻和现代化宾馆，眼前有挑东西上山的民工，耳边有此起彼伏的叫卖。在这种情况下，不可能以自身的文化感悟与山水构成宁静的交流、深挚的默契，只有游山玩水。

在黄山，印象最深的是看日出，我们凌晨3点多起床，从北海宾馆出发，走了40多分钟到光明顶。我选择了一个制高点，架起照相机，不一会儿，云雾渐渐透明，朝阳透过厚厚的云层，从东方吐出一丝红霞，慢慢扩散，时而色彩灿烂，时而一片灰暗，时而灿烂与灰暗相间，云彩在不断地翻滚，色彩在千变万化，眼看云彩中最红最亮的地方太阳即将升起，却又被云层遮住，红点亮点又消失在云雾之中……

突然间，我想起了英国诗人济慈《希腊古瓶歌》里的一句诗："听到的声音是美的，听不到的声音更美。"

（刊于《福建文学》2000年第6期）

雪 山 记 行

一座雪山居然耸立在北回归线旁,这无疑是个奇迹。自从古生代地球发生印支运动,把它从海底托起之后,就给这片土地带来了无比的灿烂。早在唐代,这座雪山就被誉为"神外龙雪山"而闻名遐迩,让人着迷叹绝。

我们一大早从丽江古城出发,汽车在海拔2500米高的公路上奔驰,十多分钟,便到雪山脚下。这里四季如春,奇花异草争奇斗艳,令人心旷神怡。

在云杉坪索道售票处排了一个多小时的长队后,乘缆车到山腰,再沿着林间铺设的栗木栈道,漫步于原始森林中。成千上万棵云杉参差不齐,笔直向上。三五成群的牦牛在林中寻找食物,悠然自得。零零散散的"潘金妹"(姑娘)沿途叫卖,随处可见。

绕过一个大弯,来到了云杉坪。传说这里是古时男女青年的殉情地,被称为"玉龙三国"。草坪四周云杉环绕,是观看玉龙雪山的最佳位置。"这就是玉龙雪山。"导游指着前方说。我们顺着导游指的方向望去,一片雾茫茫,百米之遥就不见人影,何况更远的雪山?

相传,玉龙雪山和哈巴雪山两兄弟在金沙江以淘金为生。一天,突然来了个魔王,霸占了金沙江,玉龙和哈巴与之大战,哈巴不幸战死,玉龙一连砍断了13支宝剑,终于赶走魔王。从此,哈巴变成了没有头颜的哈巴雪山，玉龙日夜高举宝剑，捍卫金沙江，最后变成了13座雪峰。

神话故事不可深信，但我在昆明飞往西双版纳的飞机上，从杂志上看到的玉龙雪山，确实是山顶终年积雪，山腰云雾缭绕，云下岗峦碧翠，气势磅礴，宛如玉龙腾空，十分壮观。难怪当年大画家吴冠中要来这里挥笔作画。雪山开始也是不肯露面，他便安营扎寨，耐心等待，终天在第13天的月夜里，"看到皎洁多姿的玉龙，像刚出浴的少女似的裸露了整个身段"（吴冠中《东寻西找集》）。他欣喜若狂，伏地飞动画笔，终成神来之作——《月下玉龙山》，并即兴题了一首七绝："崎岖千里访玉龙，不见真形誓不还。趁月三更悄露面，长缨在手缚名山。"听当地人介绍，玉龙雪山一年四季很少露面，只有在"月下"才能看到"出浴少女"。我们只好怀着几分沮丧、几分抱怨，挥手辞别。

第二天中午，秋阳高照，晴空万里，我们在黑龙潭公园观景。公园以森林和潭水为主，久负盛名。

沿着清澈见底的潭边往前走，经过锁翠桥、光碧楼、东巴文化研究所、龙神祠，穿过水上走廊，来到潭中心的"行月楼"，这里四面临水，清幽洁净。猛抬头，只见海拔5000多米的山峰，错落参差，峥嵘绚丽，好像一柄柄利剑指向云端。主峰山势陡峭，像一座巨大的金字塔，昂首云霄。灿烂的阳光照射着万年积雪的峰峦，银光闪耀，向世界展示一种高昂圣洁的追求。俯视潭水，雪山倒映其中，水中有山，山中有水，山水相映，美妙绝伦。正如郭沫若当年题写的对联："龙潭倒映十三峰，潜龙在天，飞龙在地；玉龙纵横半里许，墨玉为体，苍玉为神。"

在得月楼上的意外收获，远比在云杉坪看雪山精彩多了。远距离观景，如雾里看花，有一种朦胧的美，多一份欣赏少一份挑剔，多一份激情少一份冷漠，多一份浪漫少一份现实。这也符合"距离产生美感"

的美学规律。生活就是这样,常常带有戏剧性。有时你很迫切,尽管花了九牛二虎之力,却难以实现;有时冥冥之中,天时、地利、人和都具备了,在你不经意间就达到了目的。所以,凡事随缘,属于你的,挡不住,不该你的,别勉强。

我仔细地品味着这"阳春白雪",回想与山的相知相识,泰山之雄,黄山之奇,华山之险,雁荡之幽,武夷之秀,都领略过,而雪山的圣洁之美,我还是首次感悟,原来"最是那一低头的温柔,不胜凉风的娇羞"。

面对雪山,我由衷地感到,远离浮躁,回归自然,才是真正的生活。

(刊于《福建日报》2001年4月6日)

华山偶遇

据清代学者章太炎考证,"中华""华夏"的出处源于华山。

我们一行六七人一大早就来到玉泉院。玉泉院后门即华山入口,从这儿到北峰是"自古华山一条路",俗称华山峪。我们在华山峪跋涉,一路上,山上的喜鹊、白鹭、山鸡等时不时地、漫不经心地发出几声鸣叫;山涧的泉水哗啦啦奔流直下,洼水里的鱼儿在不停地游动,给清静的山谷带来了几分欢乐和喜悦。脚下的石阶每隔一两百米,就有诸如"上下求索,进退维峪"的石刻,激励着游人。

好不容易走到五里关。这里西傍绝崖,东临深壑,万分险要,俗称"通天第一门"。我们坐在"门槛"上小憩,积聚力量准备登千尺瞳。突然,不远处传来一曲悦耳的笛声,只见一位白发苍苍的老农一边挑担一边吹笛,身后跟着七八个挑夫。我邀他们坐下歇息。闲聊中得知挑物品到北峰,每公斤的价格为1角3分,一趟来回一般要八九个小时。他们中年龄最大的70岁,最小的38岁,每担40至50公斤不等。吹笛人名叫程玉良,今年60岁,是陕西华县的农民,从12岁开始上山砍柴挑担唱歌吹笛,练就了边挑担边吹笛、以吹笛来换气的本领。当地有民谣:"昨夜华山行,偶闻笛子声。铁笛程玉良,满头白发苍。身不高五尺,肩挑百斤担。不扶肩上担,边走边吹笛。一曲山丹丹,人担天梯上。笛声传千里,华山又一绝。"我从老程手里接过担子试了试，走了五六十米路就吃不消了。看着他们弯曲的脊梁和O字形的腿，我想起了几天前在宁夏西海固地区见到的农民，我认为老程他们的日子比西海固的农民更为艰难。

仰望千尺㠉，壁立千仞如天开一线，是"华山第一险道"，有"一夫当关，万夫莫开"之势。在千尺㠉入口处的岩壁上有"回心石"石刻，告知游人此处绝壁倒立，寒索倒悬，十分艰险。这里常常使游人魂魄不定，犹豫徘徊，顿生回心。我们一行跟在老程的后头，双手紧握铁索，时不时地低头看看脚底下不规则的石阶，又抬头盯住头顶上空的物品，生怕挑夫肩上的物品滑下砸到自己。攀上千尺㠉，又遇百尺峡。眼前两块岩石间悬空夹住一块巨石，似欲坠落，上刻"惊心石"。我迅速穿过巨石，回过头来再看，石上刻有"平心石"，方知妙趣。

到北峰已是中午1点多了，顿感疲惫上身，在亭阁里找到一个空位坐下，要了一碗方便面。忽见不远处有"智取华山"碑刻。服务员说，1949年国民党残部一个旅在北峰负隅顽抗。解放军侦察兵依靠当地农民向导，从北峰后悬崖上攀越天堑，击败守敌，留下"神兵飞越天堑，英雄智取华山"的壮举。站在这里遥望"天外三峰"，西瞰华山峪十八盘山道，感受李白的"石作莲花云作台"的诗句，更是别有一番情感。

我心旌摇曳上天梯，面壁蹑足长空栈道。一口气登完了东峰、中峰、南峰、西峰，到华山极顶，如入云端，出神入化，真是"举头红日近，俯首白云低"。

下山途中在金锁关又遇见老程等挑夫，一首悦耳的笛声《走西口》在华山回荡："哥哥你走西口，小妹妹我实在难留，手拉着那哥哥的手，送哥送到大门口……"

（刊于《福州日报》2004年7月7日）

登方岩小记

在一个风和日丽的清明节，我和妻子陪着爸爸妈妈到浙江永康祭祖。第二天又马不停蹄去登方岩。从市区到方岩三四十里路，不到半小时，我们就到了橙麓村村口。一下车，一座明清时期的牌坊就映入眼帘，牌坊横额上"方岩"两个鎏金大字，虽然有点儿斑驳，但仍不减其雄风。石柱上的长联"名山誉腾海外，越数万里，奇峰巍巍，风姿懿美；丽州事标史册，垂二千年，人才济济，文物隆昌"，笔力遒健，高妙典雅，是对永康历史文化和政治经济的高度概括。我们穿过牌坊，漫步在油光发亮的鹅卵石路面上，随处可见明清建筑，如明代的"得耕居"、清代的"移经堂"等，马头墙，青瓦立脊，雕砖重檐，于古朴中显得清雅。千余座古代建筑或仿古建筑全部笼罩在现代商业里，各种各样的商店、饭店、旅馆、杂货店、五金店让纵横橙麓、岩上、岩下三个村的三里长街熙熙攘攘，热闹非凡，也带动了当地经济的繁荣和发展。70多岁的老爸，从小在永康长大，对方岩更是情有独钟。他跟我说，过去永康人一般是10岁开始登方岩，每年的八月十三和九月九日人最多，一是拜胡公，二是看山上的大型民间表演。

我们边走边聊，不知不觉就走到了岩脚。这里林木蔽天，万木竞秀，满山遍野的杜鹃花、金樱子花五彩缤纷，麻雀、喜鹊等百鸟争鸣，诗情画意。广场南侧，一座巨大的照壁上刻有宋高宗的御笔"赫灵"二字。

仰望方岩山，平地突兀，气势雄伟，丹霞绝壁，形似擎天方柱。一进山门，就拾阶登高。我们沿着古人在悬崖上劈出的岩路，走走停停，停停走走，400米高的方岩花了一个多小时。爬过飞桥，就到了"天门"，抬头便见清人沈藻诗云："绝壁无他径，悬崖只一关。"这是上方岩山顶的唯一通道，有"一夫当关，万夫莫开"之势。天门上建有一座两层的凉亭，驻足亭前，临空远眺，有天上人间之感。登上天门即到"天街"，200多米长的天街有近百家"天店"，店里挤满了买香买纸的游客。妈妈信佛，她在一家店里买了三把香后，就独自一人去胡公殿、广悲寺和玉皇殿烧香去了。爸爸信主，只顾看山看水，不参佛事。天街西侧有"天池"，又叫"星月池"，旁有一口古井，后来不知何时又开了两口新井，人称"三井印月"。这里曾发生过一次重大战役：1120年冬，方腊揭竿起义，永康的陈十四等人响应，次年春攻克杭州等6州52县。永康等地方官军逃到方岩，凭障抵抗。义军选此断崖裂隙攀藤上山，被官军发现后，砍藤投石，义军许多人壮烈牺牲。后人为了纪念这次农民起义，遂在井边立了一块石碑，名"千人坑"，记述了那次惊天动地的壮举。正当我们在谈论那段历史时，一位解签先生走到我表弟面前，怂恿他抽签解诗。记得表弟抽了第36签。签诗的大意是，敬神礼佛要从实际出发，不要花费很多钱财，关键在于心诚志坚，持之以恒。要不断积累小的善行，才能养成高尚的品行。上上签也。我们听后也为他高兴。

天街尽头，有一照壁，上刻"为官一任，造福一方"8个红色毛体大字，右侧是胡公祠。导游介绍说：1959年8月21日，毛泽东在庐山开完党的八届八中全会后，乘专列路过金华时，在火车上接见了几位地方负责同志。毛泽东问永康县委书记马蕴生："你们永康什么最出名？"马回答说："五指岩的生姜很出名。"毛泽东摇摇头说："你们那里有个方岩山，山上有个胡公大帝，香火长盛不衰，最出名。其实胡公不是佛,也不是神,而是人。他是北宋时期的一名好官,为人民办了很多好事、实事,人民纪念他罢了。为官一任,造福一方,很重要啊!"

下山的路上,胡公的故事一直在我脑海里荡漾。胡公名叫胡则,曾担任过北宋的工部、兵部侍郎。史书记载:胡则"逮事三朝,十握州府,六持使节,选曹计省,历践要途"。他为老百姓做了许多好事,特别是他晚年克服了重重阻力,奏免衢婺两州丁钱的举措,受到了当地百姓的感戴。但时隔千年,为何在胡公殿烧香的人经常拥挤不堪,抢签筒、抢拜垫、抢上香,特别是胡公庙会期间,更是人山人海,每天上山朝拜的人高达数万人?难道像狄仁杰、包拯、海瑞这样的好官需要数百年才能造就一个?历史需要好官,时代呼唤好官!

不远处,隐约可见著名的灵山湖蜿蜒在群山中,十里湖区笼罩着一片翠绿。忽然,我想起了刘禹锡的"山不在高,有仙则名。水不在深,有龙则灵"……

(刊于《福州日报》2010年4月29日)

且 听 风 去

我曾在平潭岛工作、生活过3年。

我无法准确定义幸福的含义,却能实实在在感知:蓝天下、碧海旁,老人们脸上常带着惬意与祥和,清风斜阳里畅谈往事的清淡与高远;孩子们尽情玩耍嬉戏,畅快歌唱,任时间在指尖流淌;来自海峡两岸的青年,意气风发、以梦为马,如百卉在春风中萌动……这是大开发、大发展带来的看得到、闻得着、抓得住的幸福,真真切切地存在于每一个平潭人身边。然而,还有另一种幸福,需要用心体会、用情感受,它是自然的恩赐、天然的风情,是平潭最独一无二、魅力无穷的风。

乙未春,我带着福建省第二批挂职干部中的100多人从福州出发,奔赴大陆离台湾最近的岛屿——平潭岛挂职,怀着投身开放开发大潮的蓬勃激情,怀着建设两岸共同家园的美好信念。

汽车缓缓驶入平潭收费站,映入眼帘的数十台风力发电机齐刷刷地耸立在高速公路两旁,一座雄伟的大桥连接大陆与海岛,跨过海,蜿蜒绵绵,向远处延伸。桥的两侧是一望无际的蓝色大海,海风劲吹,汽车摇晃着慢速行驶在大桥上,翻涌的海水在桥墩上激起白色浪花,时不时飞溅到离海平面三四十米高的车窗上。也许是看出了大家的疑惑不解,负责接应的平潭本地干部调侃道:"水在中国传统文化中是财气的象征,可见你们到平潭挂职,不仅给平潭建设带来了强大的智力支持,还为平潭发展提供了丰富的物力资源。"汽车下了大桥,沿着宽敞的环城大道驶入挂职干部小区。车停稳后,我习惯性地开锁推门,不料却推不开,我诧异地问司机,车门坏了?他笑着说,平潭风大,下车得用力推。我将信将疑用力推了几下,车门依然没有动静,司机呵呵笑着下车帮忙打开。平潭的风,果然不容小觑!

挂职干部小区坐落在平潭老城区城东一隅,面朝大海,闹中取静。院子里有一棵长得歪歪斜斜的榕树,只见枝丫不见绿叶,时不时有塑料袋或纸张被风刮到树上"哗啦啦"作响。起初,我请清洁工及时清理这些垃圾,但后来发现这是无用功,大风似乎是没有遮拦的小霸王,吹着响亮的呼哨,隔三岔五裹挟着塑料袋到处奔跑。深夜,楼道的铁门和入户大门常常被风吹得"啪啪"作响,风扬起的沙尘穿过门窗缝隙飘落在书桌上,弄得满屋狼藉。我查阅了相关资料,见《平潭县志》载:"相传清初,浦尾十八村,一夕风起沙拥,田庐尽墟,附近各村患之。"后来,平潭的民谚用"一夜沙埋十八村"形容风大,世代相传。

因风沙漫天飞舞,过去的平潭常年"光长石头不长草",生态环境不容乐观。平潭历届党委、政府都曾在吹沙地上造林下过功夫,其中有位深受群众爱戴的县委书记白怀诚。中华人民共和国成立初,平潭贫穷落后,自然条件十分恶劣,白书记带领群众筑公路、建水库、打深井、修水渠、造盐田,植树造林,治理风沙,短短几年时间,平潭的风沙得到了有效治理,群众的生活得到积极改善。时至今日,当地的老党员们还满怀深情地称白书记是平潭的"谷文昌"。他也成为一面旗帜,激励着一代又一代后来人,前仆后继,吹沙造林,绿树成荫。

2012年以来,福建省委、省政府启动实施"四个一千"人才工程,其中一个,就是每5年从全省选派1000名优秀年轻干部到平潭挂职,躬身实践,投入创业热潮,集智聚力支持平潭开放开发。绿水青山总关情,陆续奔赴而来的挂职干部们在本职工作之余,年年都参加吹沙造林活动。近十年来，大家种下的木麻黄从林地到林带、林网，已经蔚然成林，耸立起一道道巨大的绿色屏障。居高而望，触目皆是蔚蓝色的大海，海风习习，水波不兴，而平潭的大地绿色飞歌，林涛阵阵，绿光粼粼，正荡漾着坚韧的精神与动人的传说。

2016年"五一"期间，我在大练乡党委书记郭为建的陪同下，到福平铁路项目部三标三分部调研。三分部位于平潭小练岛，岛上有3个行政村、5个自然村，村里的青壮年大多外出打工，岛上人烟稀少，人迹罕至，每天只有一艘船能够在大、小练岛往返一趟，出入十分不便。调研过程中，我与"大桥人"在工棚里座谈、研讨，深入了解大桥建设情况，深切体会到建设者们的艰辛不易。别的不说，只看这平潭的风，便足以让人畏怯。据记录：平潭全年9级以上大风58天，8级以上115天，7级以上210天，6级以上314天，基本风速每秒45米，年平均台风6—7次。在这样恶劣的条件下进行如此浩大的工程建设，其难度可想而知。

次日，我在福平铁路项目部三标党工委书记赵进文的陪同下到一线走访调研，近距离了解工人的生活起居和工作情况。赵书记介绍："平潭的海坛风口，是世界三大风口海域之一，与北美佛罗里达半岛的百慕大、非洲西南端的好望角齐名，也是历史上出了名的航船行驶禁区。目前，海坛风口附近海域还发现有20多艘古沉船遗迹。"

在这样的条件下怎么建设？我的疑问更深了。不承想，当行至10万多平方米的海面建设平台上，之前的困惑竟然瞬间消散。一片浩瀚无际的蔚蓝色海面上，在阳光热切的注视下，跳跃着粼粼的波光。大风从海天一色处推卷着海浪，翻滚着层层叠叠、洁白无瑕的浪花，一波一波地涌上来，升腾、幻灭，此起彼伏，不停地拍打着钢架，在做一场华美而盛大的绽放。与小岛的荒凉迥然不同，眼前的建设工地车水马龙、热火朝天，满头大汗、斗志昂扬的工人们来往穿梭于铁架高台之间，紧张而有序地作业。面对着浩瀚无际的大海与豪情万丈的工地，胸中的满腔热血喷薄而出，令人顿时心生"三万里河东入海，五千仞岳上摩天"的感慨。一名工人告诉我，现在所处的位置就是海坛风口，工人们所有的吃住都在这个平台上，一日三餐、长年不休，生活和工作条件艰苦可见一斑。而最令我难忘的，是在调研中，见证了世界建桥史上的一项新纪录的诞生，我目睹工人们通宵达旦连续工作20多个小时，于海风呼啸之下，把一个3700多吨、足有8个篮球场大小的主塔墩钢吊箱围堰顺利吊装成功。

赵书记告诉我："平潭大桥是中国铁路桥梁的标志性工程，也是桥梁科技创新的代表性工程，它开创了在复杂海域施工的奇迹，称得上新时代信息化技术运用的样板。"我面向大海，海风吹在脸上生疼，但内心油然而生更多的敬畏。我们这个时代的传奇，就是这些怀揣着坚定理想、执守着赤诚信念、具有英雄气概的人们所创造的；我们这个时代的精神，就是这些无惧风浪、始终勇往直前，具有英雄气概的人们支撑起来的。他们，展现了新一代中国造桥工程师们的时代风采，也表现了中国人发奋图强的攻坚精神和不屈不挠的民族精神，更折射出一个坚强刚毅的大国的世界形象！

站在海浪拍打的礁石上，迎着扑面而来的阵阵海风，我内心久久无法平静。平潭的风，曾经令人畏怯恐惧，当地百姓一代接一代不懈地与之抗争，虽然也取得了不小的成效，却终究只能做到"防守难攻"；而今，五湖四海的精英人才会聚于此，与平潭人民凝心聚力、携手奋进，终于实现历史性的逆转。人们不仅在大风大浪中创造了中国第一座公铁两用跨海大桥、总长度50多公里的环岛公路和周边一座座拔地而起的新城等奇迹，更进一步集智聚力、因势利导做好"风"的文章：按照风力发电、风电制造、风电服务、融合发展四大板块精心打造风能产业链，充分发挥产业上下游之间的协同效应，推动经济社会高质量发展；以国际风筝冲浪节为亮点的风运动产业蓬勃兴起，带动风电与旅游相融合的新业态旅游产品设计研发；集观赏性、先进性、科学性于一体的现代化综合性"风博物馆"正在建设……而今，风已成为平潭一张独特的名片，展示着"海西风能之都"的无限魅力。这是国家战略的伟大规划，是所有建设者们共同努力的成果。

一个个风中奇缘正在书写，一曲曲风之赞歌飞扬流转，曾经令人畏惧的大风，吹皱了多少沧桑的容颜，吹散了多少远行的船舷，却吹不倒改革开放奋斗者挺拔的身躯，吹不灭新时代建设者灼灼的理想。

尼采说："我们来到这个世上，就应该跟最好的人、最美的事物、最芬芳的灵魂倾心相见。如此才好，不负生命一场。"来吧，来平潭走走，看看这里的蔚蓝深海，吹吹这里的飒飒海风，领略这里的幸福蓝图，感受那一个个自海风中淬炼出来的美好而坚强的灵魂！

（收入《石帆13》，海峡文艺出版社2020年版）

山那边有条河

我的家乡在闽浙赣三省七县接合部的一个小盆地里,四面环山,与武夷山紧紧相连,山泉聚成一条小河,从山林中腹地里缓缓流出,直奔闽江。

离我家二三公里有一座"梦笔山"。473年,南宋文学家江淹被贬任浦城县令,一日夜宿孤山,梦中得到五彩花笔,日后文采飞扬。此山因梦笔生花而得名。儿时,我不知道"仁者乐山,智者乐水"的深意,也不懂梦笔生花的传说。梦笔山对我的诱惑并非它景色美而完全是为了野果。野果是我们儿时奢望的零食。每逢节假日我就和同学们一道上山采果。

浑身长着刺的野草莓以其诱人的香味和富于刺激、挑战的魅力成了儿时觅食的首选。当我们争先恐后地采摘到一口袋的野草莓时,手指已被鲜血染红。另一种俗称"乌饭子"的野果则温柔多了,表面光滑柔嫩,紫红色,比黄豆略小一点儿,味甜。将采得的"乌饭子"一把倒进嘴巴猛嚼一口,紫红色的果汁即从嘴边溢出,伸手在嘴角轻轻一抹,接着往衣服上一擦,手黑了,衣服也黑了,同学们张开满口的黑牙,你笑我来我笑你,清纯的笑声在群山中荡漾,清爽无比。

此外还上山砍柴或扒松叶。记得每次上山砍柴,我就想起电影《小兵张嘎》中的游击队员,把木柴当"鬼子",双手握刀,一刀刀向"鬼子"劈去，看到"鬼子"纷纷倒地，心里很是痛快。但高兴之余，痛苦接踵而至。回家的路上，肩膀被柴火压得又肿又痛，感觉越挑越重，路越走越远。一路上走走停停，两三公里的路程竟走了两个多小时，后来我换了个轻松的活——扒松叶，只要用铁扒或竹扒在松叶堆积如毯的山地上轻轻一扒，松叶就像滚雪球似的越滚越多很快就滚成一堆，再装进竹篓。由于有了挑柴的教训，就把松叶蓬松地装进竹篓，一路春风得意。第二天做午饭时奶奶让我帮她烧火，结果饭菜未熟松叶就烧光了。奶奶微笑着对我说，你能挑100斤却为了轻松只挑50斤，怎么能锻炼成长呢？事隔30多年，奶奶的这席话还时常在我脑海里回荡。

山的那边有条河——南浦溪，它是闽江的源头、山城的母亲河，是一条流光溢彩、清澈甜润的小河。记得七八岁时，父亲就带我到河里学游泳，开始常常被呛，呛多了也就学会了。整个夏日里，每天午饭后就背上书包骗爷爷奶奶（我自幼跟随爷爷奶奶生活）说上学读书，其实整个中午都泡在河里：跳水，打水仗，游泳比赛，潜水捡石头。偶尔还能抓到一两只小鱼呢。

小时候的上山下河让我养成了游山玩水的习惯，长大后总喜欢抽点时间到各地走走看看。尽管跑了大半个中国，但真正让我魂牵梦绕的还是自己的家乡，那里的人文、山水乃至一草一木。我常常想起梦笔山，那漫山遍野的野果和野果给我儿时带来的欢乐；常常想起南浦溪，那清澈的河水在我童稚的心海里荡漾的绿波。我心中始终坚守着那座很普通的山，它不高不陡却让我站得更高、看得更远；始终坚守着那条清澈的小河，它不宽不深却让我健康成长、心灵纯洁。

（刊于《福州日报》2004年7月13日，获2004年福建省报业副刊作品二等奖）

后　　街

后街，在浦城城北一隅，东接五一三路中段，西连马车埂205国道。大概是因为当年南浦溪水路交通发达，取沿岸的一条街为前街——有前就有后，这条街远离溪水，因此就叫后街。近二三十年来，后街几易其名，改到现在许多人已不知它曾叫后街。

后街是浦城最古老最热闹的街巷之一。我曾在这儿住了30多年，它的热闹躺在床上就能感受得到：凌晨3点多邻近的屠宰铺就开始工作，凭猪惨叫的声音大小和次数，我就知道宰了几头猪。板车拉着猪肉经过我家门口到供应点，每人每月凭票供应半斤。一会儿，雄鸡打鸣，邻居开的豆腐店石磨开始转动，将那些前一天用水浸得饱满透亮的黄豆磨成浆，然后沥浆、煮浆，成卤后舀到一块木板上压成豆腐，再加工成豆干或豆皮，边做边卖。农民陆续进城沿街卖菜、卖柴、卖鸡、卖蛋，此起彼伏的叫卖声不绝于耳，那是几个小摊贩在东方红小学门口做生意。卖烧饼的炉火烧得很旺，师傅把做好的烧饼坯整齐地放在台面上，再用一把湿湿的刷子在炉壁上迅速一刷，即在上面贴满烧饼，关上炉口两三分钟后，烧饼就做好了。刚出炉的烧饼色黄，入口脆香。还有卖油条、卖油饼、卖盒子糕的，那葱花和油炸的香味，缠绵得直钻心底，多少年来都不会忘记。

我的童年在爷爷奶奶家度过。爷爷是远近闻名的眼科医师，早年在南京中美眼科研究所工作,抗战期间逃难到浦城后一直住在后街。我们家的后门与五六户邻居的后院互通,分别住着闽、浙、赣等三四个省份的人,有医生、农民、工人、教师等,各种方言通过单调的灰蓝色服装交汇在一起。除了我们家之外,他们都有一到两分的菜地,种有茄子、韭菜、豆角等。还有三四户人家养猪,其中一户是干部,养的猪较多较肥。几乎家家户户都养鸡养鸭,客人来了,就到鸡窝去摸鸡屁股。后院还有一口水井,生活很是方便。黄昏,男人打赤膊,穿拖鞋,左手端碗,右手拿筷,不约而同地凑在一起,或坐或站,边吃边聊。老人惬意地坐在家门口的石礅上,慢慢悠悠地摇着芭蕉扇……

隔壁是第三旅社,门口有一个古井,井壁苔痕青青,有提水的、洗菜的、洗衣服的,还有刷牙、洗脸的,把水井围得严严实实。晨雾朦胧中街边门口或立或蹲着一些人在刷牙,也有刷马桶的。卖酱油的担子走到跟前,拉着长调喊一声:"卖——酱油喽……"担子挨着马桶放下,主妇就三三两两地围拢上来。她们虽然身穿睡衣,发髻蓬松,却仍透出晚春般的缱绻,风韵依然撩人。

只要有时间,我总喜欢回后街走走。

细长的后街,两旁长满垂柳,常年一片翠绿,婀娜摇曳,绿影婆娑,映着泥墙灰瓦和木板房,古朴宁静。青石和鹅卵石路面被来来往往的行人踩得油光发亮,颇有戴望舒《雨巷》那种韵致。放眼望去,满街多是单层木屋,两边的房屋向街心对开门面,一间紧挨一间,一座挨着一座,鳞次栉比。居民把晒衣服的竹竿横在自个儿门前,也有搭在对门屋檐下的,人们在后街行走时,头顶常常飘着衣服裤子和婴孩儿的尿布片。开店铺的,白天卸下门板营业,晚上嵌上,吃住都在里面。没有一扇光洁通透的玻璃橱窗,原木的颜色被时光染成了酱黑色,却不失洁净整齐。

离我家一箭之遥的"水井头"（本地方言，水井周边的意思）有一座古宅，是后街保存较为完整的古建筑，里面住有二三十户人家。它是后街的符号：斑驳的泥墙，古老的砖雕，长满青苔的瓦背，雕梁画栋的建筑。这份古老和宁静，只有走近它，你才能真切地感受到。邻里的老人们聚在"大门头"（本地方言，门口的意思）抽烟、喝茶、打牌，谈笑风生；几个男人坐在街边的竹椅上下象棋，有时为一步棋争得面红耳赤。人们过着自个儿油盐酱醋、锅碗瓢盆的悠闲生活。

我家对面的东方红小学曾是我童年的乐园。操场旁边有一口池塘，里面少不了鱼、虾和螺。我们追逐嬉闹罢了，总忘不了到那儿，或在水面上飞瓦片，或沿塘摸螺蛳。有时也会遇到个把高一两年级的毛毛头，俨然头目，吆五喝六，指挥着一帮年龄更小的光屁股。教室后面有一片三五亩的菜地，地里种满了蔬菜、辣椒和葱蒜。每逢夏季，藤条附在泥墙灰瓦上不停地延伸，爬满了围墙，上面长满了凉粉籽。我常用竹竿把熟透了的凉粉籽打下来去换凉粉吃。

从教室到礼堂，从办公室到厕所，所有的露天连接路面都是青石板和鹅卵石。一场小雨就浇绿了路面，湿润细腻。嫩草和青苔一夜间挤出石缝，爬上石阶，露珠晶莹，绿意充满了石间的缝隙。低洼处流着雨水，清清的，浅浅的，一脚踩下，那水仿佛从石头中溢出。盛夏，校园也毫无暑意，四通八达的石头路让你沁凉无比，清幽的苔藓、灵秀的绿草和数十棵百年老树编织了一片阴凉儿。即使漏下几缕阳光，热能也已减半，还平添几许斑斓、几分趣味。有时，可见蟋蟀突然从围墙的石缝里弹出，飞得不远；知了在树上不停地浅唱，一只停了，另一只接着又唱；偶尔池塘里还会传出几声悠扬的蛙鸣……

哎，后街！

那是我儿时充满梦想和快乐的老街，黏糊糊的麦芽糖、五光十色的玻璃珠、竹节做的弹弓、木制的红缨枪；和小朋友从吴家穿陈家，围着猪圈捉迷藏；少男少女边跳牛皮筋儿边唱儿歌，那首伴随我童年的儿歌《月光光》，至今还记忆犹新："月光光，照四方。四方圆，卖铜钱……"

对门住着一个赣剧团的乐师。每天清晨，从二楼那间矮小的阁楼里就会传出清脆的笛子声或悠扬的二胡声，悦耳动听的旋律在后街回荡……

（刊于《福建文学》2011年第9期，收入《福建文艺创作70年选·散文》）

从"路索斋"到"三闲堂"

勇于追求是一种精神，勇于超越是一种境界。

的确，尘世中有太多的功名利禄，有太多的追求思慕。用什么样的心境看待世界、生活、人生，以什么样的人生观、价值观、世界观去感悟身边发生的一切，是一个人一生能否快乐与幸福的源泉。

我曾将屈原沉吟泽畔的"路漫漫其修远兮，吾将上下而求索"作为座右铭，以激励自己。求索已成为我生命的常态，那是一种探寻，一种追求，一种对文学、艺术、人生的审视和发现。我孜孜以求，探寻未知的世界，追求美好的理想，审视快乐的人生，坚持永恒的真理……因此曾给书屋取名为"路索斋"。

漫长的求索过程中，我感觉到无论是文学、书法、美术、篆刻、摄影，还是别的艺术追求，都有三种境界：描摹自然，"清水出芙蓉，天然去雕饰"，此其一；高于自然，走过最初的阶段，必然"见山不是山，见水不是水"，此其二；回归自然，返璞归真，毫无斧凿之痕，天人合一，此其三。

艺术如此，人生亦如是。一个人若要达到真正的成熟、圆融，也必得与尘世合而为一。这不是对尘世的妥协，而是一种自觉，是千帆过尽的淡然与超拔。

这时，拥有达观的人生态度，看淡一切名利得失，宠辱皆忘，平静如水。"不以物喜，不以己悲"，平和地待己待人、待事待物。放下一切俗务，犹如一叶小舟漂在浩渺水面，"纵一苇之所如"，放下目标，放下压力，无为，然后无不为。

这时，拥有安时处顺、自由自在、恬静淡泊的心境和生命情怀，这不仅是为人处世的状态，更是感应自然宇宙的态度，是人生的自由之境。

这时，虽身在尘世，精神却能超脱出来，不离开现实而又超越现实，不将外物当作满足功利欲望的对象，而是审美的对象。远置现实而又不隔离现实，对生活持若即若离的态度，就能于淡然、旷达的境界中品味、享受人生。

读闲书，做闲事，当闲人。读一批经典著作，与先贤进行心灵交流；走几处山水名胜，与自然的天地进行交流；写一些心得文章，与自己的灵魂进行交流；做一点儿慈善事情，与人类社会进行交流。从尘世的羁绊中解脱出来坐看云起，这样的生命安谧又超然、闲适又自由、自然又亲近。

于是，我将书屋更名为"三闲堂"，开始自己的另一种人生。

诗意的栖居
——浅谈文化与生活

什么是"文化"？古往今来，千言难解，万语莫辩。文化是屏风周昉，是岁久丹青，是"金蟾啮锁烧香入，玉虎牵丝汲井回"的悠渺轻绕，是"琢瓷作鼎碧于水，削银为叶轻似纸"的精巧细致，也是"日暮沙漠陲，力战烟尘里"的雄浑苍茫。《周易·贲卦·象传》有言："刚柔交错，天文也；文明以止，人文也。关乎天文，以察时变。关乎人文，以化成天下。"也就是说，"文化"即"人文化成"，是人类在社会历史实践过程中所创造的物质财富和精神财富的总和，大到历史地理、风物人情、文学艺术，小至生活方式、行为规范、思维理念，可以说是一个包罗万象、含意深远的概念。

往大处说，文运即国运，是一个民族灵魂。从小处来看，是精神记忆和心灵家园，它是活生生的，散落于寻常百姓间的点点滴滴："画罗织扇总如云，细草如泥簇蝶裙"说的是服饰文化，"人间巧艺夺天工，炼药燃灯清昼同"说的是器物文化，"廊腰缦回，檐牙高啄"说的是建筑文化，乃至"秦烹惟羊羹，陇馔有熊腊"的饮食文化，"寒夜客来茶当酒，竹炉汤沸火初红"的茶文化，和"红泥小火炉，绿蚁新焙酒"的酒文化……可以说，人类各种生活要素形态，如衣、冠、文、物、食、住、行等，都可以衍生成为独特的文化景观。从"元宵争看采莲船，宝马香车拾坠钿"的节庆民俗，到"飞鸿戏海述劲藏，舞鹤游天灵韵扬"的书画艺术，文化并非仅是阳春白雪、高山流水，更多是下里巴人、田野乡间。在我看来，于日常琐碎中发现诗意，在繁杂庸俗里演绎诗情，就是走进文化、感受文化、拥抱文化最好的方式。就如诵吟的老僧、佩剑的侠客、抚琴的美人，都曾激起诗人们的灵感而得以吟咏成篇，即使平凡如伐薪的樵夫、垂钓的渔翁，甚至浣纱的村妇、弄笛的牧童，也因诗意的美妙赋予而入书入画，谁又能说这其中不是蕴含着深邃的文化情感和文化记忆呢？

然而，现代生活以便捷的交通、无处不在的网络，填满了日常生活的所有空隙，一味追求速度和节奏的粗糙不断滋生缺乏人文关怀的世界观与价值观，对人类生命自在和灵魂自由产生了越来越严重的侵蚀，建筑大同小异，景点似曾相识，流行转瞬即逝，传统逐渐流失……现代生活正在以它机械复制的枯燥和单调消磨人们对文化的敏锐体验和深度理解。追本溯源，其原因正是想象力的缺乏和诗意的缺失，是静观人生起落、体察人事冷暖、享受生命美好能力的退化。2017年春节，央视播出的《中国诗词大会》电视节目，掀起了古典诗词文化热潮，一时间，"朋友圈"被诗词曲赋刷屏，无数男女老少被诗词达人圈粉，显示了人们内心对传统文化所蕴含的民族精神、人文价值和生命力量的渴望。而这不得不归功于古典诗词辞采优美、意象丰富、情感充沛和蕴含隽永独特魅力的启迪，也就是诗情的召唤和诗意的启发。

《文化生活报》将文化融入生活，在生活中体现文化，在寻常物象间经营审美形式，追寻诗意精神，以图文并茂、诗情画意的方式，营造高雅的艺术交流氛围，致力于推介优秀文化，提倡品质生活，表现诗意栖居，体现了浮华喧嚣中坚持艺术品位的追求，在当下的快餐消费观念中，更是难能可贵。《文化生活报》还始终保持着对福建文化深切的关注，以诗意的深情，挖掘城与人的故事，探寻历史和经典的传奇。其内容从文苑资讯到艺术动态，从人文景观到风情民俗，从传统工艺到城市文明，通过关注与人们休戚相关的环境、绵延不断的传统与深邃广博的心灵，守护榕城文脉，启迪民众智慧，让城市的人文精彩得到璀璨绽放。这份在现代生活中明确自我定位、清醒自我认识的坚持，有如安慰人心的和风细雨，更如月夜盈亮的光华明灯，蕴藉和指引着每一个在城市中不息奔波的灵魂。

（刊于《文化生活报》2018年第1期）

青竹广场记

青竹广场，占地百亩，坐落在世界文化与自然遗产地——武夷山国家旅游度假区内，与错落有致的青竹山庄主体建筑珠联璧合。

七百余日辛劳，一扫往昔荒芜；各方鼎力相助，换来今之胜景。仿宋花岗岩牌楼气势恢宏，荡气回肠；名家诗联、题字满目琳琅，赏心悦目。石碑、石雕、石亭，布局奇巧，相映成趣，蕴含着浓郁的文化内涵。一泓清泉潺潺流淌，汇入半亩塘。千米青砖路、砾石路交错蜿蜒，匠心独具。健身场，老少欢乐；足球场，队员驰骋；半亩塘，荷花艳丽。徜徉其间，桂花、木槿花，芬芳拂面；名树异木，挺拔郁如。好雨初歇，蓝天白云，蛙鸣蝉叫，蜂飞蝶舞，鸟语花香，美韵浑然天成。月照石亭，箫鼓笙歌泛夜外；清风明月星光里，一派清幽祥和。放眼望去，万米绿茵，万丛灌木，万竿翠竹，与大王峰交相辉映，苍翠葱茏。湖光山色间，鲜艳的旗帜迎风飘扬。

青竹广场的建成，为武夷山绘就新画卷。愿以竹之坚韧不拔、虚心进取、高风亮节、乐于奉献的品格共勉，建设武夷，发展武夷。

（刊于《福建日报》2007年8月5日）

闲事的分量

如果说2005年开始筹建青竹碑林是我在武夷山干部培训中心工作的一部分，那么，自2009年初夏调回机关工作以后，青竹碑林的建设对我来说则是一件"闲事"。

其实"闲事"并非闲也，有许多具体事务需要扎扎实实去落实，来不得半点儿马虎。几年来，我利用闲暇时间无数次地穿梭于福州和武夷山，量身定做每一件作品，现在终于尘埃落定。

为何闲事干得不亦乐乎？我想这可能是对传统文化的一种自觉和坚守吧。怀着崇敬之心自觉地坚守，才是对传统文化最好的热爱，才能捍卫它的尊严和体现它的价值，使之绵延不断、代代相传。传承和弘扬传统文化的最好方式，不是终日刻板地顶礼膜拜，而是要恢复历史的记忆，使优秀传统文化在现实的图景中复苏、发展。

此前，我曾把碑林划分为伟人、名人等四个园，并请中国书法家协会何应辉副主席和潘文海副秘书长题签，但在编辑中发现这种划分在体例上不够规范。为了便于参观和阅读，我把碑林划分为武夷、柳永、朱熹三个园。

武夷园。远古，武夷一片洪荒，彭祖率彭武和彭夷两个儿子以夸父逐日之悲壮，把蛮荒之地改造成人间仙境，从此，这方山水被冠名为武夷。武夷既是人名又是地名，既古老又现代。在这里——武夷园，可以容纳除了以柳永和朱熹诗词进行书法创作之外的一切作品。该园现有碑刻作品200多幅，绝大部分都是中华人民共和国成立以来伟人、名人书家颂扬武夷山水之作。

柳永园。众所周知，柳永是武夷山人，宋词婉约派代表人物。"凡有井水饮处，即能歌柳词"，柳词是独具特色的唯美文学，它的文字、意境和音乐的美，深受大众喜爱。但以柳永为园名则纯属偶然。我的朋友陈旭约我共同创作柳永电视连续剧文学剧本，该剧本2008年由海风出版社出版。在此期间，碑林建设正如火如荼。为了突出和弘扬地方特色，我从柳永的《乐章集》中遴选出100首诗词，请全国知名书家进行创作，迄今为止，已有90多首柳永诗词入碑。

朱熹园。朱熹是南宋著名的思想家、理学家和教育家，曾在武夷山生活和著述40多年。"东周出孔丘，南宋有朱熹。中国古文化，泰山与武夷。"蔡尚思教授的五言，高度概括了中国传统文化的两座丰碑。是武夷山成就了朱熹理学，还是因为朱熹使武夷山有了灵魂？"为有源头活水来"成为千古绝唱，800多年之后仍在耳边回荡。但在编辑《武夷山青竹碑林》（增补本）时，我感到很吃惊——我敬重的朱熹，其作品才刻碑20多幅！

中国传统文化历来有"励"和"闲"两个方面，分别为儒家和道家所倡导，宋代的朱熹和柳永就是其中的典型代表。其中道家的"闲"，得到历代传统文化名人的肯定和向往，如李白、王羲之、苏轼等。他们热爱本体生命，追求精神自由，这种人性的解放和心灵的表达，如行云流水，似朗月长空，把中国传统文化推到了空前的高度。儒家提倡励志的建设、奋斗，道家则讲究休闲时的享受、微笑。那么，青竹碑林于我来说，就是休闲时建设过程中的一抹微笑吧。

永恒的飞翔

我生长在福建北部的一个山城,那里有清澈见底的小河,连绵不绝的青山,高远蔚蓝的天空,稻浪翻滚的田野……这一切,让我陶醉和入迷,使我对大自然有着天然的感怀和依恋。大自然以其力量之源、艺术之泉,召唤着我,激励着我,在现实生活中寻找超越,寻找感恩,寻找自己的精神寄托。

我很欣赏柳宗元的"心凝形释,与万化冥合",其意思是:为了与自然生命抗衡,追求人与自然的同一,达到庄子的"天地与我并生而万物与我为一"的哲学化境。这,就是我进行摄影创作和散文创作的动机,是我追求的境界。

纵情自然、融入山水、天人合一是一个艺术家的文化品格,是逃避平庸、远离丑恶、追求宁静、回归天然的最佳生活方式和创作境界。我始终追求雅致、超脱、闲适、淡泊和智慧的艺术人生,与自然山水结伴而行。

《飞翔的痕迹》共分为七个部分,分别是:"生命之旅""行走西藏""新疆印象""八闽散记""九州采风""异乡行吟""延伸阅读"。这主要是根据行走的地域范围进行划分,但又力求突破地域文化的表面描述,在面对中华大地这块充满人文情趣、古老神秘的疆土时,努力表现它在历史演进中的深层人文内涵,并融入人生哲理的阐发和人生况味的体验。因此，我眼中、笔下的自然山水，不完全是"眼中"的自然山水，更多的是"心中"的自然山水，我尝试在书中构筑起一个拙朴、沉稳、恢宏、深邃、超然的艺术境界。

我努力把自然、生命、宗教融合到一起，追求自由、人道和终极关怀，竭力表现人文立场和精神姿态，表现血性和风骨的支撑。如第二辑"行走西藏"，这种指向就比较明显："让我们以敬天祭地之心仁爱于万物和众生，让神的光辉照耀到自己的身心，让我们的生命海拔，拔地而起。""他们的灵魂是飘扬在路上的经幡，迎风祈福，并宽恕所有的苦难与伤痛！""不是流落天涯，没有年华虚度，而是一路血性的长啸，一路彻底的释放，一路智者的沉思。"……我努力使摄影散文创作指向一种深度的开掘，力求突出人文的光辉和禅意的境界，同时强调内在意蕴的性情或禅意化。如："禅宗，就是入世后的出世，拥有后的放弃，是安静，是空灵，是淡泊。""常有大隐者，在喧嚣的尘世、熙攘的人流中，安静着一方心田。禅存于心，无论在何处都是安静的。"

创作中，我努力融入对中华文明的思索与缅怀，力求写出历史的灵魂，借山水风物与历史精魂默默对话；提倡散文的真实美和自然美，力求在哲学层面和文化意蕴上寻觅更广阔的空间。如，在第六辑"异乡行吟"中，徜徉于山水之间的我，时刻从自然中体味真理，体味思辨："岁月流逝的是战争，是权谋，是欲望；历史绵延的是情感，是佳话，是大爱。""敦煌是一个奇迹、一个传说、一个建立在尘世上的宫殿，它在流变中固守自我，在传播中兼容并蓄。它寂寞而又神色灵动，灰暗而又光彩夺目。它是宗教，是信仰，是神灵，又是众生。"我对中华大地上自然景观的描绘，并不仅仅是一种表层美的铺陈与渲染，而是致力于一种更深入腠理的求索和思考。

在语言表述上，我努力呈现一种原生态的、充满着自然和想象的诗性思维。我将生命的体验予以真实记录，将内心的情绪与对自然、生命的体验相互融合，在开阔而舒缓的语言节奏中，力求一种闲适、灵动的情调，做到细腻而自然，富有质感，带给人遐想。如："与天为伍，与地为伴，逐水草而居，仰天地而存，生旷古之幽情。""它是包容，天南地北，举杯邀月，共饮今宵的醉。它是前卫，乘着时光的列车，风驰电掣，抵达明天的世界。它是独特，在现实的门外，如一把冷月弯刀，直击世俗的平庸。"

《飞翔的痕迹》一书中，根据不同的地域，我力求写出不同。如，名胜古迹，写出它的美学内涵和深沉悠远的历史沧桑感；山川景物，努力写出一种灵动的境界和超拔的感怀；风土民情或人物生活，努力注入人类的精神品格和新的文化憬悟，让自己在艺术穿透力和美的哲思方面得到提升。

此外，书中还有个特殊的部分——"哲学履痕"。在这一部分，我努力冲破规行矩步，放逐山水之间，认识它，体验它，让自己在感应中获得警醒，获得哲思。如："减轻肉体的负重，提升灵魂的品质，返璞归真，回归自然，才能找到生命的真实存在，才能回到人生的原点。""心里有光明就看见光明，心里有黑暗就看见黑暗，心灵如果是空灵的明镜，就照见大千世界的本相。"在此，哲学与自然、哲学与人文共同创造了一个美好的精神世界，这也是我与自然契合和厮守的结果，是我的精神渴求和理想愿望在现实之外思索和寄托的结果。

我一直认为，散文与摄影是相似的。它们都是以拼合、呈现的方式，使某些事物更加完整，具有美感；都是通过节奏、画面、形式、质感、发现、表现等，来表达作者的情绪、意趣、审美，往深里说，就是以深邃的、奇崛的意象，折射作者的人生观、世界观。

个人的审美意境、人生态度直接支配着整个摄影创作过程：从审美体验、艺术构思到艺术传达，从审美表象、审美意象到艺术形象，甚至从具体的取景、构图、布光到后期制作，每个阶段、每个环节都不同程度地体现着个人的审美理想和艺术情趣。或"寓情于景",或"借景抒情",将个人的意境潜藏在客观写实的艺术形象之中,深入发掘心灵深处的意境变化,让瞬间氛围和人物的喜怒哀乐等意境成为永恒,如《遇见》《男人和女人》《宝贝》《母亲的脊梁》等。此外,根据不同的题材,提炼主题、构图,调控光影效果,将自己的主观情绪和意境糅进艺术形象中,如《坐而论道》《天问》《故乡》《泸沽湖上的等待》等。

在摄影与散文相结合的创作过程中,总是一先一后,一个是直接面对生活或自然,一个则是面对已经完成的艺术品。这就是说,摄影是从生活或自然中去发现,并把它艺术地再现出来;散文则从已有的发现中去再发现,从而把欣赏者的目光引导到某一个特定的视角上。我将摄影与散文相结合,不是简单地再现人文形象和自然景观,更多地考虑如何糅合进自己的意境、思考,使作品超越有限的方寸之地,具有更深邃的内涵,实现从画面的感性认识到文字的理性认知的飞跃,呈现出在有限画面中表现出无限理性外延的状态。

要创作出好的摄影散文作品,关键在内在功夫,即人文关怀、精神魅力与文化品格的铸造上。具备良好的品格、素养,超越功利、安雅从容的心态,才能使拍出的图片、写出的文章有灵气和大气,才有深厚的内涵和永恒的感染力。古人说:"何处楼台无月明?"只要自备一双"审美的眼睛",培育一个"易感的心境",那么,一山一水,一草一木,即使平凡渺小,也能触动个人的情致,寄予理想,陶冶情操,也能以独到的感悟,拍出独到的图片,写出独到的文章。

从镜头的对话到心灵的激荡,到对现代社会的了解和体验,到对人类文明的观察和思考,乃至对自身存在的价值和评估,我以为,摄影散文深层的意义在于此。

(收入《飞翔的痕迹》,海峡文艺出版社2011年版)

百 姓 美 食

有的人以吃"燕鲍翅"自诩为高档次，一餐下来少则几千元，多则数万元。菜贵得离谱儿不说，而且有时同桌的人互不熟悉，坐在一起没话找话——找话题干杯，找理由敬酒；还得注意自己的仪表是否得体，言辞是否得当。一顿饭下来，既花费了时间，又让自己身心俱疲。

相比吃这种"大餐"，我倒更喜欢那种百姓美食。

三年前，我出差到四川成都，在当地朋友的陪同下，上午游都江堰，下午逛宽窄巷、观武侯祠。参观结束已近黄昏，朋友说："到隔壁的锦里走走，晚上就在那儿尝尝四川小吃。"

锦里是四川历史上最负盛名的古街之一，早在秦、汉、三国时期就闻名全国。这里的一砖一瓦都渗透着蜀汉文化，店家的招牌别具一格：三顾园、张飞牛肉、三大炮等，处处古色古香；富有三国时期浓郁特色的皮灯影、曹营坝、煮酒坊目不暇接……

还没有游遍锦里，就已经饿得两腿发软了。我看了看表，跟朋友商量："7点多了，我们找个地方吃饭吧。"

"小吃一条街"全长约150米，有四五十家店，路边的小方桌张张爆满，两米多宽的巷子人山人海，被挤得水泄不通。我走到一家担担面铺前停下，店面虽然很小，却有汤汁等三种面臊十多个品种。面臊就是我们通常所说的"面卤"或"浇头"，四川人习惯把面臊分为汤汁面臊、稀卤面臊和干燔面臊。我喜欢汤汤水水，就要了一碗红烧牛肉面。

红烧牛肉面，按字面理解，就是面里有牛肉，其实远不止这个。我记得师傅还在碗里加有盐、醋、酒、味精、酱油、生姜、葱花、生蒜、芝麻粉、胡椒粉、辣椒油、花椒粉、碎米芽菜等一二十种调料。我左手端碗，右手拿筷，站在路边的人群里稀里哗啦地吃了起来，那热气腾腾、又麻又辣的感觉直钻心底，直吃得满身大汗、涕泪俱下、感叹不止。

平时吃饭，面食是我最爱。但我怎么也没想到，担担面居然这般好吃！我问朋友有何玄机。他指点说，担担面好吃，关键在面臊和调味。面臊的制作很讲究：把猪腿肉剁成酱，用少许的油把甜面酱划散，然后用文火煮，加盐、胡椒粉、味精等调味，等肉酱变成茶色即起锅。此外，调料也非常重要，川菜的精髓就在于把很多的调味原料组合在一起，达到和谐统一。怪不得这么好吃，原来是样样都有讲究啊。

几片牛肉一挂面，是绝对上不了宴席的，但在百姓手里却化为神奇。柔韧的面，麻辣的汤，说不出的美味。于是，后来两次去西藏出差途经成都，我都要专门到太升南路的担担面馆去吃三块钱一碗的担担面。

做工讲究的担担面毕竟还有几片牛肉，而30多年前在建阳地区（现南平市）少体校期间，一碗更贴近百姓的美食——豆腐酿粉，则让我至今难忘。

1976年冬，我被选拔到建阳地区少体校射击队。这是一所半军事化管理的业余少年体校，每天早晨5点起床跑10公里，上午在地区一中读书，下午到军分区靶场训练射击。我在小口径步枪组，为了提高枪支的稳定性，按规定，训练都要穿棉衣棉裤和大皮鞋，把自己武装得严严实实。那时条件很差，户外训练没有遮盖或遮阳，特别是夏天，每次训练完毕，棉衣棉裤都是湿漉漉的。第二天衣服裤子再反过来穿，继续训练。因此，我们的衣服和裤子都黄里带白，并且有咸咸的味道。晚上进行体能训练，如举重、俯卧撑、杠铃等，记得我才十四五岁就能推举 90 公斤、挺举 80 公斤，俯卧撑一次 200 多下。由于体能消耗量较大，加上物资匮乏，常常上到第二、三节课就饿得前胸贴后背了，待下课铃声一响，我就背起书包开溜。

一中大门右拐到黄华山脚下的大榕树旁，小巷里有一家小吃店，老板是邻县的建瓯人，专卖豆腐酿粉。建瓯人把豆浆叫作"豆腐酿"，豆腐酿粉实际上就是豆浆泡粉条。

豆腐酿粉的制作工艺很讲究：粉条原料要选用小松乡的晚米，磨粉的粉浆要揉透，榨粉要用细孔粉饰，粉条煮熟捞起后还要用清水洗三遍，再放到竹筛里沥干；豆子以绿皮田埂豆为佳，豆浆里不能有一点儿泥沙，煮豆浆要煮到面上结起豆腐皮才行。

我找了一个空位子坐下，老板熟练地把粉条夹到碗里，倒入豆浆，再加酱油、红酒、味精、姜末、葱花、辣椒等，一碗花花绿绿的豆腐酿粉很快就好了。

我迫不及待地埋首于五彩缤纷的碗里，刹那间，高强度训练后的疲惫、比杠铃还沉重的饥饿感，都在氤氲的豆香气中化为乌有。顿时，五脏六腑舒坦无比，浑身上下充满了力量。

如果比豆腐酿粉还简单，用最少的原料能做出什么呢？那就是我儿时在老家常吃的豆腐丸啦。

记得在读初中一年级时，那时的浦城二中才刚起步，它是从 1949 年前的一所农业中学逐渐发展起来的，一共只有四幢两层楼的教室，老师挤在一间旧木板房里上班。学校没有大门、没有围墙，四通八达，周边都是农田、鱼塘。从我家到学校除了一条铺有水泥路面的小巷外，还有五六条通道，如穿过徐宅、潘宅、张宅、李宅、"一百间"（院内有 99 间房屋，当地百姓称 100 间）等都能到校，具体走哪条路完全凭感觉。我常常是经潘宅上学，放学从"一百间"出来，这都是因为"一百间"的隔壁有个豆腐丸店。

师傅是个左脚残疾的中年男子，个子瘦小。店铺很简陋，七八平方米的空间，门口摆着一个木板架子，底下有两个炉灶——一锅有猪骨头和目鱼骨的高汤，一锅清汤。四周的壁板被烟熏得发黑，但客人却络绎不绝，两张小圆桌常常爆满，门前还站着不少人等候。

我站在师傅身旁一边等一边看他制作。记得，他先把嫩豆腐置于钵中搅烂成酱，裹猪肉粒做馅儿，用汤匙一粒一粒地舀到装有面粉的碗上摇滚，做成橄榄球状后倒入锅中煮熟，待丸子浮出水面，即连汤舀到碗中，接着又往碗里加酒、醋、酱油、辣椒、葱花、姜末、胡椒等作料。

我双手接过满满的一碗豆腐丸，立即俯首深深地吸了几大口那香喷喷的味道，接着一口一粒，连嚼带吞，吃了一碗又一碗，一连吃了三四碗，还觉得意犹未尽。老天爷，这热气腾腾、清香四溢、雪白柔嫩的豆腐丸实在太好吃了！如今的豆腐丸店虽然满街都是，但我再也没有吃出当年那种美妙的滋味了。

民以食为天，食以简为真。简单，是酣畅，是通达，更是一种境界和追求。简单而不简易，平凡中见不凡，真正的美食就在百姓之中。

（刊于《福建日报》2011年3月1日）

豆

南方人钟情豆,是因为豆在南方人眼里有灵性。"红豆生南国,春来发几枝;愿君多采撷,此物最相思。"就是最好的写照。我与豆却是因为缘分。

因为种在田埂上,南方人称豆为"田埂豆",实际上也就是北方的大豆。

我的家乡在闽北山区,那里到处是莽莽苍苍的青山、穗浪翻滚的稻田。山区中稻田的面积都不大,尤其是那些山脚下的梯田,一直往半山腰上延伸,越往上面积就越小,有的甚至仅容一只木桶,农民称它为"脚印丘"。因为稻田的面积小,田埂就很多。田埂一多,种的"田埂豆"也就跟着多了。

这种豆在家乡还有另外一种叫法,在"青春期",因为色青,故称之为"青豆"。青豆是一道可口味美的蔬菜,譬如"青豆炒辣椒""青豆炒鱼干"等,都是人人喜爱的佳肴。

记得小学三四年级的时候,跟着爸爸到乡下吃喜酒,从"开鼓饭"到"谢厨",一吃就是四天,那几日天天跟着几个表兄上山砍柴、抓鸟、下田摸田螺、捉泥鳅、"烧青豆",很是快活。所谓"烧青豆",就是到田埂上把结果的青豆连根拔起,放在架起的火堆上烧烤,一会儿就热气腾腾,待闻到香味,青豆就熟了,再一把一把地掰开,塞进嘴里,大口大口地吃。那种感觉，至今不能忘怀。

俗话说七颗黄豆抵一个鸡蛋，意思是说黄豆的营养价值高，在市场上可以出好价钱。"一粒豆子还可以讨一个老婆呢。"这是小时候听奶奶说的。她说从前有一个小男孩，自幼父母双亡。有一天，邻居老爷爷送一粒豆种给他，说："孩子，你拿去种吧。"于是，小男孩就把这粒豆种种下，当年就收获了一些豆子。第二年，小男孩又把这些豆子全部种下。如此好些个年头过去了，小男孩靠一粒豆起家，终于娶了一个老婆。

说到黄豆的营养，又勾起一桩往事。14岁那年，我被选送到地区少体校射击队练习射击运动。那时每个月的伙食费只有9块钱，为了增加营养，家里每个月要磨5斤米粉（4斤米、1斤黄豆分别炒熟后，再混在一起用石磨磨成粉）托运到体校，每天晚上训练后，就舀四五瓢米粉到碗中，加少许白糖，再用滚烫的开水调拌，直到糊状，香喷喷的。两年多高强度的体校生活，黄豆是我健康成长不可缺少的营养品。在物资匮乏的年代里，豆是我们这一代人最美味的零食和最滋补的营养品了。

家乡有一种苦槠树，结的果叫苦槠果。秋天，苦槠结果了，农民就用竹竿敲打，直到苦槠果全部坠地，而后剥壳、晒干。用苦槠果做的豆腐叫"苦槠豆腐"，用苦槠豆腐熬泥鳅，是家乡的一道名菜。苦槠果炒熟了吃，带有淡淡的苦味，一定要加黄豆一起炒，那淡淡的苦味融入黄豆浓浓的香味后，其味妙不可言。

黄豆装进竹筒里，加入些水，口子用稻草盖着，半个月后就长出长长的尾巴，成了豆芽菜。如果把黄豆磨成浆，还可以做豆腐、豆浆、豆沙饼等。若炒上一碗，扔进嘴里，再喝上一口家酿的糯米醇酒，那实在是一种田园诗般的享受。前几年到西泠印社参加一个国际书法篆刻交流活动，绕道绍兴拜访了兰亭，还在鲁迅笔下的咸亨酒店感受了一回孔乙己。说实在的，家乡的黄豆配苞酒绝不比茴香豆配老酒逊色。

时代的发展在不断丰富我们的生活内涵的同时，也逐渐淘汰了一些跟不上时代的生活，这就是优胜劣汰的自然法则。社会发展到今天，人们的生活水平得到了很大的提高，对生活的需求开始讲究一种质量、一种境界。比如说原先似乎洋的东西都好，什么"洋油"呀、"洋火"呀、"洋布"等。现在却不同了，"土"的东西备受青睐。如今，吃鸡要吃"土鸡"，吃菜要吃"野菜"。不过，青豆也好，黄豆也罢，并没有随着时代的变迁而落伍。在家乡，每每到了酒家饭店，不少人还会高喊一声"炒一碗黄豆配苞酒"；要是到了乡下，在农民家里，能吃上一盘"苦槠炒黄豆"，那已经不是一件容易的事情了。

因为豆，引出了许多话题，虽然对于今天来说，这些陈年往事不能说有多大的意义，但是，至少可以勾起人们对昨天艰辛生活的回忆，唤醒人们对今天富裕生活的珍惜，激发人们对明天小康生活的追求。

（刊于《福建通讯》2003 年第 12 期）

吃 茶 去

在唐代，从谂禅师对来访的人总是说一句话："吃茶去。"到了宋代，圆悟禅师把吃茶提升到更高的层面，提出了"茶禅一味"的哲学命题。禅师们把吃茶作为研究禅学的一个重要载体，甚至把吃茶当成禅学的一部分，通过吃茶，悟出禅意。所以，古人吃茶以独饮为最高境界，吃的是禅茶。在这种文化背景下，普普通通的吃茶从物质层面被炒作到了精神层面，从老百姓开门"柴米油盐酱醋茶"七件事，到文人雅士"琴棋书画诗酒茶"七件宝，吃茶成为中国人的物质生活和精神生活不可或缺的一部分。

现代人吃茶并没有那么讲究，主要是休闲，8小时以外，邀三五位朋友到茶馆小坐，想怎么吃就怎么吃，想吃什么茶就吃什么茶，白茶、红茶、绿茶等应有尽有，任你挑，早茶、午茶、晚茶形式多样，任你吃。茶文化博大精深。吃茶成了中国人的国饮。

我曾在红茶和乌龙茶的发源地武夷山工作了5年，起初并不吃茶，原因是浪费时间、浪费金钱、你喝我喝的杯子不够卫生。一天，市委书记张建光跟我说："不会吃武夷岩茶，就不懂武夷文化。"还送了两盒大红袍给我。为了了解武夷文化，我在办公室里配备了一套上好的茶具，一有空就学着吃文化茶，四五年下来，茶吃了不少，但茶文化却没有多大长进，以至于三年前答应张建光书记的一篇茶文章迟迟写不出来。

武夷山的茶叶品种繁多，有以茶树生长环境命名的不见天、过山龙等；有以成茶香型命名的肉桂、十里香等；有以神话传说命名的大红袍、铁罗汉等。此外，还有产自保护区的红茶，如金骏眉、正山小种等近千个品种。为了搞懂茶文化，我多次到"三坑两涧"和桐木村等茶山茶场，与著名的"三刘一王"等茶人交朋友，吃茶聊天，听他们讲茶；还经常陪客人去"大茶壶"吃金佛手，看骏眉令；去茶博园看茶史，观武夷印象；去天星村看斗茶，观表演；去御茶园看十八道茶艺表演，茶女演绎的是人生，嘉宾吃的是道茶。

吃茶是武夷山一道亮丽的风景线，"千年儒释道，万古山水茶""大红袍，红天下"等横幅标语随处可见；大街小巷，城里乡下，茶叶店铺天盖地，无论你走进哪家店铺，店主都会热情地请你吃茶。旅游是武夷山的支柱产业，游客一旦吃了生意茶，一般都会买一些上好的大红袍，价格高低，那就要看你吃茶的功夫了。

到机关单位、工厂学校乃至部队营房办事，遇到熟人，必先吃工作茶，然后再办事，如果碰到一泡好茶，水厚、香正、甘爽、味活俱全，吃着吃着就开始逗起茶来，吃到甘味生津、唇齿留香，陶醉在岩韵和兰香中。在这种氛围里，不懂茶也会吃茶，吃多了，自然就懂了。如果你想吃好茶，不妨在清明节前后去一趟武夷山，这是制茶的最佳时节，茶香弥漫着整个武夷山。九龙窠是武夷山最负盛名的吃茶处，涓涓溪水，薄雾缥缈，鸟语花香，一边听"武夷第一泡"讲茶，一边吃大红袍茶，一边看悬崖绝壁上的6棵大红袍树。

吃完茶，在返回度假区的途中，赵朴初先生的"千言万语，不如吃茶去"又在脑海里回荡。

明天再去吃茶……

（刊于《福建日报》2010年12月26日）

岩茶滋味

一种茶有一种茶的滋味。要吃出一种茶的滋味,既难,又不难。

难的是因为祖国地大物博,江山如画,凡风景名胜处,必产名茶。唐宋以来,名茶就遍布大江南北:西湖龙井、洞庭碧螺春、庐山云雾、云南普洱、湖南毛尖、苏州茉莉、四川甘露、台湾高山、武夷岩茶等,数不胜数。

有了好茶,还得有好水,否则,再好的茶也吃不出滋味来。苏东坡说,泡茶要用山泉水,他在《西江月·茶词》里说:"龙焙今年绝品,谷帘自古珍泉。雪芽双井散神仙,苗裔来从北苑。"古人的"评水观茶",在宋人颜奎眼里觉得意犹未尽:"茶边水经,琴边鹤经,小窗甲子初晴。"弹琴必有鹤舞,名茶须用山泉,则是对水提出了更高的要求。

有了好茶和好水,就能吃出茶的滋味吗?早在宋朝的皇帝徽宗就下过结论了:"不行。"他在《大观茶论》里说:"盏色贵青黑,玉毫条达者为上,取其燠发茶采色也。底必差深而微宽,底深则茶宜立而易于取乳,宽则运筅旋彻不碍击拂。"可见,要吃出茶的滋味,好茶、好水之外,还必须要有好盏。

不难的是,有时一票好友、一番景致、一段茶话,突然让你激动起来,顿悟出茶的神韵,吃出茶的滋味,立马有了难舍难分的依恋。就像鱼儿在水中游却忘记了水的存在，人在吃茶却忘记了茶的存在一样，把物质上升到精神，把生命融入自然中，达到天人合一的境界。如武夷岩茶之于我，它的滋味是空气里飘过的茶香，是晨露中渗出的茶汁，是阳光下飞翔的鸟儿……

我曾在岩茶的原产地武夷山工作了5年，对岩茶有过全面的了解。武夷山的农民世代以种茶为主，家家户户都有茶山茶场、茶馆茶店，无论富裕程度高低，他们都悠闲自得，乐在其中。陆游曾说："建溪官茶天下绝。"岩茶让武夷山人富有，岩茶使武夷山人长寿，武夷山人是幸福的。在他们眼里岩茶就是神，他们每年都要在九龙窠举行盛大的祭祀活动。数百名僧人云集九龙窠，在天心永乐禅寺方丈的引领下，佛经在山涧回荡，香火在茶山袅袅，大红袍被"披"上了红装。

岩茶品种众多，有岩茶之王大红袍及铁罗汉、白鸡冠、水金龟、半天腰、白牡丹、金桂、金锁匙、北斗、白瑞香等十大名枞上千个品种。即便每天吃一个品种，1000多个品种也得吃个三四年。有如此多好茶相伴，岩茶的滋味不经意间不期而遇。

初夏的一天下午，武夷山庄总经理李军约我到"秋水潭"吃茶。秋水潭坐落在一片绿茵中央，一望无际的草坪和各种树木尽收眼底，潺潺潭水在脚边流淌，时不时还看见几尾鲤鱼悠闲地摆着小尾巴，美不胜收。大厅正中，挂着张天福老人的书法横幅——中国茶道精神：俭、清、和、静。李军从怀里掏出一泡包装精良的大红袍，边泡边说："这是赤石村一个制茶世家送的，据说已有73年了。"我俩自泡自饮，从大红袍聊开去，谈古论今，嬉笑怒骂，吃着吃着，忽然豪情涌来，唇齿留香，两腋生风，心有所动，虽暮霭四合却浑然不知，身处红尘已魂游天外。

只因眼前这一泡7克重的大红袍，让生活充满了憧憬，岁月显得无限美好。滋味这东西，有时候千金难求，有时候如野花闲草，信手拈来。这一刻，岩茶是如此美丽："从来佳茗似佳人。"名壶名器名心在，佳茗佳人佳气生，品味恬淡宁静的心境，淡定中见滋味，苦涩里有兰香。

或许，这就是岩茶的滋味。

（刊于《福建日报》2011年9月15日，《福州日报》2011年1月24日）

运动之旅

我与体育运动结缘于少年时期。1976年,那年我13岁,从浦城县第二中学初中一年级被选送到建阳地区(现南平市)少体校小口径步枪射击队,从此开始了两年的射击运动训练。射击队实行半军事化管理,每天早晨5点半起床做操、跑步,上午在建阳一中读书,下午在少体校训练,晚上在健身房锻炼,直至10点关灯睡觉,周而复始。

艰苦的训练,让我学会了苦中作乐。记得有一次,我和一名队友在实弹射击月考评中未达标,林教练罚我们俩在足球场上跑30圈。彼时正值盛夏,烈日当空,沙尘炽烫,我们光着膀子从下午3点一直跑到傍晚5点多。当跑到仅剩两三圈时,队友好像突然发现新大陆似的叫嚷道:"你快看,教练早走了,根本没人管我们,跑30圈和跑27圈有什么区别?咱们回去吧!"我望了望周边,也有点心动,但转念又想,既然跑到这了,不如权当作训练也罢,于是笑着说:"算了,就剩两三圈,跑完拉倒。"于是我们连跑带走,边说边笑,互相鼓励着坚持跑完了全程……欢乐的笑声伴着洒满操场金黄的余晖,那是飞扬少年倔强而无畏的稚嫩,是青春年华灿烂而蓬勃的憧憬。

虽然在体校的日子才两年,但这样高强度、严规范、有规律的训练生活却让我终身受益。多年后回望这段时光,炽热的骄阳不再滚烫,涔涔的汗水不再酸涩,留下的是淡淡回甘的清泉,缓缓流淌在悠长的岁月中，沁润滋养着生命的成长。诚然，运动之于人类而言，其重要性早已不言而喻，不仅能够锻炼强健的体魄，更是锤炼坚忍的意志、培养自律的品德、敞亮开阔的心胸、修炼通达的性情的重要方式。对于我而言，因为射击训练的专业特殊性，于是更有了一层特别的体会，那就是对于"专注"的感悟。

射击是所有运动项目训练中最枯燥的一种，队员们必须笔直地站成一排，齐刷刷面对靶板，反复训练几个规定动作：举枪——瞄准——射击，一站就是两三个小时，要求身体稳定、动作娴熟。这可不是一件容易的事。因为那时的设施条件十分简陋，日常训练都是集中在临时搭盖的简易木棚里，难免风吹日晒雨淋。特别在炽热的炎夏，当头烈日直晒下来，甚至晒得头顶油毡冒烟，酷热难耐。为了保持动作的稳定性和连贯性，我们还得穿着军用棉衣棉裤，更如火炉中烘烤，不消几分钟便汗流浃背，全身虚软。往往训练完毕，衣裤早已被汗水层层浸透，人也精疲力竭了。我还特别能出汗，以至于每次训练之后，我的棉衣棉裤都能拧出水来，因为来不及清洗，只能挂在走廊风吹晾干，反一面第二天继续穿。如此日复一日，步枪队所有队员的棉衣棉裤正反两面都是一道道醒目的白色汗斑，我们常互相取笑这是典型的"花衣裳"。

对于这样艰苦的训练生活，一开始我是很难适应的，所以初到体校时，我总是努力不够、表现一般，于是教练对我的印象也很一般。到体校后的第二年正逢全省青少年射击比赛，赛前教练特地找我谈话："看你这周训练的成绩是否稳定，如果成绩没有上去，就没有资格参加这次全省比赛了。"眼看处于淘汰的边缘，我不觉有点慌了，于是拿出前所未有的劲头，认真刻苦训练了一周，结果出乎意料地打出了入队以来最好的成绩：在小口径步枪 3×10 项目比赛中，以 253 环的成绩打破了全省最高纪录，被授予国家二级运动员称号。基于这次比赛成绩，在离队后的几年里，我还陆续受邀参加了全国小口径步枪通讯赛、福建省第五届体育运动会、全省（宁德）青少年射击比赛等三项赛事，颇有点"一战成名"的意思。

这次比赛虽然只是漫长人生岁月中的一次经历，却让我深刻体会到"专注"对于个人意志培养训练和能力进步提升的重要性。清代段玉裁《说文解字注》中释"专"为："从寸，叀声。职缘切。一曰专，纺专。"即手转纱轮纺纱，离散的纤维被集中于一束，所以"专"引申为专注、专一；而"注"则是"挹彼注兹"，引申为"灌"也。由此可见，"专注"便是专一关注，即集中思想、汇聚精神、倾注精力。以专注之意心无旁骛深悟精研，以专注之志披荆斩棘攻坚克难，以专注之力砥砺奋进突破创新，可以说，"专注"是考验水平高低、决定事业成败的重要品质。但人是社会性动物，不可避免要处于各种错综复杂的人情交往和烦冗琐碎的事务交杂中，要做到在万象缤纷中聚精会神、于千头万绪间潜心笃志，首先需要集中时间和精力，因此实现"专注"的首要前提，就是要科学高效管理时间。

意大利著名政治家、哲学家马可·奥勒留在经典的《沉思录》中早有明言："大多数我们说的话和做的事都是可有可无的。如果避免这些，你将获得更多的时间，更多的宁静。"科学管理时间，就是正确辨识和高效处理人情事务，从而实现精力的最大能量化和思想的最大价值化。以我的体校训练生活为例，每天除了体育训练，就是文化知识学习，训练作息简单到枯燥。但正是这种高度节律、规范、严格的时间安排，最大限度保证没有人事芜杂分散注意力，没有信息纷繁影响判断力，从而确保运动员达到精神的高度集中和能量的强效发挥。这种极致化的时间管理方式，提醒我们注意时间安排对于实现"专注"的重要性。毕竟人的精力是有限的，无法事无巨细平均分配，要想"专注"于一事一物，就必须保证投入的时间和精力最大化。科学规划、合理安排、高效管理时间，就是要删繁就简减少不必要的人情世故，以去芜存真整合同类的事项杂务，化零为整利用日常的碎片化零散……在时间的磨砺中锻炼更专注的品质，打造更专注的修为。

科学高效管理时间，为实现"专注"提供了充足条件，但"聚精会神"只是"专注"的初级状态，要达到"物我相融"乃至"物我相生"的更高境界，还需要身心的协调统一。以我参加的小口径步枪射击为例，该项目对立姿、跪姿、卧姿都有极其严格的规范要求，运动员要做到端枪、瞄准、扣扳机等动作完全协调，就必须熟悉掌握并很好地协调心跳频率、呼吸节奏、身体稳定等因素，这也是为什么炙热的三伏天还要身着棉衣棉裤训练的原因，即通过对身体的高强度训练，促进身体律动配合精神集中，达到"身心一致"的境界。从事任何一项事业，皆同此理。身体的散漫，必然影响注意力的集中和能量的发挥。著名的日本作家村上春树早就直言，作家除了要有才华之外，最重要的就是专注力和持续力，而这两样能力都可以通过后天训练来提升。他数十年如一日坚持跑步，几乎每天都要跑10公里以上，参加过大大小小几十场马拉松比赛，就是以高度自律的运动训练身体、锤炼意志、提升能力。而更进一步看，身体自律其实也是时间管理的生动体现，合理安排规律的训练或科学的修养，就是高效调度与自我身体坦诚对话和开敞交流的时空，从而更深入地了解、把握和管控身体运行的规律，这是开发身体潜能、促进"身心协调"、实现"全神贯注"的重要方式。

身心协调的境界固然美好，但并非一朝一夕可以达成，必须经过反复磨合与不断炼造，所以体育训练要日复一日地强化练习，就是为了促进形成深刻而强大的肌肉记忆，熟悉掌握丰富而奥秘的身体密码，从而使运动员更充分自如地调整控制身体状态。而精神训练往往比身体训练更为重要。亚里士多德曾把人类的智慧分为三类：纯粹理性、实践理性和技艺，他认为运动属于技艺，不是简单的机械操作，而是在实践理性指引下实现的智慧开发,这就是人们常说的体育运动是"力与美"的深层含义,即体育运动不止开发身体的物质潜能,更拓展思想的精神境界,这也正是"专注"的核心本义。与规律的身体运动训练相似,思想精神的训练,就是要坚持持之以恒的学习积累和与时俱进的探索进取,在不断适应新的趋势变化中了解新的范围领域,在掌握新的知识技能时充实新的思想观点,不断开敞辽阔的视野,丰富思想的格局,让精神和身体在积极的提升中同频共振,实现完美的协调统一,爆发蓬勃的生命能量。

时至今日,回想起现代奥林匹克运动的发起人顾拜旦所言,仍觉得警示深刻:"生活中重要的不是凯旋而是奋斗,其精髓不是为了获得而是使人类变得更勇敢、更健壮、更谨慎和落落大方。"我十分感谢那段青春年少的体育训练经历带给我关于运动与生命的开悟启迪。体育运动从来不止是身体体能的训练,更是精神意志的磨炼,所有汗水与泪水浇灌下不懈与坚韧、拼搏与顽强、自信与乐观、进取与积极,都为人对于自我,以及对于世界关系的认识、理解、判断和调整打开了一扇新的明窗,那是光照进来的地方,那是生命起舞飞扬的地方。

2016 年 10 月写于平潭

2020 年 12 月 8 日改于福州

阅读的境界

我自幼与爷爷奶奶一起生活,爷爷对我要求十分严格,在我三四岁的时候,爷爷就在客厅的壁板上挂上一大一小两块黑板,每天早上在小黑板上写5个字教我认读,并要求我在大黑板上用粉笔把每个字抄写10遍,待他中午下班回家后即小测——他读、我写,写不出来或写错了就打手板心。后来,识字量由每次5个字逐渐增加到10个字,并慢慢加入唐诗宋词吟咏、读写信件等内容。如此坚持到上小学一年级,我已经能阅读一些简单易懂的书籍了,更重要的是,阅读成为我生活中的重要习惯。

关于阅读的重要性,自古以来诸多智圣先贤早已做出过丰富的诠释,从苏东坡的"腹有诗书气自华,读书万卷始通神"到欧阳修的"立身以立学为先,立学以读书为本",从郭沫若的"韬略终需建新国,奋发还得读良书"到臧克家的"读过一本好书,像交了一个益友",从高尔基的"读书是人类进步的阶梯"到伏尔泰的"读书使人心明眼亮",特别是莎士比亚以诗意的语言,高度概括了书籍对于人类精神文明进步乃至人类社会发展的重要意义:"书籍是全世界的营养品。生活里没有书籍,就好像大地没有阳光;智慧里没有书籍,就好像鸟儿没有翅膀。"书籍作为记录人类生活经历、生命经验等历史实践活动的重要载体,凝聚着人类思想智慧的结晶。阅读的意义,从大的角度而言，是人类文明传承的根本需要，从个体角度来看，则是个人素质能力提升的内在需求，于个人发展和社会进步而言，都是不可或缺的。

根据中国新闻出版研究院组织实施的第16次全国国民阅读调查结果显示，2018年我国成年国民，对包括书报刊和数字出版物在内的各种媒介的综合阅读率为80.8%，较2017年有所提升，数字化阅读方式（含网络在线阅读、手机阅读、电子阅读器阅读、Pad阅读等）的接触率为76.2%，较2017年上升了3.2个百分点。正如中国新闻出版研究院院长魏玉山所说："数字化阅读的发展，提升了国民综合阅读率和数字化阅读方式接触率，整体阅读人群持续增加，但同时也带来了纸质阅读率增长放缓的新趋势。"信息化极大地改变了人们的生活方式，手机和互联网成为人们接触媒介的主体，电子阅读逐渐增加，纸质书报刊阅读时长日益减少。在网络阅读和手机阅读"零进入门槛"和"交互式共享"的特征影响下，阅读数量看似增加，阅读质量却不断下滑，快餐式阅读、碎片化阅读多，精细阅读、深度阅读少。因此，在这样一个多元信息爆炸和精神信仰离散的时代，读什么书、怎么读书等问题，显得尤为迫切和重要。

毫无疑问，经典书籍永远是阅读的首选。所谓经典，指的是那些经过历史考证而经久不衰的精粹典籍。虽然岁月沧桑变迁，但经典书籍仍然以对世事的生动表现和人情的深刻揭示，凝聚宇宙万象的丰富内涵，提炼人类精神生命的根本性问题，与特定历史时期鲜活的时代感及当下意识交融碰撞，充满着原创独特的艺术魅力和广泛持久的震撼影响。我们可以在经典中感受蓬勃的生命经验，如在博尔赫斯的《小径分叉的花园》内做虚构梦境和真实现实的迷宫游戏，在普鲁斯特的《追忆似水年华》里进行往事迂回的人生回忆，在马尔克斯的《百年孤独》中经历拉丁美洲人神共舞的魔幻风暴；我们可以在经典中探问深邃的灵性奥秘，如倾听福克纳喧嚣与骚动的心灵之殇，体悟托尔斯泰复活的生命追求，享受泰戈尔诗意的个性自由；我们更可以在经典中传承重要的思想文化传统，如读孔孟知"仁礼"的儒学文化本义，读老庄解"道法自然"的道家思想精粹……从某种意义上说，阅读一个时代最有代表性而具有历史典范性、权威性的作品，是我们穿越历史漫长悠深的隧道，认知传统、沟通当下、探求未来的重要方式，也是开智明德启悟的最佳选择。

除了阅读经典之外，专业书籍和休闲娱乐书籍在人们现实阅读中占据相当分量。对于这种明显带有"实用主义"或"娱乐消遣"意味的阅读选择，我们恐怕不能以传统观念进行一味批判或简单否定，应该看到潮流形成的市场经济基础和审美文化趋势。毕竟，随着现代社会经济技术水平的快速发展，传统媒体已经发生了深刻的变化，按照传播学研究者的说法，就是"开始了从大教堂模式到集市模式的根本转变"。铺天盖地的博客、微博和微信等所谓"共享媒体"强调的是一种崭新的交互式共享经验模式，象征着现代媒介传播已经从"教堂"宣教方式，转变为具有公平交易与平等互动内涵的"集市"交流形式，"传统文化、体制惯习、权力结构以及联定的文体边界、道德规范及观念限制，也无可避免地松动了"。

因此，在提倡交互体验的"共享媒体"潮流冲击下，面对信息爆炸和知识剧增的多元文化环境，我们的阅读方法也应该"顺势而为"进行调整。在我看来，信息的芜杂纷繁并非坏事，反而有助于我们博学广记增长见闻，这就是信息时代阅读的第一个层次——广读而开阔眼界。马未都曾经说过："读专业书和教科书都不算读书，那叫术业有专攻。读杂书才叫读书。"诚然如是，术业可以有专攻，读书却不必局限专域，所谓"行万里路，读万卷书"便是此意。传统经典可读，当下时谈也可读；人文社科可读，自然科学也可读；专业理论可读，时尚休闲也可读……只有读得丰富，眼界才能开阔；只有读得广泛，胸襟才能豁达。更重要的是，广读还有助于我们实现多元化地融会贯通、促进提升。对于这点，我是深有体会的。因为家庭教育的关系，我自幼便兴趣广泛，阅读的书籍也十分博杂，既读审美艺术史，也读生化物理学，既读军事政治谈，也读天文地理观……这种数十年从不懈怠"漫无目的"的广泛阅读，和打破砂锅问到底的求知欲，极大丰富和拓展了我的生命视野，并启发我融会贯通的创作：写作随笔时，我辅助以摄影艺术的图像表达；创作书法时，我借鉴了音乐的韵律格调；研究篆刻时，我又参考了建筑美学的格局设计……多元阅读融通了多领域互鉴，这不仅为活跃个性思维、突破陈旧规范、实现创意创新提供了根本保证，更对个体的生命观、世界观和价值观产生深远的影响。

这便是阅读的第二层意义——精读而格局高远。宋代理学大家朱熹一向倡导熟读精思，他在《读书之要》中说："大抵观书须先熟读，使其言皆若出于吾之口；继以精思，使其意皆若出于吾之心，然后可以有得尔。"读书要"杂"，却不可迷乱于"杂"，更不可陷落于"杂"，由"杂"而"精"、摈"杂"至"淳"才是核心本义。这就需要参考个体性情、根据兴趣爱好、立足本职专业、结合当下现实，对书籍进行个性化的精确挑选，并认真深入地阅读。以对我影响深远的《中国通史》为例，带着"了解中国社会发展历史""把握传统文明特征及规律"的目的，我从众多书籍中精选出此书，并反复通读了七八遍，每一遍都有新的体悟和启发，并最终深刻领会到"察史鉴今"的意义：从公元前221年秦王嬴政统一六国始称"皇帝"，直至1912年中国历史上的最后一个封建皇帝溥仪退位，中国浩浩汤汤的历史长河一共经历了83个王朝，出现了408个皇帝，历时2132年，但能让我们记住的却寥寥无几，更遑论三公九卿文武百官。那些为后世纪念传颂的历史人物，或建国立业或改革兴邦，皆为创立显著功勋之人。因此，从个人角度看待和理解历史的意义，就是要提高站位、开阔格局，积极投入伟大事业，将自身与历史发展联系在一起，才能在奔腾不止的历史浪潮中留下一片浪花的印记。"有所作为才能有所回响"，从此成为我坚持执着的价值观和人生观。

可见，精读不仅是精挑细选合适的书籍阅读，更是要带着问题、带着思考地深入阅读，不仅理解字词表面，更要深入文义核心，把握思想内涵。正所谓"字求其训，句索其旨。未得乎前，则不敢求乎后；未通乎此，则不敢志乎彼"，达到朱熹所说的"使其言皆若出于吾之口"，"使其意皆若出于吾之心"的融会贯通、理解水平。

理解之后便是转化，将知识转化为自己的思想，将理论转化为有效的实践，这便是阅读的最高境界，即第三个层次——研读而创新突破。如果把"精读"理解为与文本的沟通对话，是关于意义的认知，那么"研读"就是思想的碰撞交流，是对内涵的生发和创造，不仅需要认真反复阅读，更需要深入思考、积极探索地阅读。这些年来，因工作关系，我养成了阅读与思考紧密联系的习惯：从事组织工作之初，我阅读彼得·德鲁克《管理的实践》，思考党政机关属性职能与职责分工，撰写了110万字的《县（市）科级领导职务职位说明大全》；在武夷山青竹山庄任职时，我阅读戴维·M·克雷普斯《博弈论与经济模型》，研究现代酒店产业核心竞争力提升，兴建了全国最大的天然景石碑林——青竹碑林，并编著完成82万字的《现代酒店文化》；赴平潭综合实验区挂职期间，我阅读《习近平谈治国理政》等，学习领会习近平总书记视察平潭时的重要讲话精神以及党中央对平潭高标准高起点加快开放开发的战略规划，组织科研人才成立"平潭实验"课题组，完成省级智库课题《平潭综合——实验区开放开发创新研究》，并与作家沈世豪合著长篇报告文学《千年一遇——平潭综合实验区开放开发纪实》……回顾每个阶段探索开拓的成果，都得益于我坚持在阅读中联系现实的思考、把握大局的研究、前瞻趋势的探求。我想，这也正是阅读的最大意义。我们每个人都要做既走得进书屋汲取知识，又走得出书斋应用理论的人，做"带着问题学""联系实际学"的人，真正把卓越典籍中的智慧转化为自己的思想方法和思维方式，把优越精神成果中的科学思想和先进理论，转化为认识世界、改造世界的物质力量，转化为奋进新时代的坚定信心与强大动力。

2015 年 10 月写于平潭
2020 年 12 月改于福州

生命的欢歌

转眼到平潭挂职已周年，春去秋来如昼夜更替。夜时漫步，阵阵海风飒飒，烁烁星火明灭，不由念及，人与万物在这浩瀚无穷的宇宙中犹如微渺飞萤，纵生死不过一瞬。而这匆匆一生，该怎样度过才更有意义？

关于生命意义的追问，是一个古老而永恒的话题，千百年圣贤智者孜孜不倦探索不绝，这首先源于人们对生命无常的深切感知："死生，命也，其有夜旦之常，天也。人之有所不得与，皆物之情也。"纵逸从容如庄子，也必须承认生命的难以预测和难以把握，位高权重抑或平庸寻常，都要面对生老病死，不可抗拒，无法逃避，如昼夜星辰轮转，如花谢花开更迭。

因为终将逝去，更显弥足珍贵。医书《十问》记载，尧曾问舜，天下万物谁最可贵，舜答："生最贵。"诚然如是。生命的消逝不仅代表着物质身体的消亡，更意味着精神意识的虚空。正如赫拉克利特明言："人不可能两次踏入同一条河流。"生命这种不断向前、无法回返的单线运动方式，决定了其独一无二不可复制的特征，所谓"唯一性的最大价值性"，无时无刻不在提醒着人们，尊重生命、珍爱生命最好的做法，就是把对生命长度的关注，转移到对生命深度与厚度的探索上来，发掘生命的意义，发扬生命的价值，实现生命的升华，这就是苏格拉底所说的:"追求好的生活,远过于生活本身。"

但究竟什么才算"好的生活"?怎样的"追求"才能为人们带来"好的生活"?这又是一个千古难解的奥义。有趣的是,生命的奇妙恰恰在于,它不仅独一无二,而且拥有无限可能,每个人都有理解、阐释、再创造生命的权利,如同上帝给予了一抔泥,捏塑成什么样子,全看个人不同的想象和发挥。但事实上,许多人发挥得十分勉强乃至尴尬,尤其在当今现代信息社会,科技突飞猛进,经济快速发展,文化多元芜杂,人们的物质条件虽然有了显著的提高,但思想空洞、精神贫瘠等问题,却越来越严重,生命的质感愈发粗糙,生命的量感愈发浅薄,生命在缤纷闪耀的霓虹绚丽下,显得愈发苍白而软弱。

当然,"快乐"本身是一种感觉,一种人对于自我发展、外在环境、间性关系等综合判断、评价的感觉,它可能产生于悲欢离合的聚散,可能来自于跌宕起伏的经历,可能源于嬉笑怒骂的性情,无论如何,都是人们对此在生活状态的体验。一般认为,这份体验往往受客观外在的影响,如物质状态、社会环境、人情关系等,是不以人的意志为转移的。但实际上,所有客观因素,最终都要经过生命主体的吸收、消化和转化而淬炼成型,这淬炼的"炉火",便是一个人的思想观念、价值取向、情感态度等。这就意味着,所谓的生命体验,其实是关于个体生命态度的检验。"一蓑烟雨任平生"的苏轼便是最好的诠释。公元1097年,62岁的苏轼被贬海南,这是他人生第三次被贬谪流放,其时的海南远离中原,莽荒贫瘠,瘴气弥漫,且不说"食无肉,病无药,居无室,出无友,冬无炭,夏无寒泉"的恶劣环境,就连欣赏帮助他的县令张中,都因为私借官舍给苏轼居住而被朝廷革职查办,可谓处于"贫寒无一物,凄惶无一人"的境地。但他坚持随遇而安、随缘自适。没钱,就变卖私物还钱;没吃的,就想着法子挖生蚝;没书,就写信求助友朋支持;没笔墨,就自己研发自制……还与当地黎族人打成一片,不仅访邻交友载歌载舞，头顶西瓜嬉笑孩童，还带领当地人挖水井、办学校，将"也无风雨也无晴"的逍遥而丰盛、自在而充实发挥到了极致。苏轼的魅力在于，他将苦难熬成甜羹，将困顿制成蜜糕，在生命这场短暂的行旅中，勇敢接受坎坷的历练，用心经营曲折的砥砺，一步一个脚印地践行着"以生为乐"的生命态度。

这种生命态度，正是生活能力的体现。所谓积极乐观的生活态度，不是靠心灵鸡汤养成的，而是一点一滴的积累修成的，是持续探索的思考，是与时俱进的学习，是伴随一生"吾生也有涯，而知也无涯"的不懈追求、探问和精进。不必人人皆胸怀天下、足行万里，但可以人人都明智开悟、精取善进，最有效的方式无疑就是学习。在学习中丰富眼界，在学习中开阔心胸，在学习中完善自我，无疑是一个老生常谈的话题，但这里说的学习，与其说是端正严肃的学习状态，不如说是求知探索的学习精神，这在当下显得尤其重要。21世纪是一个开放与沟通、合作与竞争并存的时代，酝酿着蓬勃的新机，也潜藏着凶险的危机，当经贸融合、文化多元、信息爆炸如汹涌浪潮向人们扑面而来时，有关生命意义的指标刺目地提醒着人们生命质感不断降低。这是一个颇有意味的现象，人们越急切渴望、热烈追求维持和满足日常生活欲望的外在资源，就越容易放弃对内在生命的耐心经营，而当人们满心喜悦地享受声光电影堆砌而成的"当下"快乐之境时，却往往发现这份体验并非想象中美好而恒久，社会结构的"抽象去个人化"和思维逻辑的"理性碎片化"，越来越猛烈地冲击而使得每个人都变得敏感、孤独、急躁而失落。

在这样的时代，要持守独立的精神，维持理性的判断，提升生命的质感，毫无疑问，只有加强对内在生命的经营。所以我们说的学习，不是一味地吟咏念诵，不是机械地誊写抄撰，是对于新范围领域的勇敢涉猎，是对于新思想观点的及时补充，是适应新趋势变化的积极进取，是掌握新知识技能的水平能力，是不断充实、滋润、壮大生命能量的主动。所以这样的学习，不限于端坐校园课堂，不止于研读典籍书册，行事所见所闻可得，交友探讨交流可得，独处沉默静思可得，观览千古传记可得，赏鉴当下杂苑文论可得，传阅时讯信息可得……让学习成为无处不在的自然而然，成为无时不在的与日俱新，吸收为个体性情，消融于生活烟火，转化为生命能量。

生命的境界是多元的，博大高远者有之，静水流深者有之，激越矫健者有之，敦实沉稳者有之……与其拘泥于某种状态某番境界，不如保持对自我不足的认知而完善提升，保持对世界无穷的好奇而探索发现，保持对人事驳杂的辨识而体悟思考，让有限的生命在不断丰富中获得新的开发、获得新的拓展，让这刹那飞鸟在深邃苍茫的无尽天穹中，唱出最嘹亮的欢歌。

2016 年 5 月 3 日写于平潭
2020 年 12 月 6 日改于福州

漠视精确

记得一个叫史密斯的美国传教士曾写过一本《中国人的性格》，他把中国人的性格归纳为节俭持家、勤劳刻苦、讲究礼貌等20多种特征。其中有一种特征叫"漠视精确"，值得我们思考。

前些日子，看了一篇文章，现摘一段给读者："博士后站点的数量有了较大增长，博士后人员的培养质量有了显著提高，改革有较大突破，管理更加规范，服务体系得到进一步健全完善；博士后工作服务于实施人才战略、服务于经济建设的效果更加明显。"

类似这种文字随处可见，报纸杂志、总结简报、通讯文章铺天盖地。如："国民经济在困难中保持了平稳增长的势头，在复杂情况下呈现出均衡发展的特点，精神文明和民主法治建设全面推进，整顿和规范市场经济秩序初见成效。"

看了上述两段文字，让人如入八卦阵，如堕五里雾中。何谓"较大增长"？何谓"显著提高"？何谓"较大突破"？何谓"更加明显"？何谓"保持了平稳增长的势头"？何谓"全面推进"和"初见成效"？这些表述，既没有过去和现在的数字做比较，又没有事例做证；既没有说服力，又让人感到模糊不清，不知所云。

这种模糊性，不仅在文字中泛滥成灾，也时常表现在日常工作和生活中。

我曾在机关做过几年行政接待工作，最常见的是"原则上"这个词，如："接待上级领导，原则上不超标。"我们先来看"原则上"这个词：它是指坚持原则，还是指在特殊情况下可以突破原则？结果是各有各的理解，各有各的做法。

还有"差不多"这个词，也是被广泛应用到各种场合。前年，我出差到外地，得知当地有三条干道在改道或扩建。在一次宴席上，我问一位县领导，三条干道何时完工。他说，差不多了，再过一段时间就基本上完成了。这"差不多"，是指70%，还是80%，或90%？此外，"一段时间"是指多久？"基本上"是指几成？结果，两年过去了，干道的改道、扩建至今仍未完工。

此外，还有"研究研究"，其实不一定研究；"以后再说"，不一定有"以后"，也不一定"再说"。

总之，像"大概""看看""差不多""原则上""基本上""快了""过一段时间"等模糊的表达，在我们的生活中司空见惯。前不久，我和几个朋友到一家饭馆吃饭，服务员给我们每人倒一杯茶，递上一次性餐具并点好菜，但老半天就是不见饭菜上桌，我们催促了几次，服务员都非常有礼貌地说："来了、来了。"腿脚却一动不动，你拿他一点儿办法也没有。林语堂在《吾国吾民》中把这种"漠视精确"的性格特征叫作"幽默滑稽"；柏杨在《丑陋的中国人》中说它是"老奸巨猾"；梁漱溟在《中国文化要义》中管它叫"马虎"和"弹性"。其实，不管学者把这种性格冠以什么美名，只是角度不同罢了，其实质是一样的——不得罪人、留有余地、好打马虎眼。它如狗皮膏药，到处可贴，但毫无作用。

前不久，上面文件通知说，新一轮援疆干部工作时间要求"三年多"。不少当事人问我，到底"多"多长时间，3个月还是半年，还是"多"更长时间？我说，可能是因为上一批规定援疆三年，结果两年半就结束了,所以,大概新一轮援疆干部要多干半年吧。

你看,一不留神,又犯了这个毛病。

尴尬滕王阁

出差途经南昌,到"一省之徽"的滕王阁观景。一下车,就直奔正门。入阁前,驻足浏览了这座临江的园林建筑群,主楼气势宏伟,层台耸翠,高阁连城。毛泽东题写的"落霞与孤鹜齐飞,秋水共长天一色"条幅高悬门柱,为滕王阁增色不少。入阁后,迅速从一楼的"西江第一楼"木刻蜻蜓点水到顶楼的"大唐舞乐"唐三彩壁画,各楼的艺术珍品美不胜收。站在顶楼远眺,西山气爽,南浦水碧,江水滔滔,马达声声,序与阁长在水长流。

不知下楼走到第几层,眼前热闹非凡。一个不小的屋子被模拟成一个御殿,龙椅两旁站立着两名清宫服饰打扮的宫女,妩媚妖娆。几十个人挤在里面,有的在化妆,有的在更衣,有的在照相。游客们纷纷扮演着皇帝的做派,八面威风,在摄影师的摆弄下,按要求的坐姿拍照。此情此景,乍看与滕王阁相得益彰,其实不然,这一创意与先进文化方向背道而驰,带给滕王阁的是尴尬。

仔细发现,生活中这种尴尬还真不少,"皇帝"离我们越来越近,"皇帝"的影子愈来愈多。家里,打开电视,各个皇帝就会在眼前晃来晃去;书店,厚厚薄薄各种各样的帝王系列书刊令人目眩;街上,你冷不防便会撞上"皇帝",因为很多广告招牌,都离不开有关皇帝的内容。

一时,皇帝成了一种新文化、新时尚,大江南北、大街小巷、屋里屋外，男女老少都被笼罩在这一"文化"中。

辛亥革命推翻封建帝制已有一个世纪，为什么还会有铺天盖地的说皇论帝，做起皇帝梦来？究其原因，归纳起来大致可以罗列以下几条。

一是崇帝心理作祟。中国人崇尚权力，封建帝王在老百姓的心中至高无上，这种心理一直传承到现在，真正的皇帝当不了，扮个假皇帝也好过把瘾。

二是窥私心理作祟。中国人好奇心理强烈，渴望了解荣华富贵而且绝对私密的帝王宫廷内幕，于是围绕帝王政治、军事、生活的影视、书刊、广告等应运而生。

三是盲从心理作祟。中国人喜欢凑热闹，什么热就搞什么，哪行赚钱就干哪行。旅游景点中的阁、殿，哪个没有遭遇滕王阁的尴尬？

请牢记孙中山的遗训："帝王者，吾之大患也！"

（刊于《福建日报》2006年5月24日）

淡定看"末日"

前不久,在央视六套收看了一部关于2036年世界末日的影片。根据它的描述,我在网络上查阅了有关资料。

2004年6月,美国科学家在计算小行星"阿波菲斯"的运行轨道时发现,它将于2029年3月14日与地球距离18640英里擦肩而过,由于地球引力作用,它将于2036年撞击地球。在俄罗斯圣彼得堡举行的小行星安全问题研讨会上,俄国天文学家肖尔说,2036年"阿波菲斯"这颗直径3.28公里、重达4200万吨的小行星如果撞击地球,其爆炸产生的能量将比广岛原子弹高10万倍;冲击波掀起的灰尘,将笼罩地球1/4以上的地区,这一地区的动植物和人类将因为严寒和食物链被破坏而死亡;同时,还会出现大规模的地震、海啸和火山爆发等灾难。2007年美国科学促进会年会上,科学家发出了"世界末日警告"。

我并不想知道"阿波菲斯"撞击地球的概率是多少,也不想了解科学家研究的核爆炸说、引力拖船说、激光拦截说、太空碰撞说等各种应对方案的情况,那些都是科学家想的事情。我所关心的是,假设末日降临,面对生死,应该怎样看待。

海德格尔认为:"人生是一种向死的存在,人生观即人死观。"肉体的生命是一个有限的过程,思考生命都是从认识死亡开始的,没有死,焉有生?一个思想深邃的人,是懂得如何用生命意识去看待人生、看待人文环境和整个自然界以及宇宙的。

从现在起到2036年，还有25年时间。我们要珍惜每一天，活好每一天。好日子不仅仅是物质的，更是精神的。幸福源于内心的感觉，并不取决于物质的多寡。池田大作说："物质上的富裕反而招致精神上的贫困。"很多时候，物质的诱惑反倒让人失去了体验幸福的触觉，人间的纷扰太多，不要在眼花缭乱中迷失自己。

所谓末日，那是相对人类而言的，地球还照样转。在大自然面前，我们必须顺应自然，按规律办事。如果你不能成为一棵大树，就做一丛灌木；如果不能成为一丛灌木，那就做一株小草。人定胜天，战胜自然，是精神层面和意识形态上的事。只要你保持自己的本色，认识你自己，把握好方向，生命就会绚丽多姿。

与其说"阿波菲斯"是一颗定时炸弹，不如说工业文明在改善人类生活的同时，又在毁灭人类自己。所有的自然灾害，都是人类所处的自然环境不断被恶化的必然反应。臭氧层的"漏洞"，大城市的堵车，一些地方水和空气被重度污染等，已经严重地影响了人类的生存环境和身体健康。保护我们赖以生存的自然环境，已刻不容缓，我们必须立即从现在做起，从自己做起。

如果说有一天灾难要降临到我的头上，我坦然承受，没有什么好说的，这是命中应有之义。用淡定的心看待末日，生即是死的开始；同样，死也是生的开始，只是以另一种生命状态出现罢了。就像季节更替秋风落叶、果实成熟落地收获、昼夜轮回入夜则睡一样，是最自然不过的了。"人生天地间，忽如远行客"，在历史的长河里，人的毁灭和新生是一件很寻常的事情。至于新生后是什么状态，会到哪个家做客，只有上帝才知道。

"杀猪"有感

一天晚上,我和几位朋友在武夷山的一家茶馆喝茶。其间,进来了三四位游客买茶,在陪同来的一家酒店部门经理和女店主的游说下,几杯茶后,很快成交。店主看着远去的消费者背影,自言自语道:"猪!"原来她把几十元一斤的劣质茶忽悠成3万元一斤的顶级"大红袍",游客花9000元买了三两茶。按行规,那个酒店部门经理获利6000元。

过了许久,我才明白,"杀猪"是骗人的一种抽象比喻,"杀"是一种欺骗手段,"猪"是指上当受骗的对象。一般由两人以上合伙设计某种圈套引诱消费者上当,达到欺骗的目的。

说来惭愧,5年前的一天,我一不小心也充当了一回"猪"。那是在一次远行的途中,在云南边境的一家商场里,商场经理"热情"地招呼着我们说:"你们是福建来的吧?我们是老乡呀。"在祖国边陲地区遇到老乡,倍感亲切,在"热情周到"的服务中,我们纷纷解囊消费。分别时,人人言谢,还与"经理"合影留念。次日,在西双版纳"宝石一条街"购物时才恍然大悟,发现自己昨天做了一回"猪"。既已做"猪",只有认了,乖乖被宰吧。

"一朝被蛇咬,十年怕井绳"。后来的几年里,我再也不去旅游区购物了,若被导游或的士司机纠缠住了,我就会随口说上一句:"我才不当'猪'呢。"后来又发现,"杀猪"现象遍及大江南北各行各业。

这种"杀猪"行为,使消费者的合法权益受到损害,使诚信道德和交易秩序受到了严重破坏,既害人又害己,更危害社会。

为此,有关部门要规范营销人员的营销行为,完善相关法律法规,提高消费者的自我保护意识,净化营销环境,解决营销中存在的道德等问题,让老百姓放心消费,全社会做到公平、诚信。

(刊于《福建通讯》2004年第12期,《福州日报》2005年12月18日)

说"病"

我出生在一个医生世家，从小随爷爷奶奶生活，爷爷早年在中美眼科合作所工作，是个远近闻名的眼科医生。小时候，爷爷教导我说，要注意卫生，防止病从口入。长大后，爷爷又告诫我，做人要站得正、行得稳，说话做事要言必行、行必果，防止病从口出。

通常说的"病从口入"，指的是因饮食卫生问题引起的各类生理上的疾病。如果犯了"病从口出"之病，并任其发展，那就会转化为"小人病"，这种病的特征是专门制造谣言诽谤陷害他人，其本质是思想病。

被"小人"盯上后所染的"病"，那可不是一般性质的"病"，非得"住院"或"手术"不可。此"病毒"专门攻击人的精神系统，它如幽灵，会破坏人的情绪，扰乱人的思想，摧垮人的意志，甚至毁灭人的生命。它类似眼镜蛇，却比眼镜蛇更恶毒，它无须接触到人的身体，却能给人以致命的打击。此"病毒"在不健康的人的大脑中繁殖很快，他们专说损人、诬人、害人的话，专干损人利己、损公肥私的事。

该"病"的病史悠久。北宋有个副宰相叫王钦若，在宋真宗称帝的第七个年头时"病毒"发作，致使宋史上的"澶渊之盟"成了寇准的"澶州之冤"。

1004 年 9 月，辽 20 万大军直取黄河边上的澶州，威胁都城。王钦若等人极力主张弃城，迁都南京或成都。真宗在征求寇准的意见时，寇准气愤地说："是谁出的馊主意？要我说，应砍掉这些人的脑袋祭旗，再发兵北伐！"寇准见真宗低头不语，便放缓了语气："如今我军尚强，若皇帝亲征，辽军必仓皇而逃。而放弃都城，必然全国人心涣散，天下大乱。"说完即下令备驾请皇帝亲征。

澶州有南北两城，由浮桥横跨黄河将两城相连。此时辽军已包围了城北。真宗在城南的城墙上看到铺天盖地的辽军时，又想弃城迁都。寇准阻拦道："如今只能进尺，不能退寸，否则全军瓦解，那时陛下还走得了吗？"真宗无奈，只得下令继续前进。真宗进城后，宋军士气大振，辽军开始气馁。

辽军得知兵力不及宋，即打算体面撤退，派人到城北议和。寇准不同意，想借机逼辽称臣，并退还被侵占的燕云故地。他对真宗说："这样能保证宋朝廷百年太平。不然，几十年后，辽军还会卷土重来。"真宗不耐烦地说："几十年后，一定有能人阻挡辽军，我只管目前。"说毕即派曹利用跟辽议和。经过一番讨价还价，终于达成和议：宋每年给辽30万银绢，宋辽君主以兄弟相称。

事后几个月，王钦若在背后跟真宗说："寇准好赌，澶州之役，他是拿你皇上的性命做赌注啊。"就这么一口，寇准就被"咬死"了，就地被免了相。

"君子坦荡荡，小人长戚戚"。人的一生中，每个人在某个时段都可能会遇到小人。首先，我们要学会分辨小人。余秋雨在《历史的暗角》中对"小人病"列了几个特征：小人见不得美好；小人见不得权力；小人不怕麻烦；小人办事效率高；小人不肯放过被伤害者；小人必须用谣言制造气氛。其次，我们要注意同小人相处：一是和小人保持距离，"敬"而远之；二是思想上警惕，言行上谨慎；三是一旦吃了小亏，不要太计较。当然，在原则问题上，我们还要学会与小人斗争的方法、勇气和精神。

鲁迅先生早就说过，中国人思想上的病比身体上的病严重得多。对于身体上的病，医生能够妙手回春；但思想上的病，则需要德治和法治。

（刊于《福建通讯》2005年第4期，《福州日报》2005年1月3日，2020年12月15日修改）

战 蚊 记

在杭州西子湖畔参加西泠印社组织的一次艺术活动的最后一天晚上,一群蚊子,搅得我彻夜不得安宁。

面对来访的蚊子,我的初衷是:蚊不叮我,我不灭蚊;蚊若叮我,我必灭蚊。但我没有能力把这个想法告诉蚊子。

不久,蚊子开始进攻,我挥手驱之,它即又进犯。是以慈悲为怀,还是大开杀戒?这关系到人与自然和谐。在人与"害虫"之间,我对和谐的理解是消灭则和谐,放生则不和谐。这是人的生存法则。我开始"鼓掌欢迎"蚊子的造访,一阵掌声之后,双手已被鲜血染红。然而,这是我自己的血,于是乎,我心安理得。

原以为蚊子已消灭,可以安心睡觉了。刚熄灯躺下,又闻"嗡嗡"之声,在万籁俱寂的夜晚,蚊子发出的声音特别刺耳。我无法破译这种声音,按人类的一般逻辑思维,推断它们可能是在缅怀刚刚死去的同胞,抑或是在召集同类对我进行报复。

烦人的噪音,迫使我又打开电灯,看了看手表,已近深夜2点。我想置之不理,把头和脚都缩进被窝,盖得严严实实。

炎热的夏季,空调又未开通,热得我翻来覆去难以入睡。无奈,我把腿伸出被外,让蚊子叮,以腿脚被叮为代价,换取大脑的休息。结果事与愿违,蚊子叮了脚又叮腿,最后都集中在头部围着脸转。

忍无可忍，我踢翻棉被，打开所有电灯，决心跟蚊子决战。

我冲了一个冷水澡，赤身裸体，坐到床沿，听声观蚊。顷刻间，又飞来一群蚊子，它们三五成群出击，以分散我的注意力，分别锁定不同的部位降落。我耐心等待它们把又细又利的吸管扎进肌肤，便立即将该部位的肌肉收紧，再迅速击之，"啪"的一声，一只蚊子瞬间粉身碎骨。照此，先后消灭了十多只蚊子。待我收拾完这些可恶的蚊子，已是凌晨3点了。

我此刻睡意全无。通过这场疲惫不堪的人蚊之战，我对蚊子有了新的想法，并归纳其几大德行：

A. 蚊子觅食前先预告，"酒足饭饱"后则返还一个"红包"。

B. 蚊子见不得光明。白天，总是躲在阴暗的角落；夜里，闻人而动，见人就叮，叮后即逃。

C. 蚊子爱唱歌，唱的是全世界最恼人的噪音，一旦歌声戛然而止，你则更需提防。此时无声胜有声，鲜血的厄运即将开始，运气不好的还会被传染上登革热等疾病。

D. 蚊子活得累，死得惨。它察言观色，鬼头鬼脑，躲避人类的视线，伺机下手。一旦吸血过分，引人发怒，则倒在滔滔血海中，死无葬身之地。

蚊子属昆虫纲双翅目蚊科，全世界共有3000多个种类，我国有130多种，分别是按蚊、库蚊。通常吸血的都是雌蚊，它们是疟疾、黄热病等病原体的中间寄主，能传播80多种疾病。据统计，1929年全世界共有200多万人因患疟疾致死，蚊子对人类的危害极大。

凡蚊子及一切害虫，人类须毫不留情地灭之。

（刊于《福州日报》2006年10月10日，2020年12月21日修改）

谣言：听说你想扮演柳永

2015年10月，省委某领导赴平潭调研并看望挂职干部。在共进午餐时，领导问我："听说你曾写过一部电视剧文学剧本《柳永》，还想自己扮演柳永，后来导演没答应，就没拍了？"

我回答："我从来没有想过自己要扮演柳剧中的任何角色，这是谣言。"接着，我又对《柳永》电视剧的相关情况大致作了简要的说明："《柳永》出版后，北京、福建等四五家传媒公司都想拍摄，曾先后与其中两家制片商签订了框架协议：共投资1800—2500万元，拍30集，在央视8套黄金时段播出，其中武夷山市政府出资300万元。经协商，武夷山景区管委会同意出资300万元，经市长办公会议研究同意并报市委，但市委一直未列入议程。其间，南平市委两位副书记先后找武夷山市委书记，未果，拍摄《柳永》电视连续剧之事不了了之。"

关于摄制电视连续剧《柳永》，经历了一段曲折而漫长的过程：2004年5月，我到福建省委组织部武夷山干部培训中心（武夷山青竹山庄有限公司）履职，工作之余，2006年与作家陈旭合著完成了52万字的28集电视连续剧文学剧本《柳永》，2008年1月由海风出版社出版。其间，中国传媒大学影视艺术中心、北京的一家影视传媒公司、福建电影制片厂等影视机构制片人得知后，分别到武夷山找我商谈拍摄柳剧事宜。让我感动和难忘的是，武夷山市委书记张建光高度重视，多次找我商谈拍片及建造影视城等相关事宜，并选择相关乡镇作为柳剧拍摄基地，结合旅游景点进行建设。张建光是我的良师益友，早在2000年，他就为我著的《县（市）科级领导职务职位说明大全》（上下卷）请全国人大常委会副委员长吴阶平题签书名。2007年5月，张建光在调离武夷山市委工作前夕，还把他心仪的围棋及红豆杉棋盘送给我作纪念。张建光调任南平市委常委、宣传部部长不久，曾两次到武夷山找我，建议我调到南平市某局任职，继续推动柳剧的拍摄工作。当时，我有两点考虑：一是从浦城县委组织部调到省委组织部工作时间不长，来回调动太折腾；二是某局长是我的老友，让人有"乘人之危"之嫌疑。于是，我提了一个折中的意见——挂职。但南平市委组织部认为，市政府组成部门主要领导要人大任命，不宜挂职……

2009年5月，我调回部机关工作。

2010年11月，在武夷山市市长胡书仁的支持下，《柳永》文学剧本研讨会在武夷山召开，参会代表主要来自北京、台湾、福建和武夷山，其中：北京代表是导演夏纲；台湾代表是导演陈烈、影视演员慕钰华和影视制作人钟田明、肖锋等；福建代表是省电影制片厂厂长詹金灿、编导郑宏志和邓洁、编剧陈欣欣、制片人刘宝林、制片主任陈健、省艺术研究院编导于卓明、摄影家池泽清等；武夷山代表是文化和体育局局长罗秋涛，以及《柳永》文学剧本作者和责任编辑共20多人参加。我介绍了柳永及其文学成就和剧情，与会代表畅谈了《柳永》剧本的修改意见建议，并到柳永故乡——下梅乡进行实地考察。会后还形成了会议纪要，主要内容是：一是组织专业人员对《柳永》剧本进行修改完善，内容扩充到30集，时间约2个月；二是武夷山市政府出资10万元，作为剧本创作人员的稿费；三是2011年春节后再到武夷山商谈拍摄等事宜。会议由我主持，胡书仁市长到会看望了参会人员。不久，胡书仁调离武夷山。

2014年6月，原武夷山市委书记因严重违纪被查，后被"双开"，并追究刑事责任……

到了2016年10月，南平市政府主要领导约我在武夷山见面，详细了解《柳永》电视连续剧文学剧本及拍摄等情况，并就相关事宜进行了交流。2018年6月，该领导调离南平。

直到2019年4月，柳剧才有了新的转机。那天下午，省委另一位领导约我交流诗词创作等，我送了一本《柳永》给他，领导说："柳永是我省文艺创作的一个重大题材，《柳永》文学剧本是一项重要文艺成果，要尽快搬上银幕。"不久，南平市委宣传部部长张培栋给我挂来电话，了解柳剧的相关事宜，并嘱托陈金健副部长等到福州与我协商《柳永》电视剧摄制等相关事宜。

"柳剧"的拍摄，经历了一个漫长曲折而富有戏剧性的过程，不知不觉一晃十多年过去了，"柳永"何时才能修成"正果"？我们拭目以待。

此外，关于"你想扮演柳永"的谣言出自哪里，制造者基于什么目的，我不想去追究，这里仅谈谈对谣言的看法：15年前我曾写过一篇杂文《说"病"》，说的是宋真宗时期辽军入境，宰相寇准力劝真宗督战，最终双方议和，史称"澶渊之盟"，后因谣言，寇准被免去了宰相职务。明末著名抗清将领袁崇焕，甚至死于满人制造的谣言。可见谣言不仅伤人，而且还能杀人。谣言自古有之，像一种流行"病毒"，不仅害人，还危害社会。记得《韩非子》中的"三人成虎"寓言，说明了一个悖论的存在——"谣言千遍成真理"。在如今这个信息爆炸的时代，谣言与真相并存，如何才能摆脱谣言的困扰？荀子早在2000多年前就说过："流言止于智者。"

感谢省委某领导的提问，让我有了以上的思考，并以文字的方式把它写出来，让"流言止于公开"，让真相大白于天下。

"三坊七巷"之残

2001年11月,我从浦城县委组织部被借调到福建省委组织部。工作之余,我坚持每个月撰写两三篇散文随笔,连续数月在《福州日报》上发表。

2003年6月,我写了一篇《福州的三坊七巷》,并通过电子邮件发给福州某报副刊部编辑,编辑来电:"文章写得很好,下周一见报。"一周过去了,不见文章发表。我拨通了编辑的电话,编辑回话:"文章上周五已出清样,但终审时总编说这篇文章太敏感了,临时被撤了下来,换成三篇短文。"几天后,编辑给我寄来了《福州的三坊七巷》清样。

后来,我又将此文寄给福州另一家报社。不久,编辑来信:"文章写得很精彩,建议在外省刊发。"

两年后的2005年8月,武夷山景区管委会邀请著名作家贾平凹到武夷山撰写《大红袍赋》,贾平凹一行四五个人下榻青竹山庄。其间,贾平凹还为我的散文集题写了书名。后来,《福州的三坊七巷》在《美文》2005年第11期上刊登。接下来的一段时间里,《福州的三坊七巷》被北京大学等十多所高校和文学研究机构收录到文库中。

2006年4月,《福州的三坊七巷》被选入2006年全国高考语文模拟试卷。这一年,我女儿就读浦城一中高三,中午放学回家后,她告诉我:"临考前,班主任张老师说,试卷里有一道题是我们班级里一名同学的家长写的文章。我当时就想,可能是你写的文章。"当天晚上,我到一中找到张老师要了一张试卷作纪念。

该考题为:

阅读下面的文字,完成12—16题。(20分)

12.给下列加点的字标上拼音。(2分)静谧( ),浮躁( )

13.在作者看来,福州的"三坊七巷"具有怎样的特点?请整合文义作答。(6分)

14.本文的题目是"福州的三坊七巷",文中又多处将"三坊七巷"与"高楼""商业街""现代化小区"联系在一起,请说说作者为什么要这样写。(4分)

15.作者引用黑川纪章的话的目的是什么?(4分)

16.能否将文章的最后一个自然段删去?为什么?(4分)

女儿指着该考题问我:"这道题20分,要是你自己解答,可能也得不了满分。"我微笑着问女儿,这道题你考了多少分?她骄傲地说,19分……

女儿从小读书就很用功,并一直担任班长,2006年高考成绩为全县第19名,16岁那年考上中南大学,读大一时还出版了一本散文集《刻在高三的门槛上》。

2006年7月,《福建文学》编辑部找我要了《福州的三坊七巷》的电子稿,更名为《"三坊七巷"寻踪》,刊登在《福建文学》2006年第10期上。

曾有人问我:"三坊七巷旧城改造被叫停,是不是因为你的这篇文章,在社会上产生了较大的反响的原因?"我回答:"当年梁思成对古建筑保护提了那么多宝贵的意见建议，不是很少被采纳吗？至于'三坊七巷'旧城改造为什么被叫停，你知道的。"但据我所知，《福州的三坊七巷》是第一篇用文学的方式，反对"三坊七巷"旧城改造的文章。

从媒体对《福州的三坊七巷》文稿的处理态度，一个更为严峻的问题浮现在我的眼前：从媒体这个侧面，反映出一个沿海经济开放城市部分人的思想保守、观念落后、故步自封等问题，这种思想观念所带来的危害，是否比拆毁整座"三坊七巷"古建筑还要更糟糕？

其实，对于"三坊七巷"之残（现在的"三坊七巷"实际上是"二坊半五巷"），我们也不必过于伤感，说到底，那只是一座年代较为久远的古建筑罢了。试问，谁见过汉唐时期的房子？汉唐建筑物随着那个时代的结束而不复存在，同样，宋元的民房也随着王朝的更迭而终止。新事物不断取代旧事物，新陈代谢是人类社会发展的必然。但是，我真心实意地希望，我们对"三坊七巷"的乡愁以及这座城市的记忆，关键是要留住它的人文精神亦即城市的灵魂：严复的思想、沈葆桢的方略、林觉民的革命、冰心的爱……

这种人文精神远比"三坊七巷"重要得多，对福建更有价值，对中国更有意义。

第二辑 散文诗

思　　想

　　思想是种子，行动是树。思想是被认知辅以目标的行动，行动是被幻想淬了火的思想。

　　时间被劝化，空间柔软而浑圆，思想得以打开，使黑暗更漆黑，使光明更纯粹，就像刀口上飘过的细雪。

　　对于哲学家来说，思想就是思考；对于作家来说，思想就是创造；对于旅行者来说，思想就是目标……

　　把早晨的霞光采回来，放在火炉上炙烤，这是思想；弯腰拾起遗落的稻穗，倾听土地发出的每一个声响，这是思想……

　　思想是话语的内核，话语是思想的外壳。

　　真正有力的思想从来不诞生于掌声之中，而是破土于孤独、寂寞、痛苦、压迫之下。

　　没有了思想，无论生活无论事业无论爱情，都将变得苍白无力。

　　思想总是以缓慢的姿态出现，让思想者松弛下来，准备好盛接它的器皿。

　　思想到来之时，思接千里，精英与草根，均可登堂入室，各抒己见，交锋、借鉴、比较、鉴别，分辨真假，激扬美善。

　　灵魂的一声呐喊，酣畅淋漓，是思想者的心灵舞蹈。

　　真正的思想者特立独行、卓尔不群、不趋时、不谀上，自有见识而又择善固守，是社会的良心和先觉者。

心灵与思想交换了彼此的意见，碰撞的火花便选择了远行。谁能听到思想的脚步声，谁就聆听到了天籁的声音。

思想，无处不在。

天　才

大道不合于时，天才不合于世。

天才都是偏执、敏感、忧郁、桀骜不驯的。伴随着孤独前行，是天才注定的宿命。

天才仿佛从天而降，他们用手轻轻一挥，就能创作出浑然天成的不朽作品。他们纵身大化中，用神赐之思揭示平凡表象下埋藏着的智慧黄金，开启精神王国的创造性栖居的方便之钥。

天才是人类的骄傲，当天才发泄情绪时，要么建设世界，要么破坏世界，要么破坏自己。

每个孩子在某种程度上都是一个天才，而每个天才在某种程度上都是一个孩子，天真和淳朴是天才保持终生的基本特征。

天才都具有高智慧，但不一定高情商。天才常常悖于社会常规的评判标准，与他所处的时代格格不入。最杰出的天才，往往最遭受误解。

没有天才的时代是平庸的时代，是让人厌倦的社会。一个天才的诞生，是一个国家的财富，是一个时代的财富。

人类史如果是万古长空，那些孤标傲世、特立独行的天才无疑是漫漫长夜中横空耀眼的星辰，他们凭着超人的激情和才智，凭着历劫不败的精神意志照亮了同时代人及后人的道路。

历史，仅仅是天才挥洒智慧的舞台。

（刊于《福建文学》2015年第3期）

尊　　严

尊严，是不容玷污的白璧，是不可尘蔽的珠光，是做人的高贵，是生命的价值。

尊严植根于绵亘千古人文精神的圣殿，只属于大写的人，是不可亵渎的理性、正义与良知。

每个生命都是上苍的恩赐，都有它的尊严。生命的尊严，不在长命百岁，不在荣华富贵，而在坚守生命的纯度和厚度。灿烂地生，坦荡地死，便是对生命尊严最好的捍卫。

风雨可摧折树木，可摧折不了生机与活力。无论逆境、顺境，都要选择生存，以生命之名，活出生机！

灵魂不灭，尊严不抹，生命不衰，意志永存。

尊严，是意志上折磨不了、压迫不倒的坚韧；

是在情急之中的不弯腰、不屈服；

是越王勾践国破为奴后，卧薪尝胆，等待东山再起的坚持；

是史铁生身有残疾后，仍坚持用文字撞开文学之路的拼搏；

是四川同胞地震之后，全国人民众志成城守望相助的顽强。

一个人没有尊严不能成事，一个民族没有尊严不能兴盛，一个国家没有尊严不能强大。

尊严与人性相关，尊严与国运相连。守住尊严，便守住人性的良知；

守住尊严，便守住生命的希望；守住尊严，便守住未来的美好。

（刊于《福建文学》2015年第3期）

善　良

善良是上帝的一个微笑，可以度我们重生。

善良是生命中的黄金，是人性中宝贵的生命之光。

善良的心博大、宽宏，能包容宇宙万物，造福人类苍生。

善良给了人们纯情的眼眸与金贵的救赎，从容地将一切阴霾与不幸摒弃，禅意地播种阳光和雨露，淡定地收获快乐的果实和幸福的花丛。

善良，能洞穿黑暗，直抵灵魂。

有了善良，人生才能充满喜悦，生命才能幸福常在，灵魂才能不断升华。

善良不仅在于言行，也在于念起念灭的倏忽之间。

知道自己有痛苦就会有善心的存在，看到别人痛苦就会心生慈悲！

人的习惯是可以改变的，就看你怎么去改变；人的善念是可以唤醒的，就看你怎么去唤醒。任何人心里，都有一根善良的弦。这根弦，只有爱心和慈悲才能拨动它。

真正的善良是一种慈悲，是一种境界，是一种习惯，是一种修为。

想要人善良，首先付出你的爱。再恶的人，用你的爱和慈悲，都能唤醒他的善良，让他摒除恶念。

开启心与心的信赖与共鸣,用善意的微笑和言语来温暖彼此。少些倔强与仇恨,多一份宽容和体谅,消融悲伤、化解懊恼,让生活一寸一寸地灿烂开来。

把善良栽种在心里,就会获得蓬勃的生命,宛若永恒的春光、不落的星辰。

艺　术

艺术，是在沙漠里涌出的清泉，从枯枝里发出的新芽，自黑夜召唤阳光的来临。

文明在其中蜿蜒，血脉在其中穿梭，开化的中华大地，盛开一朵一朵古老的凌霄花：

那是嵇康在《广陵散》中演绎的人生；

那是王羲之在《兰亭序》中挥洒的墨香；

那是黄公望在《富春山居图》中执笔畅笑的山河；

那是曹雪芹在《红楼梦》中的一把辛酸泪。

它是朦胧的、混沌的，却清新而美丽，引领着我们去爱、去怜悯这个世界，去获得第二次生命。

大音希声，大象无形，大成若缺，大智若愚，大巧若拙，是中华哲学的精髓，也是中华艺术的精髓。

艺术超越时间，超越人类，超越一切。

它摒弃宣泄一时的浮躁，摒弃哗众取宠的媚俗，摒弃保守刻板的匠气，它是博大、清新、简朴、雄沉、激越的人类情感之浓缩。

它是守夜人的梦游，立于生活的空间外，并脱离梦境。

它是一组庞大的交响乐，每个片段都舒缓，不需要节奏。

它是一只高飞的鹰，带你在万里云层之上，或疾或缓地飞翔。

它是不灭的火焰,在人类的历史上熊熊燃烧。

海角天涯,即使披一袭疲惫的伤,艺术,总能熨帖心灵起皱的微澜。

(刊于《福建文学》2015年第3期)

感　　觉

感觉是神来之笔，总是不邀而至。

感觉是时间隧道里的一粒神沙，虽微小却不可或缺。

有感觉的日子，是真情实感的流露：或酣畅淋漓，或悲戚失声，或义愤填膺，或无可奈何。

感觉如影随形，陪伴我们一生。

你在大剧院聆听过的交响乐在哪里？你能够带在身边吗？

你曾经顶礼膜拜的布达拉宫在哪里？你能够移动它吗？

它们其实只在你的感觉中，在你的记忆里。

这一生中体验到的所有幸福和痛苦，无论精神和肉体，过了当下，都是感觉中的存在。

人的经历千差万别，人的感觉因此千差万别。

感觉痛不欲生者未必是世界上最痛苦的人，感觉春风得意者不一定是最成功的人。

回首往事，心潮澎湃的可能经历平淡，而真正领略过惊心动魄的人，一切已归于平和。感觉丰富的人，有可能恰恰是经历贫乏之人。

人的感觉，左右人的一生，左右人的全部，让全部显现出真挚，让人生凸显出饱满。

究竟是我们在拥有感觉，还是它在占有我们，究竟是你在享受它，还是它在主宰你,完全没必要分清。

正是因为分不清,感觉才被称为感觉。感觉的偶然性、突发性和随机性,确定了它的神秘感。

感觉镶嵌神秘的光环,闪耀在人生旅途上。

(刊于《福建文学》2015 年第 3 期)

忠　　诚

天下至德，莫大于忠。

忠诚，就是始终如一地恪守信仰、职责和情操，不背叛自己的誓言。

忠诚，是人们安身立命的根本。是一种相守和服从，建立在绝对之上。

忠诚，饱含着情感的默契、真诚的相待、举止的服从；是对国家忠诚，对事业钟爱，对信念坚守，对爱情忠贞。

忠诚，让你心中装的不仅是自己，还有国家与黎民，有正义与良知。

忠诚，让一个人挥洒热血，殚精竭虑，辛勤耕耘。用忠诚点燃生命的温度，用忠诚实践着生命的理想，用忠诚奏响时代的强音，用忠诚撑起一片无私无畏的天空，用忠诚将青春和激情挥洒在历史的长河中。

警察因为有了无限的忠诚，才忽略死亡的威胁随时存在。

教师因为有了坦荡的忠诚，才勇于直视前方的荆棘和磨砺。

士兵因为有了绝对的忠诚，才敢于面对每一次战争的考验和血与火的洗礼……

忠诚的勇士永不畏惧；忠诚的学者从不亵渎每一个符号；忠诚者记录的历史，字字真实，铮铮铁骨，词句之间都带着回声。

吹尽黄沙始见金。有忠诚品质的修养，才能始终定住心神、站稳脚跟、挺起脊梁，永远不做背叛惶惑的俘虏。

时　间

时间，连绵不绝，包含过去、现在、将来。

时间，每天都与我们寸步不离，却看不见、听不到、摸不着。

时间，无处不在，无地不有，主宰着世间万物，是宇宙间唯一的永恒。

生命的存在，是因为拥有了时间；生命的流逝，是因为失去了时间。

时间，能把清晰变为模糊，能把眼前变为遥远，能把黎明变为黑暗，能把高兴变为悲伤。

时间，能把平民化为英雄，能把贫穷变为富有，能把漆黑的头发变白，能把美丽的面颊刻上道道皱纹。

在时间面前，衰老不可避免，幸福无法永存，未来不可预支。

时间的升值，是人们一步步向成功的迈进。

时间的贬值，是人们一次次不如意的结果。

在不同的事物和感受里，时间的长短、质地、光色、轻重相对各异。人不能改变时间的结果，但可以改变时间的质量，在流逝的时间中诗意地行走。

快乐的行走速度低于时间的速度，痛苦的跋涉速度远远高于时间的速度。

越是有生命的事物越是有时间概念，没有生命的石头就不会感觉时光之痛。

在时光的河里，人们跟着时间行走，靠改变自身来改变命运，实现相对的永恒。这样，人们无论怎样生存，都会无怨无悔，时间也就无所谓长短，也就可以超越时间的藩篱，自由天地间。

方　　言

方言，是根植于生命中的遗传密码，是地域人文的缩影，是民间文化的"活化石"。

不规范的文字，拗口的读音，游离于字典、辞海之外，它的根在故乡，在母亲悠悠的呼唤里，在古老而绵长的乡音中。

普通话京腔京调，成为中国名片。而苏州的评弹，安徽的琴书，天津的京东大鼓、快板，闽南的南音等用方言演绎的说唱艺术，令人目不暇接，则是绽放于中华民族曲苑之中的朵朵奇葩。

它是一个无形的藩篱，把世界上庞大的人群区分开去：上海话可见机敏隽永华贵，北京话透露圆润优雅庄重，重庆话满是鲜活灵巧诙谐，东北话饱含憨厚直率幽默……

它是一根无形的纽带，在千万人中将深挚的乡情聚拢而来，一句轻轻的家乡方言，唤起多少游子思乡返乡的牵挂与急迫。

它有着深厚的历史根源，带着浓郁的风土人情，恰到好处地映衬一方人的性格，每个词语都浓缩着这一群体的智慧和情感，温顺驯服地为当地人使用，理所当然地被一代代传承，成为先人留下来的文化遗产。

方言，是汉语完善成熟必不可少的源泉，可它却在汉语的推广中日渐式微。

一个物种消失,就失去一种动人的风景;一种语言消失,将永久失去一种美丽的文化。

孤　独

每个人本质上是孤独的。孤独是行走，是徜徉，是思念，是锥心的疼痛和酣畅的酸涩。

孤独是凉凉的开水，曾经躲在角落里，默默忍受默默鼓起无声的掌，等待沸腾时刻的辉煌和尖叫，一声一声，绵绵而悠长。

冰冷是孤独的名片，失意是孤独的伴侣。

坎坷的人生、动荡的阅历让人感到孤独，那时正处于低谷，孤立无援，凄苦悲凉，这种孤独，是人生真正的孤独。

孤独并不等于孤单，孤单并不一定就会孤独。孤独更能激发人的心灵，使人更加坚强。

很多时候，我们需要孤独，它使我们冷静、清醒地思考我们在人生之中所遇到的问题。

有欢乐者的欣喜，就有悲伤者的失落；有孤独者的喑哑，就有成功者的欢腾。

孤独表面冷漠内心热情，孤独是个不起眼的隐士，孤独是照耀你真实面目的镜子。

孤独是一个接近真相的契机，它是一扇朝向开悟的大门。孤独是一个引领，它带你走向存在，它带你领悟、回归。孤独时你不逃避，就有机会认出上帝的脸。

康德孤独,终身不娶,成为德国伟大的哲学家;维特根斯坦孤独,长年居住在海边悬崖上的一间小屋里,远离人类文明,建立了他博大深沉的哲学体系;川端康成孤独,没有亲人,是日本杰出的文学大师。

孤独如河流,淡定执着地存在,无悔无怨。

（刊于《福建文学》2015年第3期）

文　化

文化是情怀，记录人类的思想。

文化是语言，诠释心灵的空间。

品位、道德、智慧，是文化积累的总和。文化，就是一种生活方式，在特定的地理、历史、经济、政治条件中形成。

文化行走出的每一个脚印，都带着历史的沧桑与厚重。化屑小为博大，是文化的张力；凝片段为整体，是文化的积蓄；寻浩渺于具象，是文化的温暖。

当文化与现实碰撞，发出的声音清脆而嘹亮。当文化撞击历史的大钟，声音多是浑厚而辽远。

春夏秋冬的时光隧道里，文化总是闪烁着熠熠光芒，虽不是最耀眼，却照射得最远。

从远古的洪荒开始，文化就具有了沧桑感。它带着沉思，带着反刍，带着清新，带着改革的风，一路走来，从不歇息。

文化是生活，它决定人们眼睛所见、耳朵所听、手所触摸、心所思虑的环境美丑。

文化是经济，它的产业所值——建筑、音乐、电影、文学、体育、旅游……是物质所在。

文化是外交，它是以柔克刚的军队、温柔渗透的武器，是消弭敌意的途径。

文化是力量,人们的思想之深厚、想象力之活泼、创意之灿烂,决定着一个国家的过去和未来。

从文化中来,到文化中去,是每个人都必须经历的一场历练,唯有经历过这种磨砺,才会焕发夺目的光彩。

喝　酒

自杜康造酒，喝酒已有数千年的历史。酒，贯穿着历史，浸润着人生。

客从远方来，喝酒可见款款厚意；友到远方去，喝酒可见依依深情；良辰佳节，喝酒可显其乐；丧葬忌日，喝酒可致其哀；困顿蹉跎，喝酒可消其忧；春风得意，喝酒可畅其怀。

喝酒的人很多，境界高的人却少。

粗俗之人喝酒纯属本能，非烂醉不归，目的只在酒。高雅之人喝酒，则"醉翁之意不在酒"。欧阳修在饮酒中醉心于多情山水，嵇康把饮酒视作理想人生，饮酒兴起，挥操素琴，此乐妙不可言。

喝酒，是创作的源泉；喝酒，是交往的媒介；喝酒，是孤独的调味剂。

酒助其威，酒以助兴。

喝酒，能使人沉醉，也能使人癫狂，能使人"心旷神怡，宠辱皆忘"，乐而忘忧。

喝酒的最高境界是：饮亦可，不沾唇亦可；饮亦一醉，不饮亦一醉；醉亦醒，不醉亦醒；可饮而不嗜，可嗜而不饮；可空谈饮酒，滔滔三日，绕梁不绝，而不见一滴。

自　由

自然万物，都渴望自由。

鹰击长空，鱼游深海，虎啸深山，驼走大漠，都有着各自的自由。

自由的风，来去无踪；自由的云，变幻万千；自由的水，恣肆随意。

自由，就是免于束缚，无拘无束。

贫困的消除，人身的解放，歧视压迫的解除，法治权利的获得，社会保障的建立等，是人们自由生活的前提。

自由和约束相辅相成。自由相对于约束存在，约束总给自由设置条件。

风筝平稳地飞翔，是有线轴的牵引；江河自在地流淌，是有河堤的束缚；人们幸福地生活，是有法律的保障。

自由是花朵，随心所欲是啃噬花朵的虫子。虫子能够毁灭花朵，随心所欲只能毁灭自由。

自由的基础是自律和守法。一个人的自由，要服从真理和法律；一个人的自由，不能影响到别人的自由。

简单生活，容易获得自由。如同古人自我流逐于山野之间，独享山色清风，逍遥自在。

复杂生活，就束缚了自由。如同今人追逐欲望于滚滚红尘，负累前行，难免步履艰难。

世间没有绝对的自由,它只存在于人类的思想。

从庄子的《逍遥游》、屈原的《离骚》到但丁的《神曲》,从李白的《梦游天姥吟留别》到雪莱的《解放了的普罗米修斯》,历史长河中流淌着的文字语言、科学发明等,都是自由思想支配下形成的文明成果,是人世间代代相传的财富。

未　　来

我们属于未来，未来属于未来。

如果肆意破坏环境，我们生存的家园将不复存在，当渴到需要企盼最后一滴水，何谈未来？

如果……当如果来临，未来，已经嬗变成一个陌生的词语。

未来在哪里？未来在云端，在清新的空气中，在浩瀚的森林里，在行进的列车上，在忙碌的建筑工地上，在温馨的婴儿摇篮里，在每个人的心房里，在世界的每一个角落。

未来是一个词语，但未来不是一句话就能改变。

未来，应该是美好、幸福、如意，阳光和煦、星光璀璨、月光皎洁。

未来，应该是自由出行、自由呼吸、和谐安康。

未来的皮肤应该是草绿色，额头应该是天蓝色，眉毛应该是白云色，身躯应该是五彩的。当我们徜徉在未来的怀抱，只有陶醉，只有神怡。

未来的道路是宽阔的，应该是：爱在左，情在右，在生命的两旁，随时撒种，随时开花，将这一径长途，点缀得花香弥漫，使得穿花拂叶的行人，踏着荆棘，不觉痛苦，有泪可挥，不觉悲凉！

未来应该充满生机，充满和善，充满正义，充满公平，贫穷与饥饿将会逃遁，战争与灾难将会绝版，龌龊与丑陋将被连根铲除，罪恶与犯罪将不复存在。

那么，未来才是未来。

天　问

仰望苍穹，声声诘问。无数问号横舞天空，如雷霆响彻，如风暴席卷。

哲人于罪恶中呼唤灵魂，诗人于灾难中拯救灵魂。人间的寒冷，如但丁《神曲》中的地狱，这是问者灵魂最深最痛的伤口。在历史的古渡口，哪位哲人在打捞灵魂的叩问？哪位诗人在打捞楚辞的阳光？

有一种目光能够穿越岁月，有一种叩问使历史沉重。

诗人抛洒了漫天疑问，岁月回音壁上留下寂静的无声。在叩问中，守望灵魂最深处的忠诚，铭记朝代潮起潮落，独赏古人花开花落。

一页页祖先的故事，一缕缕哲人的思想，叠成历史，叠成诗词歌赋，叠成滋养后代子孙的精神食粮，叠成一个大写的——人。

以心问天，放声哭出一生的雨，融进江河，氤氲着千年的时空，问出一种中国精神叫不屈不挠；以头叩地，用血写成诗行，叩问着祖先深沉的忧郁和孤独。

天问在孤独中行走，孤独在天问中壮美。

那是灵魂呐喊的声音，以心为剑，剑刺苍天，魂敲大地。

那是骨头敲打的声音，以骨为诗，以诗入地，诗骨不朽。

那是血液澎湃的声音，以血祭神，以诗编史，光耀岁月。

宝　　贝

你是上帝赐给我的礼物。从你萌芽起，我就多了一份幸福，这，无论什么都不能替代。

你是清晨最晶莹的露珠，闪烁着熠熠的亮光，在我眼里动人地绽放；你是夜晚最亮堂的星星，俏皮地眨着眼睛，我注目就可以凝望。

从我能够感觉你的那一刻，我就有了责任。因了你，我明白了责任里的温暖和温暖里的伟大。即使我非常平凡，也会在你面前伟大起来。

因你的存在，蓝天更蓝，白云更白，草原更绿……一切色彩斑斓的东西越发鲜艳动人。

我的一生有多长，对你的爱就有多久。你不必担心风雨的侵袭，这一生，我都会守在你的身旁，将无尽的爱投入你生命的火焰，化为泥土，催生荒原的绿野，为你留住四季的色彩，留住成长的快乐。

总有一天，你要离开我去飞翔，去寻觅美好世界里欣欣向荣的诗篇。我会默默地为你祈祷，然后在你的故园站成一棵树。无论你是满载而归，还是空手而回，我都会张开枝叶，等待你的降落，让你静静地休憩，或治愈你的伤痕。

因为，你是我永远的宝贝。

知 音

寻觅知音，是人生追求的一种境界。

攀过山，越过水，苦苦寻觅，久久等待，只为在生命中遇到一颗懂得自己的心，让心灵从此有了依靠，有了寄托，有了力量。

你知我，所以懂我喜忧。无论山之高峻，无论海之辽远，都无法阻挡你我心灵相通。无论相距天涯，或海角，至少你懂我。

知音之间，情的交融滋润着灵魂。

知音是一本蕴含智慧的书。不同的两个身躯，流淌着一样的血液，徜徉着同样的思想。

知音是一段深藏心底的旋律。击鼓而歌的愉悦，相对作饮的陶醉，都在你我心头。

知音是分享快乐，是心有灵犀。

对着弹琴的俞伯牙嫣然一笑，便有了摔琴谢知音的动人传说，高山流水的绝响成为人们追寻的最美梦幻。

对着揽月欲飞的李白作了一个邀请，他便奔赴十里桃花，万家酒店，"桃花潭水深千尺，不及汪伦送我情"的诗篇从此永不老。

知音，在长安城外灞桥的杨柳下，在阳关三叠的歌声里。

知音，是前世的自己……

家　　园

　　数声鸟语，若风坠露。心中的浮躁，便于瞬息间安静了。

　　目光高过树梢，高过蓝天。看到毡房、村落、泥路，还有河流、田野、山川。

　　它们，是构成家园的全部吗？

　　白云、家畜，和吹过高原的风，一同编辑家园的故事：

　　该有父亲驻足青稞地放眼四望的满足，和不再青葱的母亲依然故我的笑靥。

　　该有猪、狗、牛、鹅等家畜家禽，它们单声的、混响的、合唱的乐曲回响在上空的炊烟里。

　　该有呼啸的同伴，骑着马从高冈走过，去找寻各自心爱的姑娘。

　　该有市井流俗的声色，晨市的喧嚷，贩夫走卒引车卖浆的喜怒哀乐，夹杂在现代文明里的古风旧韵。

　　家园，不仅是一个地理上的概念，还是生命的避难所，是陶渊明的世外桃源，更是一个有生息、有自由、有理想的世界。

　　家园，是灵魂的休憩地。给我们一切：理想，希望，勇敢，幸福。

　　家园，是我们的思想高地、精神乐园。

　　我渴望在此落地生根。

　　（收入《石帆16》，海峡文艺出版社2020年版）

逝 水

世间万物，唯有水无所不容。山有多高，水就有多长；大海在哪里，水就流到哪里。

在悬崖峭壁上，在狭窄石缝中，高处飞落的水，很快就找到了自己的出路，瞬间就安详地缓缓流淌。

在漫长的征途上，水永不言倦，一如既往，一去千里，用默默表达着万千。

大象无形，大爱无声，上善若水。水，最能表达其意，从无形变幻出有形，又从有形超脱出无形，直至无疆。

无论多坚硬、多强悍的石头，都将被水冲刷得光滑细腻，圆润无形。有着如水性格的人，更是无坚不摧，事业上大展宏图，家庭里如鱼得水，社会上左右逢源，人生中魅力永存。

有水的地方，灵气总是缕缕闪现。

给水道路，水顺着道路流淌；不给水道路，水自己找路流淌。容器是方的，水就成方的；容器是圆的，水就成圆的。

潺潺小溪中，她低语诉说；滔滔长河中，她激情澎湃；高山瀑布中，她直挂云天；一日三餐中，她是生命之源。

离开她，一时，你能存在。离开她，不久，一切都毫无声息。

纯　　净

洁白的哈达，是你们以神的名义，赐给我们的福音；扎西德勒，是你们最真诚的祝愿。真诚的笑容，是高原的雪莲花；豪放的歌舞，抒写着生活的甜蜜。

从远古走来的藏地礼仪，深沉，浑厚，饱含着心灵的礼赞、收获的表达、热情的友谊，和对上苍眷顾的感恩。

一碗青稞酒，一碗酥油茶，斟满了你们的真情和豪爽。

最是这礼仪中的纯净，伴随着你的笑容忽然来到心间，让西藏远离了尘嚣，步入高山之巅。

纯净是抛弃俗务、一身轻松的酣畅；纯净是走在雪莲花的旁边，能蹲下来整个下午不动的观赏；纯净是心态，让大地绽放出绚烂的花朵。

怀着神圣的姿态，把心中最美好的祝愿献给圣洁的殿堂，那一刻，一切都宁静了。心中默念的，一定是幸福，一定是美好。

当一份纯净来到身边，忽然就发现了以往的追逐风逝雾散。

我仿佛回归于自然和远古，忘却了一切。

心里面，一缕云烟，升入天堂。

牧　歌

放牧,是所有活动中最写意的。在无限的时空,体验难言的酣畅与激情。

放牧时,可以无拘无束地行走,不再拘囿于往日的框框,随心所欲,信马由缰。

人生在世,难得的是自由,可贵的是真实。而放牧,两者兼而有之。

或早晨,或黄昏,和牛羊在一起,你会感受到一种久违的田园味道。这味道,醉了自己,感染了别人。

烦躁的都市生活,被青青的草和开阔的天、地,荡涤得一干二净,从此无忧。

一次放牧,一次心灵的洗涤。

翠绿中的点点肤色,正是动物给人类的启示。没有它们,我们可能会缺少食物;不善待它们,我们可能会孤独地生活在这个星球上。和谐共处,才是放牧的哲学真谛。

我们可能会在某一次的放牧中迷失,但迷失不可怕,可怕的是永远迷失,那将从此游走在心灵之外的原野上,不知所措。

放牧的时候,最重要的是要有行进的方向,这样,才不至于因留恋景色耽误了行程,忘却了日期和肩负的责任。

追求自由,是一种权利;但放任自由,却是一种罪恶。

真希望,某一天早晨,钢筋水泥的森林里,诞生出一蓬绿绿的草地。

祈　　福

渴望，每一次转动，都带来无尽的福音。

转经轮高举，一切美好的祝福，伴着高原风的荡漾，化为绚丽多姿的风景，灵魂的流淌穿越神圣的展望，在如画般的生活中奋进，在美好的期盼中沉醉。

祈祷家人健康顺利，祈祷家乡和平安宁，祈祷人民幸福安康，祈祷祖国繁荣昌盛。

心灵的宽度，尽在一次次的摇动中展现。

风骤的日子，被我默默地诵念，化为一缕轻烟；刀刻的岁月，被我默默地诵念，变得柔软无比。

一切，都希望在祈福中实现。

聆听祈福的声音，每一句都是那么虔诚，那么悠扬。仿佛一首歌谣，从眼眸的深处，从心灵的窗口，从流淌的血液，飞进情真意切的掌心，飞进倚窗守望的灵魂，飞进青翠欲滴的向往。

一次祈福，就是一次心灵的检阅，是把藏在心灵皱褶里的垃圾，翻出来扔得老远。

祈福，是对生活的憧憬，是把美好寄存在未来。

祈福中的岁月，最是敞亮无比。

祈福中的阳光，最是红光四野。

遇　　见

　　佛说，何处此身容入座，与君相见有前缘。

　　目光定格，默默相视。无语，静如禅。对视有大悲苦，似我心中数遍五百尊佛，不知谁是你，谁是我。

　　夕阳在上，回首再望，红尘已遥，前世已远。

　　曾经，我把漂泊的岁月别在你飘飞的黑发上，从此不再流浪，不再做孤寂行吟的歌者。

　　今生，你不必燃起心灯茫然四顾。但愿你永不消逝。

　　我可有日落的归程，你可是系缆的崖岸？

　　我问。你不语，只淡然对我一笑。

　　恍然如梦的声音，是你我隔世的心跳。

　　为什么，无论远近，我都无法看清你？你是只可意会的远景，总在彼岸，与我隔着漫长的时光。无法企及的距离，那来去俗世的路，已成非路。你不复存在，你站在你之外，听风说话。

　　在这里，唯有捉不住的空灵最真实。

　　你，前世之前，后世之后，藏于我心间。近得比什么都远，远得比什么都近。

　　宁愿你静静地站在时间的对岸。

　　宁愿我永远都握不到你的纤纤素手。

故　　乡

落日熔金，禅坐风中，内心的思念攀上风的翅膀，魂牵故乡。

苍茫四顾，历史蛇行。坐在岁月的马车上，故乡跌跌撞撞越过了4000多年。

古城的残月下，是谁举着苍白的刀，呼啸着掠过熙熙攘攘的城镇，宣告着一个个朝代的终结？

曾为"海上丝绸之路陆上通道"的仙霞古道，那一抹夕阳，今天还斜斜地挂在天边，照着昔日的繁华。

江淹折下柳枝，依依惜别在诗情浸透的南浦溪畔，"春草碧色，春水绿波，送君南浦，伤如之何？"离别的忧伤，成为千百年来游子心中不忍触及的痛。

断鸿声里，我常陷入历史的深处。举目眺望，多少爱与恨已荡然无存，多少楼台还在岁月的烟雨中。唯有深入骨髓的乡音，在我的耳边近了又远，远了又近。

故乡，是我儿时的天堂，是我梦想的摇篮，是我今天的骄傲。

潺潺的南浦溪水，给了我流淌的血液；巍巍的梦笔山，给了我健硕的骨骼。我的生命注定属于你：属于你的慷慨和辽阔、淳朴和古老、美丽和富饶，还有泪水和微笑。

浪迹天涯，怎么也走不出对故乡的眷恋；四海为家，怎么也走不出对故乡的牵挂。

唱一曲《月光光》，让天籁的音符浸润着我，让桂花的清香笼罩着我，让南浦溪的清洌洗濯着我，让我陷入单纯而无忧的睡眠……

岁　月

人与历史，都能在生命的纹理中找到岁月的烙印：在老树的枯枝间，在磨损的石阶上，在沧桑的容颜里，在你我的对视中。

岁月，曾在大漠边关的古战场，见证过金戈铁马的悲壮；曾在石砌砖垒的高墙内，聆听过一个家族如尘似烟的往事；曾在潺潺的时光流水中，望见你我日渐佝偻的背影。

过往的日子，历尽艰辛，饱含坎坷，但更多的是平淡。

那是春天的万物勃发、夏天的骄阳似火、秋天的满地黄花、冬天的万籁俱寂。还有相濡以沫时的举杯对酌，离别时的黯然神伤。

多年后，重返的可是曾经的故园？重逢的可是昔日的朋友？重温的可是青梅煮酒的英雄梦？重提的可是历经沧桑后的袖底轻烟？

岁月有痕也无痕，有痕的岁月留下了无限的情愫，无痕的岁月被风雨洗涤得更加纯洁。

在思考中行走，学会遗落梦的颜色，才能淡然岁月的痕迹。

舍与得都是岁月的眷顾，收与获都是岁月的恩赐。

走路是岁月，攀登也是岁月；同情是岁月，憎恨也是岁月。要想过得坦然，就要宽容岁月的琐碎，荡涤自己的愁肠，就像张开的帆，等待迎面而来的风。

给岁月宽度，岁月将回馈你无限。

（刊于《福建日报》2011年6月24日）

对　禅

在对望中，用理解对话。

在禅意中，用眼神交流。

多少俗事，尽在只可意会不可言传中，默默消融。

禅宗，就是入世后的出世，拥有后的放弃，是安静，是空灵，是淡泊。

常有大隐者，在喧嚣的尘世、熙攘的人流中，安静着一方心田。禅存于心，无论在何处都是安静的。

个人的修为不同，对禅的理解各有不同。交流，是最好的解读。

一次次的对禅中，品格得到升华，经书上的文字，显得活灵活现，显得亲切温暖。

长者，理解了禅，因为，读的经书多。

少者，心囊没有多少垃圾，于是，对禅多了一分亲近。

不需要太多的语言，在各自心底默默诵念每天必修的课程，每一次对话，就向善靠近了一步。

不怕心中有疑惑，只怕胸怀不宽阔。藏污纳垢的心，永远不敢和经书碰撞。一碰撞，经书还是经书，心却不再是心。

（收入《石帆16》，海峡文艺出版社2020年版）

朝　圣

叩问大地，亲吻心灵。

再没有哪种动作，会如此优美；再没有哪种跪拜，会如此神圣。俯下身体的瞬间，心灵就贴近了佛的地脉。美好的祝愿，在这一刻，全演变成肢体语言的舞蹈，和那一次次神圣的重复。用虔诚的动作为西藏祈福时，整个西藏都是我的。

一曲曲藏歌，一个个足迹，追寻着藏经的脚步，从远古到远古。

虔诚的步履中，保持着由来已久的从容和镇定；清晰的背影里，透视出永远不会磨灭的信仰；遥远的路途上，记载了千里万里的仰止。

身体的匍匐，一次次贴近地脉，贴近心灵深处的佛。带着生活中的不解和迷茫，带着美好的祝愿，带着对布达拉宫的崇敬，用雪清洗心灵的皱褶，用四肢丈量宽阔的大地。

朝圣的路很长，从狭隘到宏阔，从肉体到灵魂，从入世到出世。

朝圣的路很短，佛在心里，它就在心里。

谁，能诠释这其中的玄机？

（收入《石帆16》，海峡文艺出版社2020年版）

归

归来，是因为曾经离去。

离去，是为了还将归来。

每一个出发的脚步，都丈量着回家的路。

战士凯旋的豪情，是归来的荣耀；金榜题名的欣喜，是归来的努力；千里回家的旅程，是归来的思念；即将远征的离别，是归来的期盼。

香港、澳门回归的时刻，时光掩盖了百年沧桑里流血的殷红，鸽哨、烟花与高楼上的霓虹重新书写历史，让曾经扑地的尊严一夜之间傲然挺立。

是祖国母亲隔着浅浅的台湾海峡，渴望在每个月圆之夜，紧紧相握的手，从此不再有游子泪流满面地倾诉他的乡愁。

相聚和别离四季轮回般从容走过，别也自然，归也欣喜。不再刻意追赶风的脚步，不再执意伴随雨的节奏，不再接受别人目光的引诱，让自然来去的风雨带走同样自然的生命过程。

欲归来，必先有离去。

走出去，要有不惧风雨的胆识。敢于走出去，是心里揣着回家的那条路。

不管旅途有多长，有多远，都挡不住归来的脚步。

有最高的山，却没有高过脚步的山峰。有最长的路，却没有长过心灵的里程。

让心回归，让梦回归。回归昔日留下的痕迹，回归永远抹不去的记忆，回归挥之不去的温暖，回归割舍不断的牵挂。

归来，用最虔诚的心向上苍祷告：一路平安。

生 与 死

人生有多少命题，在生与死的转换中？

必然的生命，被死亡诠释。生的姿态，延伸到死。

语言无法解释，交给沉默；行为无法抵达，交给思考；肉体无法完成，交给灵魂；生命无法解决，交给死亡。

所有的生命都有着不同的美丽，所有的死亡都有相同的平淡。

生命是伟大的理解与默契，生命是无畏的勇气与力量。

生未必是绚丽多彩的浪漫，虽然能成荣成仁，但也能成恨成忧。

生命之初，困惑、磨难和苦涩便也结伴而来；死亡前夕，我们能够回避生命中的悲伤，却回避不了对死亡的惧怕。

死未必是不幸的毁灭，很多很深的噩梦从此失去寄存，被忧郁、痛苦、苦难四处围追堵截而无路可走的灵魂，从此在死的解脱中找到永恒的宁静。

如果生命过去的欢乐非天赐，那么当下的痛苦就是上天的惩罚，或者是死亡前的赎罪。

生或死，都是一种本质的回归。

生命的欢乐与痛苦，高贵与卑微，富裕与贫穷，相爱与仇恨，健康与疾病……在死亡面前，相逢一笑，化为尘土，携手走向虚无。

有生的日子，磨砺自我，超越自我，昂起头迎接死亡，留下一行、一页、一集的思想之光,照耀千秋,死而无憾。

让那些属于生命的虚妄,属于死亡的真实,在语言不能抵达的来世,回归永恒。

游 于 艺

子曰:"志于道,据于德,依于仁,游于艺。"

人生,不仅要有所"志",有所"据",有所"依",还要能"游"。

"游于艺",既是悠然自得的从容心态,也是涉足广泛的越界行为与技术:或潜心于著述,或矢志于歌吟,或醉心于绘画,或钟情于琴技,或纵心于玄理,或耽志于古玩,或留意于术数,或倾心于杏林……

"游于艺",是通过艺术的学习、欣赏、陶冶,获得审美享受,获得精神自由,它经由人文培养,达到人格的至高境界。

孔子是最好的表率,他不仅是道德家和教师,也是礼、乐、射、御、书、数样样精通的艺术家,在他身上有文采风流、陶然忘我的浓郁气息,也有超越世俗、恢复自我的自然天性。

"游于艺",是摆脱一切世俗、功利、工具的羁绊,完全返回到人的本性,使心灵有着更为开放、更为广阔、更为纯净、更适合想象的自由驰骋和人格的自我张扬。

不用画地自限,心中没有牢笼。心游万仞而自天真,没有偏执迷恋,没有冷酷狂热,不违人世大德,毫无隐藏,所在皆真。

那是放浪形骸、喜怒形于色的东晋贤士;是秉性正直、笃实纯厚,刚直不阿于权贵,以义烈名于后世的颜真卿;是乐观豁达、倾荡磊落的苏轼;是"栖隐奉新山,一切尘事冥",似哭当笑、装疯扮癫的八大山人……

远 行 前

草原的风,吹得袍袂"呼啦啦"地响,仿佛牧马人展开翅膀,在崇山峻岭里翱翔,在沧桑岁月中跋涉。

放牧草原,是一种生存状态,是一种行进中的风景。

草原,那任由信步的宽阔,那天穹的辽远,吸引着每一个热爱自由的灵魂。

远行,是高原人的宝贵传承,是人生智慧。路上,相互照应,相濡以沫,有说不完的话,有走不尽的艰辛,有享不够的喜悦。同行的温暖,足以慰藉远行者的心灵。

每次远行,都是一次人生考验。远行前的准备,不仅仅是鞍马的整理,更多的,是在调整心态。要把心灵的空间放得足够大,大到足以装下整个高原,才能去任何地方游牧、驰骋。

马儿们,如同主人的心情,对出征怀着按捺不住的兴奋。看似安静地站立,心早已在辽阔的草原上奔腾。

牧马人,机敏、坚毅、洒脱、豁达,是骏马的精灵,是苍鹰的化身,是现代社会的活地图,走到哪里,家园的版图就画到哪里。他们和高原融为一体,我中有你,你中有我。

前方,天正蓝,云正白!

(收入《石帆16》,海峡文艺出版社2020年版)

在 路 上

一次次卧下，一次次在心里竖起旗帜。

每一次匍匐，既是对神灵的敬仰，也是对大地的崇拜；每一次与大地接触，既是用心灵去感知高原的浑厚，也是获得信仰的精神动力。

信仰，化作无穷的力量，烛光般照亮内心的迷茫。双腿和双手，越来越坚强坚韧；思想和心灵，越来越清澈纯净。在这里，信仰不仅是仪式的象征，更是生活的本身。

矢志不渝的信徒固守着内心的执着，用这种无以替代的姿势，以千年不变的信仰，来维护民族精神的纯粹，把一个民族过去被苦难压抑的倾诉，化作对今天美好生活的感恩，和向往未来的永恒祈祷。

他们用身心而不是脚步，去丈量卑微与神圣之间的距离，前行的每一步，都是在迈向通往天堂的阶梯。

他们用生命丈量着荒凉，用虔诚诠释着经文。

他们的身影覆盖着身影，岁月重叠着岁月，故事重复着故事。

他们的灵魂是飘扬在路上的经幡，迎风祈福，并宽恕所有的苦难与伤痛！

（收入《石帆16》，海峡文艺出版社2020年版）

白　桦　林

它，枝干洁白笔直，挺拔刚毅，全身长满眼睛，注视着天地独特的风情。

矗立的白桦林，不言不语。

不是不言语，是韬光养晦，是极致涵养，是无言地矗立，是默默地生长。

白，黄，红，美丽了眼球，装点了心灵。

美，是刻在手掌上的纹路，是烙在瞳仁里的影像，是铭在心头的印记。走得再远，也走不出拳头的握力，目光的深邃，心底的牵挂。

朴素是真实的写照，真实是永恒的保留。

自然，是最真实最淳朴的色彩。把天空当画板，于是，有了田野的无垠，土地的厚实，河流的无边，生命的绵延。

岩石，给予你坚强。树冠，给予你五彩。奔驰，给予你活力。恬静，给予你温馨。

挽起如椽大笔，尽情挥洒，让岁月在笔尖流淌。流淌过的日子，点点滴滴，浸入时光的深处，幻化出色彩的元素，焕发出动人心魄的神奇！

桦树林静静地伫立在苍穹之下，棵棵独立，与周遭融为一体又不失自己的本色，大地无言，桦林无语。

我多么渴望，时光永驻，心田酣醉，不再醒来。

飞翔的鹰

高原的天空湛蓝，蓝得高远，蓝得清凉，蓝得像大海。白云，是天的帆，随风而飘；鹰，是天的主人，随风而舞，在蓝色的天空里自由飞翔。

鹰的家园在飞翔的翅膀上，万里长空，独自与苍天为伴，与孤独为伍，追逐、搏击，顽强地在蓝色的天宇里寻找不断上升的轨迹，无言地演绎生命的真谛与世间的风雨。

鹰穿越夕阳的霞光，向无形的高峰翘首振翅。脚下的世界远了，蓝色的世界近了。夕阳将余晖抹在它的翅膀上，它将影子高傲地射向悬崖绝壁。

没有鹰振翅的高原算什么高原？没有鹰翱翔的蓝天算什么蓝天？没有鹰搏击的世界算什么世界？

鹰，无言地呼唤着风暴。以铁打的翅膀击碎阴霾，以血性的胸膛拥抱蓝天，以执着的灵魂坚持梦想，一路追逐天堂的歌声。

鹰，让飞翔超越时空，让飞翔成为永恒。

曲 高 和 寡

真正的歌唱家往往孤独，孤独的灵魂往往高贵。

人们常说：不鸣则已，一鸣惊人；不飞则已，一飞冲天。冲天的歌喉里，天赋很重要，但后天的努力何尝不是成功的关键？

别为所谓的鄙视而痛苦，别为一时的失去而懊恼，沮丧不是高贵者的本色。无论别人怎么看待，关键在自己。走自己的路，无论别人如何评说。

只要活出自己，不为外物所囿，敢于接受逆境的洗礼，敢于保持内心的纯真，就拥有了高贵的品质。

就如陶渊明，星夜归隐，家徒四壁，依旧采菊东篱，对望南山；就如苏轼，被贬蛮荒，怀才不遇，依旧闲乘月色，漫步中庭；就如文天祥，面对高官厚禄的诱惑，依旧牺牲自己，留取丹心。

如此曲高，怎惧和寡？只要内心高贵，即使挫折不断、灾难巨大，也摧毁不了从容不迫的灵魂。

高贵的心，不戚戚于贫贱，不汲汲于富贵，不耿耿于相貌，不怅怅于世俗。无论在朝在野，无论或生或死，无论幸福磨难，只要拥有高贵的心，就是高贵的生命。

阳春白雪的高贵，是每个时代都必须坚守的精神家园。

为生活而歌，为生命而歌，是快乐的。

坐 而 论 道

道者，存于心，表于行。

在这圣洁的土地上，随时可见智慧，随处可遇神意。

不可高处达，悟道山水行。苦行僧在煎熬中从不抱怨过程的艰辛，大果总是在跋涉之后修成。抵达至高无上的境界，需要历经沧海桑田。

时光在这里停滞，与思想重叠。灵魂相互携手，遥望山川以外的山川、湖水以外的湖水、天空以外的天空。

追溯一切功名利禄、虚饰浮华，仿佛过眼烟云，都不重要，重要的是空气、蓝天、白云都是纯净、透明和快乐的。

大音稀声，大象无形。世界满怀寂静。

让我们以敬天祭地之心仁爱于万物和众生，让神的光辉照耀到自己的身心，让我们的生命海拔，拔地而起。

佛静坐；蓝天，白云，也静坐。

此时，愿一切静止。

（收入《石帆16》，海峡文艺出版社2020年版）

西 藏 民 居

民居是凝固的艺术。

民居因风格不同而各有千秋。每一幢民居都透视着地域文化、风俗习惯和精神传承。

风格、形式和内容因主人的性格、爱好、学识、修养、信仰而各不相同，或张扬，或宁静，或简约，或繁复……

它不再是简单的建筑物，它因人而有了灵魂，因主人的习惯而改变，因主人的性情而坚守。它带着主人的喜好，带着主人的悲欢，历经家族的繁衍，给居住者以亲切的滋味。

民居，是一种烙印。这烙印里，有清晰的历史，有近处的童年，也有离开家乡独闯天下的起跑原点。

每个人都对出生地怀有深刻的印象，这印象中，房子无疑是浓重的一笔。它牢牢地扎根在主人的心头，不惧风雨，不惧雷电，任由时光荡涤，总是以清晰的影像保存在主人的生活底版上，无论黑白，无论色彩。

岁月如歌，把如梦如醉的高原风情唱进了白墙绿瓦，也把豪放淳朴的藏人秉性唱进了史册，从而定格了一个地域的背影。

精美的图饰，把辉煌嵌入了图腾。细微处蕴含精致，精致中洞见博大，博大间透露神圣。那朴素的姿势，站成了多少千年不变的相思，演绎过多少悲欢离合的故事，珍藏着多少生死不渝的情缘。

放 歌 草 原

与天为伍,与地为伴,逐水草而居,仰天地而存,生旷古之幽情。

有什么地方,比草原更辽阔、更苍茫?有什么感情,比牧马人更深沉、更博大?

10月的阳光金子一样铺在草原上,哺育着一望无际的旷野。

草原是牧马人的归宿和情结,无论走到哪里,无论身在何处,草原总在脑海,总在梦回,总在心里。

健壮的骏马像风一般奔驰,鹰隼在蓝天上盘旋,伴随着牧马人飞翔在草原深处。牧马人的笑脸在阳光下绽放,传递着内心幸福的喜悦,如灿烂的雪莲花,恬淡怡然,芬芳四溢。

在草原上,人与自然相生相息,更能体会到神的恩赐。在年复一年中等待和盼望,因了春来野绿而喜悦,因了春去秋黄而忧伤。敬仰与感恩、孤独与忧伤,太多的情感都为自然所牵动。

在天人合一的境界中,爱,成其大。

草原上的民族,活得简单,爱得单纯;活得真实,爱得纯粹。

他们唱的是长调,不长,不足以抒发深情;不长,不足以挥发酒力。酒,是他们的性格;歌,是他们的爱恋。要喝就喝个一醉方休,要唱就唱个痛痛快快,要爱就爱个轰轰烈烈。

在洒满阳光的草原上,马头琴的声音欢畅而悠远,天苍苍,野茫茫，风吹草低见牛羊的牧场，和着欢快的旋律，定格成草原无尽的美丽。

（刊于《福建日报》2011年6月24日）

秋 日 禾 木

辽阔的土地宽广无边，苍穹下跌宕起伏的草原和绵延无边的森林，袒露着生命的原色。

苍鹰从头顶无声无息地掠过，那是生命的飞翔。

骏马从身边高蹈阔步地驰过，那是生命的跋涉。

树木在四季无限眷恋中伸展，那是生命的超越。

小草在时空无限追寻中生长，那是生命的归依。

生命如宇宙中的一粒尘土，在浩瀚中稍纵即逝。

禾木拥有的生命，无论挺拔还是匍匐，无论风吹还是雨打，都显示出无比的坚韧和顽强。

生命源于大地又回归大地，无声无息。

生命原本无色，可一旦倾注了热爱、执着、追求、向往甚至感恩，这个世界便赋予了它更加亮丽的色彩。

丰收的土地五彩缤纷，从早春到深秋，从淡绿到金黄，从稚嫩到成熟，如此丰富多彩。

草原流动着的生命，如此平静，又如此美好。

禾木流动着的声音，如此安详，又如此奇妙。

人的一生犹如美丽的禾木，生存的过程中获得智慧和坚韧，拥有理想并孕育着更多的期待和希望。

大地上留下了生命执着的脚印，岁月里绽放过生命拼搏的姿势，天空中留存着生命理想的方向。

　　禾木为这一切感到自豪，为这一切义无反顾。

　　禾木在世界之中，世界在我们心中。

行 走 沙 漠

沙漠里行走，最受煎熬。

沙漠里行走，是勇者的讲述。

单是行走，不足以征服别人的心；单是沙漠，也不足以征服无畏的勇者。

沙漠里行走，是双倍的英雄，是勇者中的勇者。

行走，是人生的风景。风景，是行走出来的动画。

行走的脚步闪耀着岁月的光芒，踏出足迹深深的记忆。

沙漠浩瀚无垠，是陆地里的海洋。苍茫沙海，日夜遥望着蓝天；胡杨坚守，期待着千年生命的轮回；驼铃阵阵，叩响着通向绿洲的征程。

在起伏的沙丘上疾走的如刀漠风，将行者的皱纹雕刻成塞外的古老。聆听着呼啸的风声，犹如聆听永恒的音韵和历史的歌谣。

古诗里飞出的苍鹰，盘旋在大漠的高空。少小去乡邑，扬声沙漠陲，那是曹植的期望和决心；大漠穷秋塞草腓，孤城落日斗兵稀，那是高适的无奈和悲伤；黄沙百战穿金甲，不破楼兰终不还，那是岑参的寄托和誓言。在悲怆壮阔的心境中，诗人飓起了浓重的烟尘，把斑驳的历史展现在行者的面前。

吹拂了千年万年的大漠之风，将冷漠和荒凉撕成碎片，伴着行者的步履，穿越时间的无涯，在心的沙漠里寻找绿洲的图腾。

高度，在行走中跋涉！长度，在行走中经历！
沙漠，成全了行走。

油 画 九 寨

真实的九寨，从油画中走来。油画的九寨，在一枝一叶中感受。

云蒸霞蔚绣美了多彩九寨，青翠浓绿染透了童话九寨，丽日生烟鼓起了高天九寨，万丈烈焰映照着斑斓九寨。

九寨，如镜，如梦。

氤氲的空气中，弥漫着清新自然的味道，那是上苍赐予的杰作。

溪水是天空遗落的一角，浅蓝，深蓝，波光潋滟，清澈见底，动人心魄，似纤尘不染的稚子双眸，清纯，美丽。任何人，只要坐在这里望着它，纵有万千心事，也会慢慢从心底消退。

阳光缓缓穿行，清脆的鸟语，带着水的幽静，证明这里仍是人间。

草色一碧如洗，清秀无瑕；山峦倒映水中，情韵盎然。仿佛打翻了颜料罐，浸入深深浅浅的溪流，成就大自然最美的一幅静物画。

蘸满岁月的油料，饱含青春的激情，让时光永驻，是九寨给予的启迪，更是油画给予的慷慨。

任何人试图用手中的画笔来描绘九寨，或许都是徒劳的。无论你有多么神奇的手法，无论你有多么深厚的功底，无论你有多么渊博的学识，在九寨面前，你都会显得浅薄单一。

生活在九寨的怀抱里，每个人，其实都是油画上的一粒颜料点，移动着，改变着，让九寨充满了变数的灵性和神秘，不可复制。

九寨的风韵，让每一个人，仰止，朝拜。

江 南 水 乡

一只乌篷船，从一帧水墨画中，款款摇出。桨影，在吴侬软语上轻轻一点，水声，便浮动在古老斑驳的秦砖汉瓦里，婉约诉说几千年的前尘往事。

厚厚的石板，青灰的色调一路延伸，弯弯地横过水面，就是中国桥，水乡最重的一个音符，或长或短，或高或矮，或直或曲，总衔着一轮圆圆的月亮。

还有那古色古香的水阁、长驳岸、水墙门、河埠、廊坊、过街骑楼、穿竹石栏……构成江南水乡的文化博览园，展示出水乡过去与现在的繁荣，和优雅又别致的风情。

红灯笼，一双双夜的眼睛，临水而亮，面水而明。不语，却诉说着水乡古今的喧闹、炙热。

面对一波逝水，历史总在潮起潮落；面对水湄之灯，夜再黑，也无法熄灭生命的灯火。

水乡的人，是心性至善至深之人，有水一样的纯净，水一样的澄明，水一样的大智若愚，水一样的源远流长。

水乡的人，与水为邻，与水为友，超然物外，淡泊宁静。在喧闹中有着属于自己的桃源，在纷扰中总能静下自己的耳根。

他们在尘世中，来时干干净净，走时了无牵挂，只留下一叶水过的痕迹。

生命的诠释

人最宝贵的是生命。

我不知道生命最初从哪里来,最终又到哪里去,但我知道,生命从生命中来,又到生命中去。

春夏秋冬,花开花落,开花结果;斗转星移,生死交替,无限延续。

生命由肉体和灵魂构成,它本没有贵贱之分,一律平等。但因为有了阶级,有了等级,有了贫富,有了差距,生命就有了高贵和卑贱。

阶级消灭了,生命也就平等了。

生命有长短之分,肉体的生命很短暂。灵魂则不同,有的灵魂与肉体同生死,有的灵魂在肉体死亡之后其精神仍然长存。

肉体源于自然,最终回归于自然,到物质世界中去;灵魂源于空灵,最终回归于空灵,到精神世界中去。

尧舜距今4000多年,但精神仍活在人们心中;孔子距今2000多年,《论语》仍然在耳边回响……

精神世界依存于物质世界,又推动物质世界的发展。

生命不息,精神不止。

人生的意义

孔子站在河边感叹：逝者如斯夫，不舍昼夜。过去的一切就像这奔流的河水一样，不论白天黑夜，不停不息地流逝。

宇宙万物，无一不像河里的流水转瞬即逝，当你刚喊"现在"时，"现在"就已经过去了。历史的车轮不断向前滚动，时代的脚步不断向前迈进。历史永远不会回头，时间永远不会回头。

生命本身只是生物学的一件事实，本没有什么意义，生一个人与一只猫、一只狗，没有什么区别。人生的意义不在于何以有生，而在于怎么生活。

以第欧根尼为代表的犬儒派哲学家，他们认为版图上的国家，旋生旋灭，朝起朝落，变化无常。他们一根手杖、一个行囊，四海为家，走遍世界。他们胸怀世界，追寻人类永恒的家园；仰望苍穹，探索世界的全貌和本质。他们没有国界，他们的祖国是宇宙。

天地，给予了每个普通人同样的机会。在探索中每个人不断接近生命的本源，它耗费了你的生命，却又让你在耗费中，了解到补充生命的方式。

在家庭中的一生，让我们完成了施予与回报；在社会中的一生，让我们完成了使命与回归；于天地中的一生，让我们完成了广博与深沉。

如果把人生比喻为流水，从而思考：我从哪里来，要到哪里去？活着为什么？为什么要这么活……我们就会豁然开朗。

男人和女人

男人是天,女人是地,天地主宰着万物生灵。

男人视世界为心脏,女人视心脏为世界。男人为目的活着,女人为愿望活着。男人是现实的俘虏,女人是梦想的主人。

男人有着与生俱来的孤独,在孤独中创造文化;女人天然地喜欢热闹,在嬉闹中传播文化。

好的女人如同艺术,属于永恒的自然;好的男人如同哲学,穿越永恒的时空。

男人的肉体与精神可以相互分离,躯体抵达的时候,精神仍留在他处。女人的躯体和精神相互交融,躯体受情感支配,精神带着肉体的气息。

男人用头脑思考,凭感情行动;女人用心灵思考,凭理智行动。在思考时,男人指导女人;在行动时,女人指挥男人。

女人喜欢把大道理扯成小事情,男人总是把小事情扯成大道理。女人只在装饰上赶时髦,男人却热衷于投入时代的潮流。

男人常常夸耀他的胜利和霸气,女人常常夸耀她的宽容和温柔。

聪明的女人在于能欣赏男人的智慧,聪明的男人往往欣赏女人的单纯。

最难得的,是男人对女人的保护;最温馨的,是女人对男人的抚慰。

男人,女人,天地间相依而生的两棵树,风雨中同生,阳光中共长。

信仰与法治

信仰的力量巨大。没有信仰的民族是毫无生气的民族，是注定失败的民族。信仰的存在，让毫无生气的田野郁郁葱葱，在心里生长出一株株开满鲜花的树，没有压迫，没有剥削，没有争斗。宽恕、感恩与光明，在信仰的世界里，随空气荡漾。

法治的世界里，所有人都靠右走，所有言行都严格有序，所有一切都有依据。靠着这依据，你我和谐共生存；靠着这准绳，你我才能长久而平安地在每一个早晨惬意醒来，在每一个夜晚安然入睡。

法治是雨露，洒给每个人；信仰是雨露，滋润有心人。

从法治的眼光看，这世界有规有矩；从信仰的眼光看，这世界充满希望。

不怕缺失，不怕跌宕，不怕坎坷，是有信仰的存在。信仰让一切都成为必然，变得无所畏惧，充满意义。智慧和锤炼在信仰的缝隙里，含着微笑，抚摸每一颗虔诚的灵魂。

不怕混乱，不怕委屈，不怕暴力，是有法治的存在，法治让一切都清晰可辨。

你照亮我，我呵护你，潺潺流水的叮咚里，法治如渠道，信仰如卵石。

法治和信仰，并行不悖地一路同行。

（刊于《福建司法》2014年第3期）

战争与和平

战争是昨天的太阳熊熊燃烧的故事。

和平是今晚的月光悠悠吟咏的主题。

战争,是觊觎与被觊觎、压榨与被压榨、欺压与反抗蓄积到极致的彻底爆发。人类社会有多久,战争就存在了多久。

战争,拂开厚厚的黄沙,在湮没千年锈迹斑斑的兵器上,闪烁着咄咄逼人的寒光;和平,让战火永远熄灭,世界铸剑为犁,铠甲与箭镞化为粉尘。

战争,是史书上记载的英雄神话,是鲜活的生命血液喷溅夕阳时的悲壮;和平,把残酷的战争与白骨一起深埋,把虚幻的功名与霸业一并抛开。

战争,在"分久必合、合久必分"的脚步中,弥补着社会的缺陷与漏洞;和平,弥合着流血的伤口,将文明和进步一次次推向繁荣。

和平是一朵花,绽放在战争中,有了它的绽放,战争的创伤才被抚平;和平是一条鱼,游在激流之中,有了鱼的奋斗,战争的凶悍才被征服;和平是一只鸽,衔着橄榄枝飞在自由中,有了鸽的飞翔,自由的美才被人们察觉。

没有纯粹的战争,也没有纯粹的和平。战争中孕育着和平,和平中又潜伏着战争,战争与和平总是在交相更替。

和平与发展是当今世界的主流，如果和平因素的增长扼制不了战争因素的增长，战争就不可避免。

和平，让鲜艳的花和茁壮的庄稼，在长城内外，站成富饶明媚的风景，挽留着战争过后微笑的目光！

荣誉与耻辱

荣誉是绚烂的烟花，耻辱是阴暗的集聚。

荣誉是可圈可点的评语，是赞许的目光，是崇高的评价，是激励人们前进的号角，是鲜艳的红色。

每一次荣誉的取得，都经过艰苦卓绝的奋斗，是经历的褒奖。

耻辱是镌刻在心灵上的深深凹印。每一次耻辱的铭记，都阐述着曾经犯下的无可挽回的错误，是黑色的印记。

耻辱是一种背叛，对于良心、道德、法纪、善良、真诚、美好而言，耻辱的每一个细节，都是背叛的开始。

光明正大是荣誉的前提，偷偷摸摸是耻辱的写照。凡荣者自身正，而后正人；凡耻者自身损，而后损人。

知耻近乎勇，知耻更近乎智。耻辱要比荣誉更令人铭记，耻辱要和荣誉一样被珍藏。荣誉给人信心和动力，耻辱给人警醒和韧性！

荣誉和耻辱都可以让人崛起，也都可以让人一败涂地。荣誉与耻辱如同鲜花与漠视、掌声与嘲讽，是一柄双刃剑，让人趴下，也让人奋起。

过分注重荣誉会阻碍继续努力的脚步，荣誉不是奋斗的唯一动力。

荣誉和耻辱不是一成不变，进退间，就是它们的分水岭。一个光荣的人沦落为一个耻辱的人，会使人震惊；一个耻辱的人脱胎为一个光荣的人，会使人振奋。

坦然和勇敢地面对耻辱，耻辱有一天终会变成荣誉。

荣誉是一时的，耻辱是一生的。

（刊于《福建文学》2015年第3期）

宏观与微观

宏观是微观的扩大，微观是宏观的微缩。

没有微观的片片集聚，就没有宏观的博大精深；没有宏观的全面掌控，就没有微观的点滴精彩。

宏观是季节，微观是天气。如果没有四季的轮回，哪有夏雨冬雪的精致？如果没有春风秋云的装扮，再美的四季也都黯然失色。

宏观是树木，微观是果实；宏观是宣纸，微观是笔墨；宏观是泉水，微观是清茶；宏观是神曲，微观是音符……

"汝为谁？我为汝"，这是人生的微观与宏观，也是古印度哲学的大梵与自我。人生到了一定境界，自我与宇宙、微观与宏观就完全重合在一起，主体微观是自我，万物宏观也是自我。

人是社会的存在，每一个微观的心灵，不仅是外来印象、感觉的整理加工器，也是人类本性、民族、历史的宏观积聚，文化、自然、风俗、教养等因素在个体的成长过程中被压入意识的深层。

人类的历史，太古洪荒的宏观过去，会转化为个体微观的心理形态，被浓缩、变形、整合，灌入精神空间的底层。

有了宏观，这世界充满了智慧，智慧绽放出朵朵绚烂的烟花；有了微观，这世界充满了精巧，精巧变幻出片片玲珑的树叶。

清晨的露珠上，悬挂着一滴水——"微观"朝着太阳笑；而"宏观"

的太阳光芒，却普照每一片叶子，遍洒恩泽。

（刊于《福建文学》2015年第3期）

永恒与瞬间

瞬间是永恒的开始，永恒是瞬间的结束。

永恒是想象，瞬间是感觉。

永恒的存在，由无数瞬间组成。

瞬间决定永恒。有了瞬间，才有了永恒。永恒是无限的宽广和博大，没有瞬间的递增，永恒就不存在。

如果把时间截成片段，每一个瞬间都变为暂时的永恒，每一个永恒都被隔离得支离破碎，恰如瞬间。

瞬间是一时的存在，永恒是永远的记录。

永恒与瞬间，本无差距。就像流星的光芒，瞬间却足以照亮永恒；爱情的微笑，片刻却可能成为一生的回忆。

瞬间可以见出永恒，瞬间能够决定永恒。瞬间往往具有永恒的价值，把握好了瞬间，抓住了瞬间的机遇，也就把握了永恒，赢得了永恒。

一个英明决断的瞬间，可以铸就永久的辉煌；一个错失良机的瞬间，也会留下永久的遗憾。

亡羊补牢，是瞬间的优势。缔造经典，是永恒的魅力。

永恒会成为瞬间，瞬间也可能成为永恒。海看起来永恒，也会有枯的一天；石头也许永恒，也会有烂的一日。

沧海桑田，白云苍狗，谁能够左右？

花开花谢,云卷云舒。何为永恒,何为瞬间?

(刊于《福建文学》2015年第3期)

毁灭与拯救

每个生命都是一个完整的世界。

杀死一个生命,就毁灭了一个完整的世界。

拯救一个生命,就拯救了一个完整的世界。

每个生命都是世界的一部分,任何一个生命的毁灭,都会使世界残缺不全。

人是生命世界的精灵。当今世界,人们随时面临着"毁灭",这种毁灭不是来自外界,而是灵魂日渐消沉的自我毁灭。

人生有诸多难题:善与恶的困惑,道德的冲突与背叛,经验和信念的不一,欲望与理智的冲突,爱与恨的纠结,灵与肉的分离,理想与现实的碰撞,目标与幸福的背离……人们时常陷入选择的困境之中,困惑、迷茫、麻木、沉沦,甚至走向自我毁灭。

人们在黑暗中寻找光明,在斗争中寻找真理,在困惑的心境中寻找路径,在挫折和痛苦中寻找出路。

每个人都有毁灭自己的能力,每个人都有拯救自己的权利。

灵魂由自己做主,能把地狱变成天堂,或把天堂变成地狱。拯救自己还是走向毁灭,是每个人面临的选择。

拯救是内在的超越,也是抗争世俗虚伪与邪恶的超脱。

不屈的生命,要学会自己拯救自己,才能在逆境中勇敢地前进。改变自己、感动自己、征服自己，便有力量战胜一切挫折、痛苦和不幸。

陷入痛苦深渊的灵魂，需要通过自我的力量来面对，只有自己才能完成灵魂的拯救。

拯救了生命，也就拯救了世界。

人类的敦煌

敦，大也；煌，盛也。

静卧在河西古道的敦煌，无疑是一部恢宏的历史长卷。

沉睡在丝绸之路的敦煌，无疑是一条跃动的艺术长廊。

古道上，多少生死、离散、梦想、征战，都如花朵般破碎、飘落，随风远逝。唯有敦煌，在时光的淘洗与高擎中，成为人类精神的至高圣地，它是整个人类文明和思想培育的雪莲之花，拥有容纳、渗透和流变的雍容与自由。

敦煌是屹立的，也是多维的，它散发的光亮来自于世界，也一如既往地烛照着世界。

那修行到此的乐樽和尚，端坐三危山，伴着千佛齐诵的祥和之音，敦煌从此成为古代洞窟和壁画艺术密集地。

琵琶声声，仙乐悠扬，凌空翱翔的飞天驾着白云，舞动着婆娑的仙姿，弹拨的优美旋律扣动着世人的心弦。

敦煌美矣，美在它是一部宏大的音乐舞蹈史诗，是一部佛教彩塑史诗，是一部古代建筑史诗。

可当20世纪的钟声响过之后，道士王圆箓睁开惺忪的眼，一页史无前例的耻辱史拉开了序幕，敦煌风沙的长长叹息里弹出了一曲曲国殇。

敦煌是一个奇迹、一个传说、一个建立在尘世上的宫殿，它在流变中固守自我，在传播中兼容并蓄。

它寂寞而又神色灵动，灰暗而又光彩夺目。

敦煌是宗教，是信仰，是神灵，又是众生。

远去的召唤

离天堂最近的地方,我却离你最远。

你冰雪一样寒彻,转眼已如西藏天空般高远。

我内心的绝望飘浮成流浪的云,在天上伴着孤独的鹰隼,掠过空旷的荒原。

幽暗的目光,穿过扬起的经幡和乌鸦的叫声,寻觅你的痕迹。

你曾无处不在,可弹指间,已转世阑珊。

你,已凝成高原上的雪山:冷峭、孤绝。

与你的过往,化成风,化成雨,化成花朵与湖水。

可我,依旧执妄。

依旧渴望在杳冥的黑夜采摘一轮月亮藏你怀中。

依旧希冀在酥油灯澄亮的摇曳间重逢你的笑脸。

岁如残雪,谁能躲避森严的宿命?

白云高擎着湛蓝的天,随风飘动的哑默经幡,砌筑着通天的路基。灵魂沿路走向天堂,天堂神界的绚烂圣光,裹挟尘世的沧桑。

在你沉默离去的刹那,我懂得了什么叫心碎。

在秃鹫的眸子犀利滑落天葬台的瞬间,我懂得了什么叫灵魂。

在苍穹之下高山之巅,我懂得了什么叫永恒。

传说,在喜马拉雅山上呼唤谁,你的一生就和谁紧密相连。

那么，请让我在经幡飘动的时候，于万山之巅，呼唤你的名字。

千遍万遍。

一生一世。

（收入《石帆16》，海峡文艺出版社2020年版）

雪域路漫漫

山高耸,路漫长,雪冰凉。

行走,寻觅,执着。

在雪的世界,不停地寻找,是最高贵的箴言。

行走雪中,最容易亮堂的,不仅是身躯,还有心灵。

同行跋涉,最能够接纳的,不仅是脚步,还有了解。

路漫漫其修远兮,吾将上下而求索。用求索的心,用不懈的脚步,丈量每一寸土地,不知疲倦,默默无闻。

远行过的人都知道踏踏实实、苍茫无边的感觉,它是人生中一帧真实、难忘的影像。

总以为,阔别西天的晚霞,会有清新的朝阳;也知道,向清风挥手,跟流水低语,是轻松与快乐在流淌;常看见,伶俐的飞鸟,跨越群岚与沟壑。但既然跋涉,就注定要忍得住寂寞。因为,去远方寻找属于自己的梦想,才是跋涉者最真实的憧憬。

雪中行路,湿了鞋子,暖了心窝。

雪中跋涉,伤了眼球,亮了心头。

神奇喀纳斯

给苍茫注入眼神,是你的容颜。给无尽注入充实,是你的勤奋。

演绎每一个春夏秋冬,你一如既往,无怨无悔。

你从来不想表达什么,却生发出言说不透的神圣。定格你的瞬间,却无法定格你延长的臂膀。

美丽的喀纳斯,神奇的喀纳斯。

你是新疆随风舞动的一棵小草,是新疆桂冠上的珍珠。

因了你,新疆有了新的词源,增添了新的注释。岁月的脸庞里,有你的笑靥,有你的沉思,有你的高亢,有你的呐喊。湖畔起伏的呼吸,感受你的体温和心跳。

山脉的广阔,树木的葱茏,湖水的七彩,河流的蜿蜒,骏马的奔腾,让喀纳斯流淌出萨克斯的婉转、二胡的缠绵、战鼓的铿锵和竹笛的悠长……

跳一曲新疆舞蹈,把蝴蝶引来;摘一片初生嫩叶,把春风引来。

再大的新疆,也离不开喀纳斯。而喀纳斯,更离不开生养它的新疆。

给春天一抹青绿,给秋天一片火红,给山脉一派透迤,给河流一缕清泉,你如此无私,如此慷慨!

总有一天,新疆无比自豪,因为——喀纳斯!

夕阳五彩滩

给予了五彩,就给予了激动。

五彩世界里的石头,一定具有灵性。聆听夕阳下的细语,一定能体会到声音的魅力。它以坦荡而厚重直面于世,以包容和热爱奉献于水。

一抹红霞如绸似缎,装点着平坦的山和潺潺的水。正是这种光照,山才有了神韵,水才有了光彩,妩媚而生动、俏丽而缤纷。

在五彩的世界里,激动的情愫缠绕着,生活不再苍白。在山水的世界,这是神赐的抽象派艺术杰作。

用粉红世界里的树木、山、水勾勒出来的,是久违的感动。大自然的神奇,再一次被赋予无穷的诠释。

岁月的长河,大浪淘沙,淘去尘垢,洗尽铅华,精彩与纯美留在心间,心灵纯净无瑕、绚烂如花,如这般彩色的石,五彩斑斓,熠熠生辉,美丽非凡。

辽阔的新疆,大美的新疆,美得令两只眼球转不过来。心灵一次次被震动,激情一次次被高扬,满目生辉,满眼皆景。

畅想,陶醉。

神秘魔鬼城

你在这里已守候了亿万年，多少世纪的沧桑随风而过。

岁月在这里演绎着远古的繁茂，传说你是大海的孩子，亿万年前的一次地动，奇迹似的把你嬗变成这绝世容颜。

阳光下黑褐色的城堡绵延百里，长风拂过，彰显出神秘、粗犷、苍茫。

巨大的城堡，藏在克拉玛依母亲般宽广的怀中，从诞生之际，就存在于神秘之中。

赋予无限想象的魔鬼城，在城市的边缘，也曾在城市的中心；在自然的恐怖地带，也曾在自然的良善之中。

无法解开的神秘，不可分割的猜想。脑海空间的地域有多大，魔鬼城的魅力就有多大。

触手可及的幸福，在人类心目中，从来不叫幸福。能解开谜底的谜语，从来吸引不住人群。正是这份神秘之中的神秘，千百年来，吸引着无数的人群。

在对视中，人类只是红尘中匆匆一过客，而魔鬼城见证着人类的发展与变迁，将永远储存在历史的篇章里。

在起伏的山地间，你的孤傲来自风，风成就了你的名字，成就了你的独特。

无论风怎样肆意,你仍从容、淡定地伫立在广阔无垠的大漠中,向过往的人们展示大自然沧海桑田的历程。

魔鬼城,一个魅力无穷的地方,用独特的语言,阐述着自己的故事。

神圣布达拉宫

这里，是世界最高的建筑，是世界屋脊的屋脊，曾因与一位美丽的公主结缘，从此辉煌千年。

红、白之宫，你是天地之和，是汉藏民族之和，是爱情之和的结晶。

你是高原上的雄鹰，你是雪山上的雪莲。

雄伟的建筑，在向我们呼唤。圣洁的哈达，飘落在我们心田，簇拥着的亲切，让一生温暖无比。

我多想变成一只神鹰，飞到这雪域高原的圣地，亲手抚摩布达拉宫，亲手抚摩那古老的经卷，亲手转转玛尼轮，让灵魂超脱于喧嚣的尘世之上，让慈悲笼罩我苍白无力的人生。

你是信仰的天堂，在你身边，一切都显得那么渺小。神灵不经意的轻轻叹息，足以让我们的灵魂强烈震颤。

长长的朝圣路上，张张虔诚的脸孔，眼神里闪耀着炽热的光芒。一个个鲜活的生命，在转动的玛尼轮上流逝，而无尽的信仰在不断延伸。生命有终止的时候，信仰却生生不息。

圣洁的雪山虽然高耸，却只为映衬恢宏的布达拉宫。

站在圣殿山下，听风听雨听岁月淡淡磨过布达拉宫，就像听被藏人视为观音的文成公主弹一首思乡曲，如此陶醉，飞身天外！

（收入《石帆16》，海峡文艺出版社2020年版）

高原上的经山

蓝色的天宇里,是谁放飞彩色的经幡?

高原上的经山,藏经于山,藏智慧于山。

你有山的伟岸,你有山的苍茫,可你更有山的睿智、山的从容。

那是神指引的方向,任何人只要沿着真我的去向行走,就会抵达那里。

不是流落天涯,没有年华虚度,而是一路血性的长啸,一路彻底的释放,一路智者的沉思。

那是离心灵最近的地方,盥洗着俗世红尘的喧嚣,随风耳语着六字真言。

虔诚的西藏神灵,冠冕着雪山的神韵,亮洁着冰雪的纯粹。长风鼓荡,传唱着万古寂寞的风车神话,让所有的心灵飘飞,目光游弋,一片雪白,一片辽阔,一片庄严,一片圣洁。

在一次次的接纳中,山越来越宽阔。每一个到达的人,都把心灵的祝福,轻轻地揳入大山的土壤,嵌入雪域的怀抱。

高远的图腾气宇轩昂,凝聚起千年的期盼,在转经轮的摇动中,回归最初的本真、宁静和质朴。

猎猎风中,回响着野性又遥远的歌唱,一座平常的丘壑在心中挺立起来,绵延无边。

泸沽湖上的等待

等待,从来都是美丽的。

为了爱而等待,爱因了这份等待而无限延长,长了翅膀,飞翔在天宇间,醉了那人,醉了泸沽湖。

泸沽湖上,我一直在静静地等待你的到来。无论你来还是不来,我都在等待。

等待是一个甜蜜的过程,等待是一份难得的温馨,等待是一句无声的誓言。

等你,我的爱人。水来,我在洪涛中等你;火来,我在灰烬中等你。

用一生来等待,会幸福一生。在回味中体会你的温柔和体贴、关切与爱护。

用一时来等待,便幸福了现在。在等待中你悄然来临,荡漾了泸沽湖的那池春水。涟漪无限,等待无限。

一个等待泛起一圈波纹,一个等待荡起一串涟漪。泸沽湖的湖水知道,多少人在等待幸福来临的那一刻,等待带来幸福的那个人。

等待中,湖水凉了,湖水热了;湖水满了,湖水浅了。

无论湖水如何变幻,都只为等待你的出现,在等待中起航,驶向心的彼岸。

在等待中徜徉。

幸福,轻轻地来了。

圣洁的天山天池

凝望天山天池，就像站在期待了千万年的岁月大风里，就像站在飘过了千万年的历史云朵下。

你，一个东方文化关于宇宙生命的诠释，曾轰轰烈烈地演绎过水与火的相生相克。昔日火山喷发的壮烈，已被时间改变为愤怒之后的平静。如今，是那样深邃、静谧、晶莹和神奇。

无数回风霜雪雨，天山脚下的小伙子唱起悠扬的牧歌，寻找着心中的爱情和幸福的阳光。

无数个黄昏黎明，天池用一汪圣洁的水，洗涤着世人烦躁的心。

驻足天山，让思绪在天山的风里轻盈地飘飞。即使时间在一瞬间凝固，也要把心交给清澈的水浸润，把目光交给茂密的森林延伸，把水天一色的博大和包容，荡漾在天地间的每一次呼吸里。

你是谁的容颜，如此不染纤尘如梦如烟？让我的目光穿越你的臂膀，与远古的呼唤一同缠绵；让我的身体走进你的胸膛，与大地的呼吸一起入眠。

巍峨的天山，圣洁的雪山，矗立在蓝天白云下，任世人满怀虔诚神圣地仰望。

美丽的天池，让我的肉体和灵魂在此安放。

北京798艺术空间

798,三个简单的数字,组合在一起,成了艺术的舞台、文化的符号。

精致的构思,千变万化,灵动不凡。

恰似一个个跳动的音符,演绎着创意的乐曲。

宛若一朵朵斗艳的奇葩,绽放出艺术的魔幻。

它是包容,天南地北,举杯邀月,共饮今宵的醉。

它是前卫,乘着时光的列车,风驰电掣,抵达明天的世界。

它是独特,在现实的门外,如一把冷月弯刀,直击世俗的平庸。

798,是一缕吹过的春风,是一束点燃的火焰,是寒夜吟诵着诗歌寻找光芒的诗人,是让灵魂酣畅舞蹈的舞台。

它不为你的个性而改变,也不因你的鄙夷而扭曲,更不因你的尊敬而崇高。它真实地存在,属于它自己的模样,只为说明:我是798,不管别人如何评说。

风吹过来,云飘过来,四季的轮回转过来。798,在废弃的工厂里落地,在艺术的天空里渐渐伸展。

它豁达,它开放。它清高,它孤傲。

它遗世而立,又潇洒自如。

一群人思索于苍穹之下,像一棵树独立于苍穹之下。

舞台的意义,就在苍茫的独立中。

庄 子 钓 鱼

一天，魏国宰相惠施去访问庄子。庄子正在河里钓鱼，见惠施浩浩荡荡来了一个车队，一言不发，沉思片刻后，把钓的一桶鱼倒进河里，只带一条鱼回家去了，对惠施的来访不予理睬。

一家人，一条鱼就够吃了，何必要一桶？一个人，一辆车就够坐了，何必要一个车队？一辈子，够吃够用就行了，何必讲究存款多少、房子大小？物质源于自然，复归于自然，人从自然中来，最终回到自然中去。

因为人性的弱点，虚荣心的驱使，误以为物质占有越多，表明自己越成功、地位越显赫。结果，一些公共权力被私有化了，一些商品出现了假冒伪劣，一些税收被偷被漏……外在的诱惑使身体受累精神受损，影响了整个社会的信仰、道德和法制秩序。

持一种出世的精神，视人间的荣辱贵贱、悲欢离合皆如过眼云烟。不沉湎于功名利禄，不迷恋于灯红酒绿，自有"采菊东篱下，悠然见南山"的飘逸，亦有"心底无私天地宽"的达观。

减轻肉体的负重，提升灵魂的品质，返璞归真，回归自然，才能找到生命的真实存在，才能回到人生的原点。

刘 秀 焚 信

西汉末年，刘秀大败王郎，攻入邯郸。检点前朝公文时，他发现大量奉承王郎、辱骂甚至谋划诛杀刘秀的信件。刘秀不顾众臣反对，付之一炬。他说："如果追查，会使许多人恐慌，甚至成为我们的死敌。而不计前嫌，可化敌为友，壮大自己的力量。"刘秀的宽容使自己成为众望所归，终成帝业。

宽容不是对别人恶行的放纵，宽容不是对自己无所作为的借口；宽容是敢于伸向罪恶的温暖的手，宽容是无所不包的水。

宽容是非凡的气度，是对人对事的包容、接纳、海涵和尊重。

宽容是博大的精神，是比海洋和天空更宽阔的胸襟。

宽容是高贵的品质，是精神的成熟和心灵的丰盈。

宽容是仁爱的光芒，是释怀别人，也是善待自己。

宽容是大度的表现，能包容生活中的喜怒哀乐，可化解人世间的恩怨情仇。

宽容是思想的修养，是境界，是美德；是原谅可容之言，饶恕可容之事，包涵可容之人。时时宽容，常常忍让，才能达到精神上的制高点，才能宠辱不惊。

大地宽容种子，才有绿色植物的生机勃勃。大海宽容溪流，才有不竭的源泉汇入。现实宽容梦想，人类才有非凡的创造力。时间宽容历史，才有知识与智慧的传承接力。

宽容从很远的地方来，到更远的地方去。

心 中 无 妓

某日，宋代哲学家程颢和程颐一同赴宴，程颐见席中有妓女陪酒，便拂袖离去，程颢则留下与客人尽欢而散。次日，程颐经过程颢的书房，还余怒未息，大有责备之意。程颢看到他这副一本正经的样子，呵呵笑着说："昨日本有，心上却无；今日本无，心上却有。"

这是个人修心与境界的差别，与"小隐在山林，大隐于市朝"异曲同工。如果一个人的内心修炼到了物我两忘的境地，何需避之山野才可忘却世事？如果能做到座中有妓而心中无妓，又何必视之为洪水猛兽而逃之夭夭呢？

心里有光明就看见光明，心里有黑暗就看见黑暗，心灵如果是空灵的明镜，就照见大千世界的本相。

一切都源于心，是心的显现，心如果不动，世间没有什么能撼动你的事物，一切都是因为心的妄念和对外界的执着造成的。

如果要在日日是好日、夜夜是良辰的境界中生活，就要对心灵下一番功夫。去掉心的妄念，去掉心对外界的执着，还心灵宁静和淡泊，还心灵自由自在的天地，还心灵无拘无束的乐园。

有就是无，无就是有；心有则有，心无则无；该来的会来，该走的会走。

世界公民

徐霞客游历天下，留下了一部游记。

李时珍走遍南北，写下《本草纲目》。

阿那克萨戈拉纵览世界，探寻自然的力量。

他们可谓世界公民。

世界公民不是乌托邦式口号，它有着深厚的人性根基，充盈着干净而无杂质的原始情感，呼唤守望相助的担当精神。

很多时候和场合，我们被国家、民族、肤色、语言、信仰等标签所包裹，但温情、包容、怜悯和爱，让我们忘记所有的附加，重归人性之美。

一切的纠结和仇视都被抛下，所有的心结都显得卑微，来自不同方向的祝愿构筑起人类文明的光环，足以冲破纠结和仇视，抵达美好的境界。

志向高远，放眼世界，以世界公民的身份，站在时代的制高点，以人类的整体利益和长远利益作为观察问题的出发点，才有跨越时空的前瞻性和经典性。

理想的世界公民所在的世界没有国与国的利益冲突，没有令人意难平的不公平，没有谁能想当然地颐指气使，也没有谁被迫低眉顺眼，它是个美好的和谐世界。

起程吧，我的朋友，沿着时间的隧道前行，去寻找人类理想的家园。

善行即天堂

安徒生说:"善行可以让人获得一个不灭的灵魂,可以分享人类一切永恒的幸福。"他说的善行是指广义上的爱,是对穷苦人、残疾人和在自然灾害中的受害者给予的关怀和帮助。

心中有爱,即是天堂;心中有恨,即是地狱。有人说,天堂与地狱有多远,人与人的差别就有多大;也有人说,天堂与地狱的距离只在呼吸间。其实,这个距离就在每个人的心中。

善良的心就是太阳,是光明和热情的结合,它驱赶寒冷横扫阴霾。善良的心就是珍珠,是灿烂和珍贵的结合,它优于黄金胜于钻石。它是通向天堂的必由之路,高尚的人格、健康的追求是丰富精神世界的需要。

善行是世界的语言,它可以使盲人"看到"、聋子"听到"。善行是生命的甘霖,它可以使小树成林、枯木返青。

善行从几千年前到几千后都将延续下去,毕竟善意产生善行,善行开启智慧,智慧成就情操,情操修炼灵魂,善行使与之相处的人找到依靠而心底坦然。

善良播种了,希望收藏了,这个社会就多一些友爱,多一些谦让,多一些宽容,多一些理解,生活中就多了在天堂的美好和幸福。

苏格拉底的苹果

哲学教人思想,哲学教人智慧。

哲学与人的生活息息相关,哲学与人的生命紧密相连。

2000多年前,在雅典的一个广场上,著名的"苏格拉底的苹果"阐述了一个不唯权威、不唯经验,反对成见、反对跟风的道理。

苏格拉底从口袋里掏出一只苹果,分别递到每个学生面前说,我刚从果园里摘了一只苹果,你闻闻它有什么特别的味道。在场的数十名学生都说闻到了苹果的香味,最后只有柏拉图说,什么味道也没有。

结果,柏拉图是正确的,其他学生全答错了。道理很简单,因为苹果是蜡做的。

蜡做的苹果,怎么能闻到香味呢?因为老师的权威,因为经验和成见,因为普遍共识。

人性的弱点,就是迷信权威、懒于思想,人云亦云,凭经验、以成见下结论,结果用错了人,歪曲了事实,危害了社会。

没有思考,就没有思想;没有思想,就没有哲学。

在物欲横流的时代,哲学虽然就在我们身边,但又离我们很远。

黑格尔的猫头鹰

黑格尔说,哲学就是猫头鹰在黄昏时起飞。如果把猫头鹰在白昼的蓝天下飞翔比喻为认识和思想,那么,猫头鹰在黑暗的夜幕下飞翔则是一种反思。

哲学是一种反思,是一种沉思的理性,是对认识的认识,是对思想的思想。人生越寂寞,反思越深刻;黑夜越漫长,思想越亮堂。

哲学是生活的智慧,哲学是思考的港湾。它就在我们日常生活当中,它就在我们举手投足之间。

如今的夜景工程,把黑夜变成了白昼;灯红酒绿的花花世界,使人夜不思归,乐不思蜀。昼夜不分,黑白不分,使人类失却了比名利和权贵更重要的精神活动。

哲学开启了人类的智慧之窗,哲学照亮了人类的精神生活。

如果没有哲学,人的生命会索然无味;如果没有哲学,人的灵魂会黯淡无光。

何时,黑格尔的猫头鹰还能在黄昏时起飞?

建巴别塔的启示

据《圣经》记载，人类的祖先最初使用同一种语言，因为没有交流障碍，大家齐心协力，建起了繁华的巴比伦城。之后，人类决定修建一座能与上帝并驾齐驱的巴别塔。上帝得知后，改变了人类的语言，使之不能相互交流。因沟通受阻，导致了各种误解和差错，巴别塔只能半途而废。

精诚团结，相互合作，同舟共济，既是一种美德，也是一个法宝，它是大自然中最常见的一种现象，是宇宙中最神秘的一种力量。

一个团队，大到国家，小到家庭，其组织及成员都要友好相处，坦诚相待。

每一个善于团结的人，也必将因团结而受益，因为团结更是一种精神，一种友爱，一种慈悲——我为人人，人人为我，世界因此更美好。

儒家思想中，团结上升为一种最高层次的伦理道德——天人合一，和谐共存，人、自然、世界，万物共存共荣。

团结合作，共同发展，凝聚力量的时候也在凝聚着人心，创造合力的同时也在创造着奇迹，创造希望的当下更是在创始着未来。

团结，拉近了人与人之间的距离，拉近了国家与国家之间的距离。

团结，是人生的阳光，是力量的源泉。只有怀着爱心，付出力量，在奉献的歌声中寻找同行者，互相帮助、互相搀扶、互相补充才能共同完成一曲和谐的协奏曲。

第三辑 诗词赋

十六字令·风

风,
地覆天翻玉宇澄。
七十载,
云散巨龙腾。

十六字令·山

山,
尽染层林万木丹。
巉岩踞,
谷底卷狂澜。

十六字令·归

归,
万里长空落叶飞。
西风劲,
鸿雁几时回?

十六字令·闲

闲,
把盏临风月正圆。
吃茶去,
一啜忘尘缘。

十六字令·闲

闲,
拊掌击节酒半坛。
凌云笔,
泼墨乐陶然。

十六字令·闲

闲,
漫卷诗书遇圣贤。
桃源境,
不似在人间。

建党百年感怀

一棹南湖起紫烟，
神州处处挽狂澜。
沧桑百载风兼雨，
终有长歌入九天。

泛 舟

千古风雨一场梦,
万载荣枯转头空。
横舟山水当长笑,
纵情天地作闲翁。

雨后游大金湖

雨落凡尘远，
槎浮碧水间。
悠然天地趣，
把酒古今谈。

登 黄 岗 山

渺渺千林翠,
猎猎一径风。
浮生得自在,
闲坐览群峰。

书 法 吟

汉隶唐楷魏晋风,
银钩铁画墨酣浓。
运筹帷幄胸中意,
流水行云腕底功。

浪淘沙·怀友

　　渔火映乌篷，船棹轻轻。孤帆远远送归程。明月楼台依旧在，却与谁逢？

　　烟雨又空蒙，叠嶂层层。青山树树换秋声。万里西风传尺素，雁字南横。

破阵子·怀章仔钧

百世长河流转，千年叠嶂凝眸。猎猎旌麾金鼓震，故垒烟尘转眼休。浮生壮志酬。

杳杳寒星西坠，滔滔逝水东流。一片丹心昭日月，良相醇臣青史留。声名誉九州。

建宁上坪观荷

疏星朗月隐荷塘,
流水清音浣羽裳。
妙相凌波观不尽,
轻风拂过有莲香。

寄　友

君游南山，吾观东篱。
浮云卷舒，坐看攘熙。
对酒当歌，谈笑忘机。
千金易得，知心难觅。

饮 酒

豪气千盅酒,
诗情一瓦缶。
衔觞叹盏微,
九天斟北斗。

采桑子·游九曲溪

闲情欲向青山寄,梦里江南。过尽千帆,波上渔歌袅袅间。
晚来恐是花期错,雾起栏杆。树影阑珊,遥望鹧鸪山外山。

游闽侯十八重溪

文笔峰前遄逸兴,
知音瀑底任神游。
古灵祠外钟声邈,
落镜桥边忘去留。

观三十六脚湖

斜阳汀有鹭,
横棹水无涯。
极目千岩渺,
星居四五家。

贺文昌市书协成立三十周年

曲水千山客,
流觞万里贤。
闲云无限意,
笔墨卅年间。

西藏感怀

高原雪域云天阔,
喜舍慈悲济世观。
草芥浮生来复去,
天堂咫尺梦魂牵。

感　怀

花开总有时，
叶落岂无期？
坐忘江湖老，
闲吟五柳诗。

春 日 吟 一

且遣春风催碧水,
群山莽莽遍葱葱。
苍梧北海烟霞客,
抛却营营乐无穷。

春日吟 二

空蒙凌海岳，
淡冶渐出尘。
信步春风里，
怡然自在身。

浪淘沙·过南昌

往事已千年,俱是尘烟。滕王阁里又凭栏。新府洪都传毓秀,日月经天。

弹指一挥间,换了江山。新城广厦起连绵。秋水风光凝盛况,再续华篇。

江城子·抗疫有感

九州烟雨莽苍苍。有国殇,黯斜阳。荆楚无辜,洒下泪千行。云雁数声何处去,山寂寂,水茫茫。

曙光乍起意疏狂。倚明窗,赏华章。极目归鸿,长啸越平冈。风满人间春万里,桃李罢,柳枝扬。

西江月·夜读

半榻诗书做伴,五更箫鼓年华。流光分付晓星斜,门外依稀车马。多少前贤俱逝,古今咫尺天涯。浮生一梦尽嗟呀,姑且围炉闲话。

清平乐·观平潭石厝

海坛深处,别有寻幽路。厝外红尘朝又暮,俯仰千秋运数。

今古意总无穷,悲欢曲自有终。换取芒鞋踏遍,与谁闲坐听风?

清平乐·访浦城永建村

秋高日暖,心静浮尘远。叠翠层峦溪水畔,笑看白云聚散。

此间忘却繁华,怡然堂下闲茶。几度停杯相问,何时重又归家?

忆爷爷

洗濯磨淬尘寰远，
博济苍生百岁身。
至美大拙方是巧，
慈心一片故为仁。

和信之先生诗

碑林子立水东流,
风雨一袭几度秋。
世事纷纭闲处看,
心无挂碍万般休。

送别李宏先生

风吹九曲千峰冷,
月隐长亭万壑寒。
去岁桃花开又落,
明朝共赏武陵源。

天净沙·和梁建勇先生

桃开陇上繁花,
烁灼春满汀沙。
树下汲泉煮茶。
且来闲话,
任他风雨烟霞。

赠陈祖辉先生

青竹忆故人，
往日笑声闻。
流水今犹在，
长空觅雁痕。

答谢李福生先生

笔墨千秋意,
天涯万里情。
红尘多少事,
烟雨任平生。

鹧鸪天·和谢秀桐兄

犹记拼却醉颜红,云笺纵笔意无穷。
高山流水吟李杜,煮酒烹茶唱大风。

从别后,盼相逢,闲庭信步笑谈中。
殷勤青鸟蓬山赴,莫使金樽照月空。

有感于潘国璋先生欧洲五国游

闲游异域笑流年,
梦笔轻描过眼烟。
不为浮名逐俗务,
此生暂寄水云间。

三 闲 堂 赋

何谓三闲？闲暇之余，读闲书，做闲事，当闲人也。

读闲书者，非合意不阅，非有趣不赏。思渡江一苇，阅卷事无常。上天入地，览古察今；博大澄明，万般皆忘。

做闲事者，游于艺得天道，补于拙度时光。或书画怡情，平和简静神逸八方；或诗文唱和，流觞列坐万千气象。

当闲人者，问善于世，淡看炎凉；卓尔不群，信马由缰。观自然之风云，承天地之星霜。

斯之凡地，可茶可酒，且敛且放。探人生品禅说理，广交友承贤继往。学问研讨至精，道德参悟至详。怀先哲之志，论古今兴亡；存浩然正气，看天下沧桑。出世做人，入世做事；源深流远，光澜必章。物与草木俱朽，志与日月并煌。

"三闲堂"者，乃尘之居，亦德之养。

（刊于《文化生活报》2021 年 1 月 5 日第 1 期）

青竹碑林赋

　　石者，天地精气聚之也。禀于刚强，愈久弥坚；其坚贞之质，犹君子之风也。碑者，铭文载章于石也。神韵附石，则血脉贯通，魂灵佳现，是为碑也。青竹碑林位于武夷三姑，乙酉夏始建，己丑春竣工，历时四载；有碑廊、碑亭、柳园等。

　　呜呼，美哉，奇哉，壮哉！

　　武夷山水，风光旖旎。青竹碑林，神采绚丽。方圆百余亩，依地势而立。奇石参差，大小不一。呼之而来，群石会聚；古朴雄浑，形态迥异。树木扶疏，满目苍翠；花草相衬，七彩流溢。日出斜照，晨光掩蔽；晚霞铺洒，金晖熠熠。云绕雾缠，梦幻仙境；雨笼雪罩，别有情趣。景石题刻，交相辉映；碑林园艺，各显神奇。

　　青竹碑刻，万千气象；群贤邀至，深情难抑。细观奇石，如看百态人生；欣赏书法，犹见蛟腾凤起。造化无心，志者有意。集名人之篇章，聚大家之墨笔。古之文人先贤，寄情山水，清渠方塘映翠竹；词圣俊才，吟咏风月，长亭兰舟伤别离。今之英明统帅，挥师南下，武夷山下展红旗；各界贤达，彰显风流，盛世诗赋感天地。汉晋风韵，笔墨志趣；经典佳作，俯仰皆是。唐宋诗词，豪放婉约；明章隽句，心智启迪。文人情愫，书家气息。甲骨金篆行草楷隶，章法千帆竞渡；二王虞张颜黄赵伊，风格百花并蒂。典雅遒劲，酣畅淋漓；携风擎电，起伏飘逸。一石一景，百石百艺。精工细作，新颖创意。宣纸易旧，巨石永立。大书历史，凝聚古今；明珠闪烁，璀璨瑰丽。

　　武夷文化，源远流长；碧水青山，中外名扬。暮雨朝云，时光流淌；世事变迁，好景难常。苦乐人生，岂容彷徨？功过是非，孰论短长？赤子丹心，情系故乡；抢救瑰宝，发掘珍藏。真善美实，精神崇尚；集腋成裘，所归众望。沐浴日月，见证沧桑。传文化之火，弘民族之光。

（刊于《福建日报》2009年3月22日）

青竹山庄赋

　　君临胜地,青竹山庄;总领武夷神韵,尽览九曲风光。方圆百余亩,占天时地利,似龙盘虎踞。玉女静倚,婀娜多姿;大王耸立,巍峨雄壮。青山簇拥,绿水环绕;繁花献瑞,百果飘香。生机盎然,春意流淌。清幽仙境,赏心悦目;世外洞天,独甲一方。

　　雄伟牌楼,典雅大方;楼宇亭榭,别有韵味;丹瓦素墙,古朴端庄。竹窠路接福地,青竹亭迎嘉宾。庭院石雕,匠心独运;园林盆景,巧夺天工。蕴翠微缭绕之气,含清淡淳朴之风。临窗即景,氤氲风光入眼帘;出户是画,葳蕤绿意暖心扉。大红袍岩骨兰香,九龙桂红雨芬芳。柳池鱼翔浅底,果园客醉丛间。半亩方塘,荷花映月;丹桂新园,暗香撩人。百竹园,竹影婆娑笑曳春风;翰墨轩,笔墨丹青情寄寰宇。漫步园中园,姹紫嫣红,移步换景;极目远望亭,峰峦叠翠,云淡风轻。蓝天白云下,足球网球篮球,康乐时尚;青山碧水间,游园品茶垂钓,养性修身。羊肠幽径,顺势起伏辗转;青砖小道,随景曲折纵横。青竹广场,布局奇巧,处处诗画,聚水光山色;青竹碑林,立意高远,字字珠玑,藏国学内蕴。晓风亭前,吟"晓风残月",念宋词大家,柳三变名留青史;活源亭侧,诵"天光云影",忆理学圣贤,朱元晦旷世鸿儒。朝伴鸟鹊林间唱,暮随蛙虫池边鸣。心潮荡漾,俯仰乾坤;神采飞扬,指点古今。

青竹有节，节节向上；山庄载德，岁岁贺新。文人学者，乃是常客；高朋雅士，皆为上宾。人生苦短，草木春秋；斗转星移，恍如梦悠。倘若问君，则曰：三三长溪情不尽，绵绵武夷重千钧。与时代并行，和民众同心。

（刊于《福建日报》2008年7月6日）

佛 跳 墙 赋

闽菜状元,聚春园创。中华名宴,冠盖八方。东南邹鲁,文脉泱泱。闽越古韵,积厚流光。山水形胜,物阜民康。烹饪佳品,特色领航。

金鼎褒奖,百年滥觞。匠心独运,春发改良。金齑玉脍,域广料庞。奇珍异食,依序列章。细火慢煨,老酒高汤。坛启荤香,三日绕梁。巧夺天工,佛闻跳墙。软嫩柔润,回味绵长。厚而不腻,长幼咸赏。鲜而不俗,宠辱偕忘。猗欤美哉,百骸俱畅。可择累黍,可供浩穰。亦为国宴,亦为家常。酒旗飞扬,车马熙攘。

根自传统,毓养弘彰。魂乃和谐,并蓄共襄。弦歌不辍,非遗龙榜。深研不止,异域流芳。守望不移,世代永昌。

(刊于《文化生活报》2020年2月4日第3期)

金骏眉赋

金骏眉者,武夷奇茗。纳天地之精,汲日月之灵。元勋高士,积雪囊萤。千揉岩骨,百焙兰馨。金汤亮黄,味甜无竟。一啜一品,把盏邀月,闲庭养性;一酬一和,举杯迎风,甘露怡情。面无晦浊之态,心无鄙俗之兴。至静至雅,消块垒以物外;亦茶亦禅,浮太和而身轻。名传神州之八遐,道播华夏之泉井。

偈云:吃茶去!

(刊于《文化生活报》2020年11月22日第22期)

云 门 赋

图腾凤凰，唐寺植根。弥勒山前藏风聚气，金猴山下耕读绵亘。蓝氏先驱筚路蓝缕，革命志士殉国忘身。延周宁丘陵茂林成荫，承咸村风物孔嘉化臻。霜染枫红，似火焰耀晨昏；雨润茶青，有幽香满乾坤。屋舍俨然，紫薇铺陈；白墙灰瓦，鸡犬相闻。果姹紫而飘香，实金黄而秋深。合作山哈，特产畲云。蜡染衣裳，多姿缤纷；银饰刺绣，瑰丽灵琛。婚嫁民俗，袭古风之遗存；村舞山歌，疑天籁之清尘。临山溪以濯足，趋步道而凝神。文化节举樽，三月三飘衽。高山流水相珍，伯牙子期良辰。无熙攘之俗，远庸碌之沉。曰：桃源秘境，畲村云门。

（刊于《福建日报》2018年12月9日）

第四辑 文艺评论

躬行修笃志　求索著华章

——读叶双瑜《晴耕雨读》

在当代文化研究者看来，科学技术日新月异、知识理论推陈出新、数字信息铺天盖地的现代社会剧变，给人们带来了前所未有的生命体验："一个注满陌生人的拥挤的社区；一个破碎而断裂的世界。"（美国尼尔·波兹曼）在整体激进和浮躁的情绪氛围下，人们一方面希望与时俱进更新知识，另一方面又沉醉于模式化的工业生产和刺激性的消费娱乐中。在对学习型社会形态的普遍认可下，关于学习的内涵认知却十分模糊，学什么、怎么学、如何用……成为当下许多人的困惑。

当我阅读叶双瑜先生的《晴耕雨读》（福建人民出版社2016年出版）时，便有了一种喜悦和充实，这是一种来自于深入学习的丰盛体验。双瑜先生是一个善于学习、勤于思考的领导干部，古今中外的典籍著作、忙碌充实的工作生活，乃至身边的世事人情，都是他学习的场所和对象，诚如书名所言，如农夫晴耕雨读，不敢懈怠。这不仅是他的自况之言，也是他几十年书卷不离、文笔不辍的真实写照，是他"真正把读书学习当成一种生活态度、一种工作责任、一种精神追求"的诠释。于他而言，学习从来不是外显于身的应付手段和炫耀资本，而是内化于心的人生态度和精神追求，通过学习获取的广博知识、探索分析的思考习惯、逻辑辩证的思维能力，赋予了他心怀天下、情系苍生的宏观视野和辽阔胸襟，使他的文章自然流露出一股豁达敞亮的真挚情怀。

朱熹曾说,关于学习的内容与对象,应该是:"无时不可学,无处不可学,无人不可学。"我以为,除了这"三无"之外,还可以再加上一条"无事不可学",当学习成为生活习惯和生命态度时,就会使生命呈现出相对自在而敞开的状态。在双瑜先生这里,学习就是这样一种随时随地随事的生发,无论是基层调研、工作研究、世态观察,还是人情忆念和艺文赏鉴,都体现出"在实践中学习"的勤勉和坚韧:走访厦门、泉州通关口岸、重点开发区和各大企业以及在三明、南平等地进行商务专题工作调研,深入武平县等革命老区开展群众路线教育实践活动调查,奔走龙岩等地检查行政服务标准化改革……他这个"坐不住"的人,总是在撸起袖子挽起裤脚走遍八闽大地、走入工厂车间、走进田地乡野的"躬行"过程中,考察最真实生动的资料,发现最根本切实的问题,探讨最趋先前瞻的策略。在他的文章中,没有细碎的情绪私语或庸碌的片断记录,而是对外贸易总额测算、生产产值和比增率比较、项目趋势前瞻、载体平台分析,以及各种对政治经济形势、体制机制创新、社会思潮变革的梳理和解析。正是因为具备了科学发展的马克思主义实践智慧,他可以自如运用"厚德载物""笃行致远"等形而上理论,可以冷静分析"毒奶粉"引发食品卫生安全等热点事件,可以辩证看待郭嘉辅大业、张氏论成才、海通矧目等史传典故,真正达到了习近平总书记所提倡的"在实践中有所发现,有所创造,有所前进"的学习效果。

毛泽东谈到学习时曾指出:"读书是学习,使用也是学习,而且是更重要的学习。"实践的学习不仅需要躬身的调查研究,更需要求索的精神、思考的习惯以及分析判断的能力,才能达到经验的总结提炼和理论的发挥应用。这正是双瑜先生始终坚持并不懈追求的。他在实践中的所见、所感、所闻,总是伴随着深刻的探索和深邃的思考:到厦门、泉州开展外经贸工作调研时,思考着全省外经贸工作面临的新形势和应对的新问题;到长汀考察企业发展,思考"干部作风也是重要的投资环境";到闽西开展"拉练"工作检查,思考联系基层、密切群众的党风建设……思考在他这里,是态度,是能力,更是一种习惯,所以即使在日常生活中,也处处闪现出思想的光芒。与工作实践的政论风格不同的是,双瑜先生的生活随笔,有一种贴近当下、信笔纵横的杂文气质:从美国老布的粗疏失误,研究党员干部如何加强认真负责的"四风"建设;从女排夺魁,评价社会事业培养人才的重要意义;从高考制度本身,探讨选拔人才的有效方式……短小精练而又观点明晰,切中时弊而又内蕴深刻。高翔先生称赞其文章:"每字每句都凝结着作者对事业的深入思考,对人生的深刻体悟,对党和人民的赤子之心,对同志的真挚友谊。"可谓精确地描述了他文章的分量。

这分量不仅来源于实践的探索和思考的品质,更来自于文字本身所蕴含的风格。双瑜先生的文章,没有繁缛铺排的修辞营造和绮丽精巧的意象堆砌,只有详细扎实的数据、生动形象的资料以及各种科学辩证的理论,由内而外体现出朴实沉稳的冲淡从容,这与他的性情是相融相通的:因为博闻好学,所以善用党史文献、历史典故、民间传说和时政新闻等各类材料,即使在谈"三严三实"等活动时,也不乏国家领导人经典言论、戚继光抗倭传说、自己亲身经历以及《松窗梦语》古史等精彩穿插,从而使论道说理尤显生动深刻;因为认真严谨,所以引文用典特别精准,纵然翻阅《闽西日报》等报纸杂志,也特别注意到一文前后"五梅(枚)拳"的用法不一致,遂亲自查考《上杭县志》等相关史料,认真分析论证二字的来源出处和含义用法,从而让观史评世更得真相妙谛。而他在忆念人事、赏鉴书文时流露出的那份看似水波不兴,实则深涌绵延的情韵尤为感人。如他说自己的母亲:"当母亲得知我和妻儿孙女回家,特地换上了折印清晰的枣红色小花新衣服,头发梳理得整整齐齐,看上去还抹了点油。"寥寥数语勾勒出乡土亲人的简约素朴和厚意深情;他评杨绛先生与众不同的特点是"把人当作书来读",一语道破其中精粹。所谓"文品即人品",此时看来,确是恰如其分,双瑜先生的文字正如其为人一样,踏实严谨,从容有度。读他的文章,和与他本人交往一样,似有晓暮高山听流水的沉静,又有晨昏清泉撷秋叶的清宁,平实中有情趣,简朴中含深情。

明代思想家洪应明在《菜根谭》中说:"文章做到极处,无有他奇,只是恰好;人品做到极处,无有他异,只是本然。"优秀的文章从来都是与优秀的人品相连的,撰字著文的过程,实际上就是修养性情的经历。如果说,躬行实践是学习的途径和方式,探求追索是学习的拓展与延伸,那么树业立志,正是学习的本质与内核,也是著述的要义和根本。双瑜先生以对共产主义远大理想信念的坚守和为人民服务根本宗旨的追求,以对自我综合素质的自觉重视和对个体道德素养的严格要求,树立了典范;在坦率真诚、广博明睿的品性修养中,形成了简约质朴、深沉从容的文风。品读他的文章,不仅深受其文字的感染,更感动于这份精神的高洁。

(刊于《文化生活报》2017年7月30日,《海峡品牌》2017年第11期)

绿荫下的诗意

——读梁建勇的诗

中国是一个诗歌的国度，自春秋时期《诗经》出现以来，数千年诗歌传统缔造的盛景巍然大观，如浩渺星空光华璀璨。人们以诗咏情，以诗言志，欣赏和热爱诗歌的不在少数，但真正执着坚持诗歌创作并潜心诗艺探索的人却为数不多，潜心以诗意审美建构独立的精神世界者更是寥寥无几。在电子信息飞跃发展的现代社会，在铺天盖地的声光电影冲击下，诗歌更容易被当作闲情逸趣的信笔涂鸦而非深刻严谨的艺术创造，这直接导致了现代诗歌艺术日渐萧条的现象。

正是在这样的意义上，每一位真诚而纯粹执守诗歌艺苑的有心人，都值得我们重视并尊重，这也是我阅读梁建勇先生诗集的第一感受。从20世纪70年代末创作第一首诗开始，梁建勇先生笔耕不辍地从事诗歌创作已近40年，他坦言自己对诗歌有着一份难舍的"痴情"。这份执着情愫，在我看来，与其说是个体的旨趣选择，不如说是主体内在生命与诗歌审美艺术的碰撞交融。正如纪伯伦所说："诗是迷醉心怀的智慧。"在缤纷万象的文学园景中，诗歌无疑是审美特征最独特的一种文学体裁，它通过精致凝练而富有层次的语言组合，打造弹性张力的想象空间，在充满节奏和韵律的美感体验中，抒发情怀意绪，表达感受领悟，挖掘思索探求，充分体现了以简约包蕴丰盛、以有限容纳无穷的艺术感染力。显然，诗歌这份"迷醉心怀"的独特魅力，吸引并激荡了梁建勇的心。他是一个情感丰富、感受细腻而体悟敏锐的人，对于这个花开花落、人来人往的世界，他始终怀抱着质朴而纯粹的大爱，正如著名评论家谢有顺所说："他工作、生活于一地，就对此地怀有深情，投注心力，为其歌咏，做此间山水意中人。"对故园旧地的深沉感念和对人事物象的深切感怀，潜移默化地塑造着梁建勇的情感结构并激发了他的创作欲望，于是他孜孜以求并寻找到了最适合充分表达这份情感的艺术方式——诗歌。他的诗作，总是涌动着赤诚的情感力量，或昂扬热烈："海天高悬起一颗燃烧的启明 / 跨越了灰黑的夜径 / 尽情炫耀梦的清醒 / 带着自己的血和梦歌唱 / 无边无垠地歌唱"（《东山晓旭》），或沉静深广："听见自己的心发出温暖的悲鸣 / 心底的经幡 / 安详地飘扬着"（《天马悬梯》）……以情感书写诗歌，以诗歌张扬情感，在诗歌的情感世界中观照现实，慰藉情念，寄寓怀想，这就是梁建勇数十年如一日坚持诗歌创作和诗艺探索的初心。

早在《文心雕龙》中，刘勰就直言赋诗作文一定要"信情貌之不差，故每变而在颜"，意即只有真情的外化才能呈现美妙景观并产生动人情怀。梁建勇的诗歌便是如此，普通平凡的生活万象和亲切熟悉的人事诸端，就是他诗歌创作的源头活水，更是他笔墨潇洒的现实支撑。《寻找雪峰》中，他在久居榕城的人文风物里体验风情，笔下的闽都十邑飞扬灵动；《木兰春涨》里，他从工作地莆田的自然山水间寻找灵感，吟咏的莆阳风光尽得妙趣盎然。而他其余大部分诗作则取材更加广阔，从"炫耀着幻化出青春骄傲的红晕"的客家姑娘，到"手捧豆油灯"的客家母亲，从"爱我和我爱的"父母，到淳朴的乡亲和诚挚的旧邻，尽是对家乡故土的眷恋，对天地自然的感怀，对挚友亲朋的深情厚谊。可以说，他的"有情"，归根到底在于他的"有心"，即以心看取观照，以心体会领悟，以心呈现表达。所以他看"树的每个站姿都有悟性 / 岩的每个坐态都有禅意"（《九华叠翠》）。在梁建勇看来，诗歌虽然是抒情表意之作，但并非呼号嘶喊的直接宣泄，而是恣意潇洒的性情张扬，是主体生命对客观物象吸纳涵养而揉化滋生的新的意念境界，谢冕称之为"一种个人化的、极具现代意识的冥想"，其实就是诗人主体以情感化视角对生命世界的审美化建构。这样的"用心"观照，使现实世界褪去了粗糙芜杂的物态化表象，呈现出一种旖旎缤纷的诗意动态，淋漓地展现了诗人的本我经验和个性体验。

艺术表现情感，依托于不同的承载方式，音乐运用节奏曲调，绘画采取色彩线条，雕塑借助材料质感，不同的表达方式所呈现的艺术效果是不尽相同的。诗歌之所以具有"翻腾的内心之叹息"（法国·普吕多姆）这样深沉的力量，就在于它是以意象作为基本要素结构诗篇并传达诗意。意象作为"某种关联自身与外物的象征物"（海子），是客观物象经过主体审美创造之后物化而成的一种艺术形象，是诗人主体和现实世界发生关系的沟通和连接、融合与渗透。作为一个执着于诗歌创作实践和诗艺理论探索的有心人，梁建勇特别重视意象的提炼萃取和捶打经营，他的诗歌意象具有鲜明的特点，尤其在擅长的山水诗中，他特别注意对传统诗歌的传承和改造，其诗歌意象往往出古而入今、化典而创新。如"洞庭一望水光晴/湖镜如磨远近明/听凭记忆将昏睡的警钟敲醒"（《西湖水镜》），"乱云荒驿迷唐树/落叶残碑有宋苔/在时光之外渲染在无比疼痛中涅槃"（《古囊峢嵫》）等，既具有浓郁的古典诗情，又拥有鲜明的个性化色彩，辨识度极高，显示了诗人对古典山水诗的充分领会和自如发挥。众所周知，中国传统山水诗具有高拔的艺术成就，无论是王维"明月松间照，清泉石上流"的意境悠远，还是苏轼的"横看成岭侧成峰，远近高低更不同"的妙然旨趣，都具有璀璨动人的艺术效果，其意象体系具有一定的稳定对应特征。梁建勇有意在诗歌意念化的抒情结构中，穿插融汇古典诗词意象如"月落乌啼""杨柳依依""芳草无痕碧""落花别样红"等，以人们熟悉的象征代入方式,较好地克服了强调主体"冥想式"表达而导致意象抽象等问题,赋予了诗歌婉转的韵致和氤氲的古意,显得自成一体而别有风趣。

然而,必须注意的是,古今中外的经典诗作,无一不是诗人个体的活力绽放,如果不能以开放的心态对待每一个语词意象,就容易限于知识的缠绕,而难以突破低层次审美的局限,获得诗性解放的自由。梁建勇敏锐地意识到了这点,所以他对传统诗词意象并非一味因袭,而是强调现时化的个体经验和此在性的主观情态。如《西岩晚眺》一诗中,诗人先是直接援引宋代陈俊卿歌咏莆阳的诗句"红垂荔子千家熟/翠拥篔筜十亩阴",以古典意象方式,具象化呈现了水清岸绿、花盛果香的风光,笔法直描,情感含蓄。紧接着笔锋一转,写"那青草的芬芳猩红地诱惑着/西岩精舍疲惫的欢歌",以"青草——芬芳的猩红"和"欢歌——疲惫"这样具有强烈矛盾冲突而鲜明活泼的意象构造,实现了从物理时空到心理时空的动态意义转折,从安谧的实景描画转为沧桑的历史感怀,鲜明而强烈地表达了诗人主体独特的生命体验,在纵横迂回和开阖有度间,扩展了诗歌的内在张力。

从整体上看,梁建勇的诗不尚写实而重抽象和写意,属于具有鲜明个性特征的现代自由体。自由体新诗的节奏不同于旧体诗对格律的依赖,更着重"要由意象、意象的组织来承担相当的部分"(骆一禾、张玞),尤其是中文象形汉字的意象,在诗歌中具有明显的造型作用。而它与古典诗词意象具有相对稳定的象征对应结构最大的区别在于,现代诗的意象往往具有强烈的跳跃性和反逻辑化的抽象性,其隐喻意义往往产生于特定的上下文语境。且来读读他在 2015 年 10 月创作的一首诗:"相思/已经入骨/我慢慢接近红叶沧桑的身体/从她的脉络里/缓缓放出/闪电/无声的雷/经久不息的火/阳光/雨露。"在这里,单独拆解每个语词如"闪电""无声的雷""经久不息的火""阳光"和"雨露"等，似乎并没有什么特别的内涵意蕴。但看似有限的所指一旦被置入全文，便立刻互相联通对接并密织成一张意义的罗网，在"斜着身子／以三十度的视角／就看清楚了／我九十度的孤独"的深沉念想，以及"一种叫命运的东西／在季节里／随风飘送"的意义篇章中，淋漓地表达了诗人对客家母亲河汀江的真挚感怀，以及对闽西故土的深情眷恋。这里没有古典诗词如"小桥流水人家，古道西风瘦马"这样一个个单独语词意象的独立呈现和连缀铺排，整首诗的语境完全是按照诗人内心情感的逻辑线索叠加在一起，并通过在读者感官和心灵中唤起生动的感受而产生艺术效果。因此与其说语词是意象，不如说词组和句子才是意义的单位，它们之间发生的关系产生出一种新的火花，迸发出具体而独特的直觉体验。这就是彼得·琼斯在评述 H.D. 的《奥丽特》所指出的："人们去体验的是整首诗，而不是一行美丽的诗句，一个聪明的韵脚，一个精致的比喻"，"与其说它让每个词发挥它的力量，还不如说让整首诗发挥了它的力量"。这正是梁建勇诗歌创作的追求，他以内心情感意念编织郁郁葱葱的意象，是为了打造一片阳光斑驳的苍翠绿荫，在浓密而不乏灵巧、沉邃而不乏生动的整体结构中，创造独具个性的烂漫诗意世界。

其实，无论是情感表达还是意象经营，都是诗歌的要素特征，是一首诗歌的必要条件，但真正优秀的诗歌并不止步于此，它不仅需要灵敏睿智的审美观察和充盈丰沛的情感体验，需要开阔丰富的想象方式和熟稔精湛的文辞驾驭能力，还需要创作者具有如海子所说的"一个永远醒着微笑而痛苦的灵魂，一个注视着酒杯、万物的反光和自身的灵魂，一个在河岸上注视着血液、思想、情感的灵魂，一片为爱驱动、光的灵魂，在一层又一层物象的幻影中前进"。梁建勇的诗歌最动人之处，就在于观照世情万象、沉潜心怀灵志的智慧哲思。他借寓有形的风物景观表达群体体验："一声钟鸣如远雷降临于九鲤／无数颗游子悸动的心复活苏醒"《九鲤飞瀑》。他穿越时空密道探求人性意义:"恒山草堂天云石语／岁月的一段独白／人性的最初倾诉／它在时间之上／它在生命之上／它在孤独之上／它在我与非我之上"(《天云石语》)。他抽身事理逻辑考量生命价值:"美有千娇百媚／美有千奇百怪／生命在绽放时绚丽／生命在幽闭时端庄"《古囊峬嵘》。寄托无限的天地自然,追问个体有限生命,在自然风物中体悟,在人事代谢中沉潜,在往来古今中探求,梁建勇的诗歌,往往就是自然风情、个体经验、哲理思索的有机结合,是将语言藏在身后,掩盖在浓郁绿荫中的智慧闪光。这份智慧是生命岁月的累积、酝酿和沉淀,是诗人主体以沉醉而又独立清醒的状态行走人间的精神超越。可以说,阅读梁建勇的诗,既是风光的游览和人情的领略,又是细细剥开层层语言外衣,探取智慧果实,与诗人进行心灵对话和灵魂思辨的过程。

列夫·托尔斯泰说:"诗歌是一团火,在人的灵魂里燃烧。这火燃烧着,发热发光。"诗歌是可以穿越历史沙尘和照亮现实阴霾的光束。好的诗歌不是抽象的理性论证,而是由新颖独特的意象遵循内在逻辑建构的唯美而智性的王国。因此诗歌创作的过程不只是艺术灵感闪耀绽放的精彩瞬间,更是品格智慧磨砺锤炼的艰辛求索。正如梁建勇坦言:"尽管我知道写诗难,写出好诗尤其难,但我还是难以割舍对诗的执着。诗之于我,无疑是一种灵魂的淬火。"正是因为对自己乃至对人类心灵世界追求探索的真诚坚持,梁建勇先生才能以真情灌注诗篇,以新颖构造意象,以诗意探求哲思,让诗歌摆脱个体呢喃的私语,达到心灵敞亮的对话,成为"保持灵魂的清纯"的生命咏唱。

(收入《石帆5》,海峡文艺出版社2018年版,刊于《文化生活报》2019年1月5日、中国文艺评论网2018年11月28日)

真诚面对广阔的社会现实

——评陈毅达长篇小说《海边春秋》

"舆论生态、媒体格局、传播方式深刻变化，重组着内容生产与信息传播的链条，一个'万物皆媒'的全媒体时代渐行渐近。"这是《人民日报》评论观察文章《勇立潮头，推进全媒体时代"融合+"》的开篇序言，也不妨视为当代文学生态的真实写照。自白话文产生并运用推广以来，文学从未面临过如此尴尬境遇：一方面，多样形式的探索实验层出不穷，多元主体的广泛参与蓬勃壮大，文学创作呈现出千姿万象而缤纷芜杂的风貌；另一方面，对新鲜刺激书写内容和快餐便捷传播效率的普遍追求，导致严谨的文学创作日益边缘，相比起世纪末对"文学何用"的质疑，眼前的疏忽与淡漠显得更加落寞而苍凉。

越是困挫的状况，越显坚持的可贵。我们欣慰地看到，即使在经典写作受到新媒体文化强烈冲击、传统"人的文学"遭遇现代智能科技和生物技术发展巨大挑战时，仍有不少作家坚持以笔记实、以情动人的现实主义文学创作，以执着的深情守望土地，以丰盛的心灵咏唱时代的旋律，以坚韧的力量鼓舞追梦者的奋进。陈毅达的《海边春秋》正是这样一部认真而诚恳的现实主义小说。小说聚焦对台深度融合与自贸试验区——平潭综合实验区的开放开发热潮，以一位从北京名校毕业回闽工作的文学博士刘书雷挂职平潭的经历为线索，围绕蓝港村整体拆迁和大型投资集团兰波国际产业开发项目之间的矛盾，集中展示了实验区先行先试的大胆探索和破浪前行的奋斗拼搏，折射出新时代全面推进深化改革、坚持高水平对外开放的战略实施和丰富内涵。

该小说首发于《人民文学》2018年第7期，被列为"新时代纪事"栏目的第一部长篇小说，并被列入2018年中国作家协会重点作品扶持选题，《长篇小说选刊》予以重点推介。小说一经刊发，即引起学界热烈关注和讨论，因"新的文学激活"意义而被誉为"福建重大题材长篇小说创作的重要收获之一"。显然，《海边春秋》的引人注目和广受好评不在于形式的突破和技法的创新，反之，作者有意突破传统的全知全能叙事，充分结合史传纪实传统和虚构抒情笔法，以小人物为对象、以典型事件为线索展开的现实题材书写，是一种比较传统的文学表现方式。小说真正具有力量的，在于紧密贴近烟气蒸腾的现实生活与喜泪悲欢的世相人情中，对社会动态的敏锐观察、对历史逻辑的丰富诠释以及对时代主题的严谨思考。"春秋"不仅是一种历史叙述方式或者写作表现技巧，还是蕴含丰富的"微言大义"，是作者通过对经验材料深度加工，揭示客观现实逻辑与规律性的文学创作。

穿越社会发展的风云变化和人心起伏的波涛汹涌，把握时代脉搏，表现时代主题，应该是每一个力求超越经验局限、前瞻历史展望的现实主义作家的责任与使命，《海边春秋》同样有志于此。然而，"时代主题"是一个十分宏大而复杂的话题，有限的文字空间如何容纳无限的文化想象，如何在话语转换、思想转变和实践转型的观照与考察中，探寻并呈现历史逻辑、理论逻辑和实践逻辑的内在真义，这是对作家想象与创造能力的重要试炼。陈毅达是巧妙的，他选择了着重典型而涵盖普遍、聚焦专注而延展广泛的方式，从一个典型人物、一片特色区域、一次特殊事件的角度，以一个传统渔村求索现代转型的小小支点，撬动了关于全面深化改革中，多领域协调发展形成整体合力这个庞大的时代话题。

小说主人公刘书雷是一个具有鲜明特征的典型人物：年轻、高学历、机关干部。作为一个受过高等教育的知识分子，他既有较高的综合素质和业务能力，又有长期拘泥于学院化教育的视野局限和认知偏差；作为一个参加工作不久的青年干部，他既有年轻人思想活跃、敢想敢干的朝气蓬勃，又带有一点机关人员察言观色、亦步亦趋的保守习气。如果到此为止，那么刘书雷的形象几乎类似于王蒙《组织部来了个年轻人》中的林震，而他所将要呈现的问题恐怕也就仅限于揭示某种社会现象，或者反思某种精神思潮。然而陈毅达的"野心"显然更大一些，他想反映的问题更加宏观，他想探求的矛盾也更加深刻。因此，小说中的刘书雷还具有另外一个重要身份：平潭挂职干部。这个身份的特殊，在于其挂职锻炼地域的特殊：作为党中央一项重大的历史性战略选择，平潭综合实验区具有与全国其他开发区或试验区不同的特殊使命，它是"探索两岸区域合作的试点，努力构筑两岸交流合作的前沿平台"的先行先试区域，是两岸关系和平发展的新载体和高水平对外开放开发的新平台。因此，平潭发展的任务光荣而艰巨，平潭探索的困难也更加突出而复杂。为全力支持平潭提速发展实现转型升级，福建省委省政府于2012年正式启动了"四个一千"人才工程，省委组织部先后从全省各地选派三批共1000人赴平潭挂职，这支饱满热情、奋发有为的干部队伍深入基层一线、参与开放开发，其意义已经超出了一般意义的基层锻炼和支援海岛建设的范围，更具有登上广阔历史舞台、投身新时代国家战略的丰富内涵。可以说，从刘书雷们踏上平潭的那一刻开始，就意味着获得千载难逢的发展良机，同时也要接受艰难重重的巨大挑战。与当地干部通力配合、深入基层解决问题、对接企业招商引资等，都仅仅只是开始。刘书雷们将要面临的，是不断破解发展难题、厚植发展优势的严峻挑战，是关于如何从基础设施建设转移到高新产业培育、从先行先试建设转移到深度对接融合、从自贸试验开发转移到对外开放"前沿阵地"的更大范围与更深层次的探索，其实是关于国家战略的深刻认识和积极践行。

因此，将刘书雷放置于平潭综合实验区这个风起云涌的澎湃之地，是以"非常之时"的"非常手段"，求索和思考"非常之事"背后的"非常意义"。然而，随着故事的推进，我们将发现，所谓"非常"并非绝无仅有，独一无二。刘书雷虽然具有鲜明的特征，却代表着当前一部分有激情和梦想、才干和情怀，同时也不免迷茫和困惑、消极和回避的青年知识分子群体。平潭综合实验区虽然具有特殊的使命，但它在开放开发过程中出现的种种问题，如新时代城市发展的整体协调、传统乡村的现代升级转型、经济社会不同领域不同层面的均衡稳定，以及民生利益提高的诉求、新一代知识分子的责任担当、外出务工人员的底层困境等，却具有普遍共性，是全国其他开发区、试验区已经经历，或者正在经历的矛盾冲突，其实也是当前协调推进经济社会各领域的集成联动、实现改革整体合力的深层问题。所以，破解发展难题、厚植发展优势的思考和探索，不仅是立足平潭开放开发的个别性经验，更是站位全国深化改革开放、具有全局战略意义的整体考量。对此，平潭挂职干部始终保持高度自觉，面对一系列新情况、新问题，他们积极求索，大胆创新，不仅在工作开展中形成一系列有效经验，也在理论层面创造了一批以《平潭实验》（中央党校出版社2017年出版）等智库课题为代表的具有较高水平和研究价值的成果。从平潭挂职干部的探索精神中得到启发，陈毅达深入思考平潭开放开发过程中种种纠结缠绕的矛盾，并最终将关注点放在"城市与乡村"这一关键问题上。我们看到，小说中的种种利益关系表现得十分复杂，既有开发商急于推进城镇现代化的急功近利，也有村民固守田园眷恋不舍的淳朴情感；既有党工委管委会基于现实考量科学规划的思考探索，也有刘书雷、张正海等年轻干部深入基层关怀民生的锻炼成长，同时还有海妹、林晓阳等年轻人建设家园的迫切渴求，以及温淼淼等现代都市英才运筹权衡的精明世道……然而这些看似盘根错节的纠缠，其实都根源于破解城乡二元对立格局、实现城乡融合发展的根本问题。

回顾20世纪20年代以来的现代文学，以书写广袤深厚的传统乡村的物事人情为主要特征的"乡土文学"，始终是一支矫健有力的文化力量。现代作家笔下深沃黝黑的"乡土农村"，虽然也有淳朴人情和自然风光，但更多的是野蛮的陋俗民风、愚昧的伦理规范、粗鄙的文明制度和残酷的等级秩序，"乡土"往往被视为与象征"科学""文明""进步"的"城市"相对立的一种社会形态，代表着"落后""保守""愚昧"而成为现代性反思和批判的主要对象。现代小说这种对"乡土社会"的严苛审视和严肃批判，不仅源于中国数千年的农耕文明社会传统，更深刻受到现代城镇化迅速推进的社会结构变动的影响。经过改革开放40年的拼搏奋进，我国经济社会发展取得了全面的显著成就，其中最炫目耀眼的变化，就是城市群蓬勃壮阔的崛起。在工业化、现代化快速发展的进程中，城市的总体规划整体升级，人口基数和经济总量不断增长，产业规模急剧扩张，社会治理模式迅速推广，以突飞猛进的态势打破了传统社会发展的路径依赖，极大地改变了城乡面貌和社会结构，同时也促使城乡人口比率、产业形态、资源能耗等发生急剧变化，由此带来城乡发展不协调、不均衡等一系列问题并日益尖锐。随着深化改革的全面启动，改变以前简单粗放的城乡二元对立社会结构，实施乡村振兴的重大国家战略，已经成为大势所趋，深刻体现了国家对城乡发展规律的深入认识与把握，是化解新时代城乡主要矛盾、全面建设社会主义现代化强国的必然路径。

所以，与我们熟悉的传统"乡土小说"不同，《海边春秋》中的城乡冲突，并非"进步——落后"的二元对立，而是"发展——融入"的复合调整，是进入新时代以来新的城乡问题凸显。小说中的蓝港村是一个处于大发展、大变革和大转型关键期的海边渔村,这个以平潭北港村为原型的村落,在改造之前是传统而保守的,遵循的是日出而作、日落而息的农耕文明生活方式:年轻劳动力大量外流,村里"空心化""人口老龄化"严重,从村主任到普通村民长期保守着自产自销的手工作坊生产方式,人情往来依然延续走户串门的传统习俗,"老人会"的家族管理秩序仍然具有深厚的强大影响力……毫无疑问,这是一个从里到外都十分传统的乡土渔村。它的传统,不仅表现在风貌情态,更体现在精神意志。然而正因为它的"传统","旧"与"新"的冲突碰撞才显得更激烈鲜明,"常"与"变"的交错融合才具有更震撼的力量。蓝港村的整体拆迁事件,从表面上看,是传统渔村在实验区整体开发中探索转型升级的问题;但深入其中,却是城乡深度融合背景下,争取乡村功能全面发展与提升、实现与城镇现代化发展双轮驱动的根本性问题。小说以刘书雷深入基层调查实情为线索,在"难题破解"的情节演进中,不断调整聚合"实验区开放开发"和"村民利益诉求"这两条看似平行而矛盾的线,最终实现"融合共享"的成功解题,看似情节反转,实则顺理成章,不仅拥有符合广大群众参与共享改革开放成果诉求愿望的合情性,更具有符合新时代城乡互补、全面融合、共同繁荣发展要求的合理性。

当然,要实现融合共享,并非振臂呼号就可以达成,还需要科学合理的规划与切实可行的实践。对难题的破解,最后都必须回到难题本身。实施乡村振兴战略,提升乡村功能全面提升发展,重构城乡融合结构体系,关键还要从激发乡村的内在活力入手。小说紧紧围绕"依靠改革创新壮大乡村发展新动能"这一核心主旨,着重外源动力和内生动力的共同作用,根植蓝港村渔业生产特色和天然海域环境等资源禀赋,兼顾对台深度融合的特殊使命,从开发特色文旅项目的产业支撑、吸引劳动力回流的人才振兴、整合资源挖掘传统优势的文化开发、有效治理加强绿色发展的生态文明建设等方面，提出蓝港村转型升级的解决办法，其实也是从发展主体壮大、发展模式深度转型、发展动力创新衍变的角度，提出改造传统村落、实现乡村复兴的可行方案，具有积极的参考价值和借鉴意义。

值得肯定的是，在《海边春秋》中，无论是问题的提出，还是问题的解决，都始终展开于热气蒸腾、繁蔚杂陈的生活物象和澎湃郁勃的精神世界中，刘书雷、张正海的烦愁和困惑是真实的，大依公等村民的迷茫和抗拒是真实的，海妹、林晓阳等年轻人的满腔热情和求解无路是真实的，就连陈海明的精明算计、温森森的世故谋划都是真真切切的。所谓"乡村振兴""融合发展"等宏大而复杂的时代主题，在这里不是生硬的概念推论或者枯燥的逻辑演绎，而是通过生动演绎和丰富表达实现的话语建构和价值认同，是经过生活提炼和酝酿深化达成的思想提升。小人物的笑泪悲欢、平凡日子的柴米油盐、海边春秋的日出月沉，就这样沉浮跌宕于重大战略规划的徐徐展开中，每一个音符都独特，每一节旋律都鲜明，共同汇聚成时代伟大的交响，揭示着具有深刻内涵和演进逻辑的历史发展规律。

所以《海边春秋》真正的意义与价值，从来不在于形象细致地塑造了哪个人，曲折离奇地记叙了哪件事或者哪片区域，而是在于它敞开胸襟面对广阔复杂、沉郁深厚的社会现实，认真展现并充分尊重个体生命在时代汹涌大潮中的奋斗努力与聚精会神，在厚重的生活泥土分量和燃烧的生命火焰中，生动再现了新时代全面深化改革实现伟大复兴的蓬勃激荡。小说展现出的心系黎民、胸怀天下的情怀与气魄，恰如丘逢甲诗句"欲向海天寻月去，五更飞梦渡鲲洋"所表达的一般辽阔宽敞、豁达明朗，是作者勇敢地进入生活经验而又成功地突破了经验的局限，在重塑生命个体与时代共同体的有效联系中，提出了长远而深刻地进行历史展望的努力创造。这让我想起了匈牙利著名文艺批评家卢卡奇对于杰出现实主义的形容:"伟大的现实主义所描写的不是一种直接可见的事物,而是在客观上更加重要的持续的现实倾向,即人物与现实的各种关系,丰富的多样性中那些持久的东西。除此之外,它还认识和刻画一种在刻画时仍处于萌芽状态、其所有主观和客观特点在社会和人物方面还未能展开的发展倾向。掌握和刻画这样一些潜在的潮流,乃是真正的先锋们在文学方面所要承担的伟大历史使命。"时至今日,在众声喧哗骚动、新旧交替转换的多元文化世代,我们需要更多像《海边春秋》这样诚实记录生活真相、认真探求时代意义,充满人性热度和文化深度的审美创造。重温这位文艺批评家的经典话语,也许可以为我们在新的历史方位,拨开迷雾阴霾,拔除杂草荆棘,秉持文学火炬烛照引领,提供更加充实的力量。

(刊于《光明日报》2019 年 3 月 27 日,中国文艺评论网 2019 年 3 月 29 日)

秦巴汉水故园情　气韵风流金州吟

――读陈俊哲的诗

金洲，亦谓"金州"，南北朝时期地名，今天的陕西省安康市，因越河川道出麸金而得名。安康位于陕西省东南部，北依秦岭，南靠巴山，汉水横贯东西，山光水色既有北国雄浑壮丽，又蕴南都风韵秀美，是一方文化多元、民风爽健的热土，也是我的好友陈俊哲长期工作生活的地方。

与俊哲相识数载，始于书艺切磋，深于文法交流，他是一个勤学好思、敏悟善察的人，尤擅书法与诗歌创作。如果说，生长丹凤之乡赋予了他淳朴稳重的性情，那么久居金州之地则培养了他丰神俊朗的气质，使他身上既具有秦巴汉子的质朴爽朗，又不失汉水男儿的真挚温柔，从而兼得飘逸洒脱的浪漫诗性和丰富细腻的审美能力。

俊哲是一个情感丰富的人，这正是诗歌创作的基本条件。正如别林斯基所说："情感是诗的天性中一个重要的活动因素；没有情感，就没有诗人，也没有诗。""感人心者，莫先乎情。"作为个体生命表现的诗歌，最主要的审美特征就是情感性。而在人类深沉广阔的情感世界中，故土乡情恐怕是最深邃的底色，它不仅代表了生命联结的回忆和反顾，更象征着本真溯源的追寻和求索。作为一个陕西大地土生土长的人，俊哲天生具有浓厚的乡土观，由此产生的乡恋、乡思、乡情理所当然成为他情感世界的重要成分，因而也成为其诗歌创作的主要审美内容,他将近期诗作集合题为《金州吟》,由此可见一斑。当然,以艺术形式表现乡土情结一直有着悠久的历史渊源,数千年农耕文明传统的华夏儿女,在绵绵不息的历史长河中,形成了建立在农业文明之上的、以血缘关系为基础的宗法制度和宗法精神,农桑并举、安土重迁的集体潜意识,无所不在地渗透社会生活的各个方面,也以各种形式呈现于艺术创作中。然而俊哲的故园吟咏具有独特的审美魅力和艺术感染力,它是有层次有深度的,最直接就体现在对自然风物的审美体验中。从"上揽云天"的金螺岛,到"磐填深壑木遮天"的千层河,从"乍暗忽明波变幻,云山四面入空蒙"的瀛湖,到"一柱称雄天幕上,中山列阵壑云上"的擂鼓台……大雪红梅、青山翠竹、碧池清莲、月夜海棠,金州土地上的万千风光,无不成为诗人手写歌咏的对象,正所谓一山一水尽收眼底,一草一木融汇心间。美,在这里鲜明地体现为主观体验的审美重构和思想情感的具象承载,是可以触动心弦、引起共鸣的具有张力的艺术表现。

  正因为具备敏锐而丰富的情感体验,俊哲能将自然客体对象的美感观察进一步深入到人文文化的认知体悟,将审美层次进一步推向深入。山水木石的风光旖旎,在诗人看来,不仅是天地自然的馈赠,更是人文灵秀的佳妙,是数千年历史沧桑变迁和文化传承的繁盛缤纷,是"早闻山上隐鱼仙,赞誉声声里巷传。不惧渔夫扎捕狠,引来清水绿江川"(《金鲤仙子颂》)的民间传说,是"远见秋池泪满巾,闻言夜雨寄池滨"(《神河源巴山秋池怀李商隐》)的历史典故,是"樟古承唐宋,船新抵四方"(《焕古镇素描》)的悠久文明,更是"清晨松下冒拳芽,少小揪来手作粑"(《商芝》)的风俗人情。乡土故园的美,美在自然风物,更美在历史代际,美在文化传承,这也是俊哲诗作给人感觉"接地气"的原因。他的诗歌从来不讲究辞藻的精巧和修饰的华美,而是追求鲜活的生活状态和蓬勃的生命气息,如他自己所言:

"都是生活中的某一部分感动了我，触动着我的灵感，我才有了诗。"这种根植于广袤大地的稳健踏实，联结于质朴民生的淳朴亲近，使其诗性表达具有了"气韵生动"的美学效果。

而丰沛的诗性是需要丰满的意象传达的，意象是诗词的灵魂，是客观物象经过主体独特的审美创造之后物化而成的一种艺术形象，是主体与客体、心与物、意与象的有机统一。它通过精简赋意、融炼寓情的形式产生的节奏、韵律、情境，以及由此建构的富有生命力的想象，正是诗歌区别于小说的故事性叙述、散文的记叙性抒情的主要特征。俊哲擅作古体诗，在他的诗作中，"梅红"的鲜美娇妍、"柳烟"的缥缈空蒙、"西风"的飒姿劲爽、"玉雪"的冰清玉洁等各种古典诗词的经典意象皆能信手拈来而恰到好处。更重要的是，他通古而入今，融掌故于只语，化经典于片言，在引经据典、探本溯源中丰富了诗歌意象内涵。如《题双河口古镇》这首诗："明月征人起，斜阳驿马嘶。石街通古道，春草过双溪。"从字面看，"明月征人""斜阳驿马""石街古道""春草双溪"都是人们熟悉的经典意象，通过"景—物—情"的对应性联结，营造出浩荡苍茫的历史感。而深入其中，这些意象的选择又是各有出处且蕴意深沉的：因为双河口古镇在唐朝时，是著名四大古道"子午道"的一个重要集镇，因此诗人巧妙援引唐代著名诗句"一骑红尘妃子笑"中"斜阳驿马"的意象，利用唐代沿子午道官驿向杨贵妃进贡荔枝的典故，打开了诗歌沧广浩渺的历史时空；"明月征人"典出唐代王昌龄著名诗作《出塞》中的诗句"秦时明月汉时关，万里长征人未还"，借边疆战事之典，表达对历朝历代守卫金州土地的将士们的遥想与缅怀；而"春草双溪"则典出宋朝谢灵运的《登池上楼》"池塘生春草，园柳变鸣禽"，借春来暑往、燕啼莺鸣之景，抒发风云变幻、人事代谢的沧海桑田，并进一步表达了诗人对此前"明月征人"的另一重理解：无论秦时明月还是唐宋烽火，王朝更迭都是短暂易逝的，唯有故土家园的春花秋月、风物人情，如同流淌奔涌的汉江一般，绵延而永恒，令人不禁想起另一首"孤篇盖全唐"的名诗："江畔何人初见月？江月何年初照人？人生代代无穷已，江月年年只相似。"全诗至此达到了升华。在这首看似简单的诗歌中，俊哲以深厚的文学素养，巧妙化用历史典故和传统文化，再造与生成了新的意象，既成功营造了"悠然天地"的历史感，真实表达了"怆然涕下"的独特审美心理效应，又蕴藉了诗人主体对宇宙和生命的哲理性思考，通过与经典的对接与联络，扩展了诗歌蕴意的深度和广度，从而使诗的构象美和语形的密度、语意的凝缩丰蕴达到了比较高的水平。

一般我们认为，古体诗是比较难作的，其篇幅有限，格律规整，讲究对仗、平仄押韵等行文规范，无形中对意象的选择和使用提出了比较高的要求。但事实上，新诗，即所谓的自由诗，更需要意象的巧妙经营。看似格式自由的新诗，为了达到当下主体完整建构和现代体验充分表达的主旨，更需要构造个性色彩鲜明、主观意念强烈、内涵意指多义、外延能指多元的意象，以达到物象在时间空间上的重新组合，创造新奇而富有表现力的诗歌美感。近年来，俊哲于古典诗词创作之外，在新诗方面也有所探索，相较于引经据典、内涵深邃的古典诗意象，他的新诗意象活泼，节奏清晰，情感饱满，展示了生动有趣的主体个性。如他形容书法创作是"好不容易／觅到了真爱／便不要急于做成最好／让她和瑞士手表一样／精工细之爱／在过程中锤炼／不速则贵"（《再致书法》），他感受海滩是"支一顶帐篷是房／躺下来就成了松软的床"（《海滩》），他还神游于尼山山巅"镜头蜂窝般攒集／目光岂止万千／早已视而不见／佳人研磨／书童展宣／我自提管"（《四月三日我的一次斗胆》）。虽然俊哲的新诗数量不多，但意象新颖，情境相融，妙趣横生，透露出诗人耿率爽朗的本真性情。

正如王进喜先生在序言中所言："我们或电话或微信联系时，他时有读诗、谈诗及谈作诗时获得的愉悦分享与我,我是能感受得到语音那头的俊哲先生通过体悟获得诗的妙境后手舞足蹈的情状的。"诚然,俊哲就是这样一个好读书、爱写诗的充满情趣的天真之人,他恋乡土而深情款款,思亲友而柔情依依,爱生活而真情切切。他可以在脚骨扭伤时自我嘲讽:"陶然鸥鹭中邪魔,双拐搀扶奈我何。失马塞翁平淡处,依然不误我弦歌。"(《晚练踩空扭伤脚骨感怀》)可以在漫长旅途中自娱自乐:"旅次无聊改旧诗,亲朋切莫笑吾痴。年逾半百常怀旧,爱说英雄少儿时。"(《路途改旧诗晒朋友圈自嘲》)还可以在琐碎里自清自静:"蜜柚摘来就老酒,寻诗觅句不知还。"(《湖边农家》)这种放下身段自我调侃、享受生活悠闲自得的真诚坦然,是可亲可爱的,更是可感可信的。

影响诗歌艺术表现力的因素有很多,情境的创构、意象的经营、节奏的把握等,但其本质核心,应该是诗人主体情感的真诚流露和个性的敞亮张扬。正所谓真名士自风流,俊哲的诗歌创作之所以独具魅力,正因其率真淳朴的性情和高雅清洁的品性,因此他无论是挥毫翰墨,还是提刀篆刻,抑或浅吟默诵,总能于寻常间有所得,于点滴处有体悟,自得其乐而怡情修身,自成一体而凝采萃荟。这些都源于他对人生的充沛情感,对艺术的执着追求。在他的诗歌中,我们看到了风霜雨露的大千世界,看到了嬉笑怒骂的众生情状,更看到了率真爽朗的生命主体,这也正是诗歌艺术独特的魅力,是我们即使身处光影迷离、灯华璀璨的迅捷信息时代,仍然愿意月下读诗、灯下习文的原因。

(刊于《文化生活报》2018年9月20日第39—40期)

何处楼台无月明

——读陈元邦散文及其他

德国著名思想家、作家歌德曾说:"思与行,行与思,这是一切智慧的总和。"诚然如是,求索的深究使人明哲而睿智,躬行的实践使人沉稳而通达,对于求真求智的人而言,二者不可偏废。元邦在工作之余,以读书写作和书法作为爱好,不断跋涉,在不断向外拓展与向内探寻的不懈努力下,去追求"思"与"行"的完美结合与升华。

元邦一路行走、一路采撷,在闽东工作期间,他走进高山密林的飞鸾岭,亲近畲族素简淳朴的风俗文化;漫步古老静谧的廉村,回首商贾集散的沧桑历史;深入日新月异的寿宁,感受项目建设的火热工地……闽东的山水田野和村庄社区都留下了他坚实的足迹,更蕴含着他深情的关注:"对那块土地的眷恋、对那里相识和不相识的人感激与谢意,时时萦绕在我心怀。"这是元邦在《您好闽东》后记中的直白坦言,也是他长期以来对人民、乡土和家国赤诚情怀的真诚流露,更是他辽阔视野、广博胸襟和豁达性情的根本来源。行走,在他这里,不仅是翻山越岭、蹚水踏泥的步履,更是跋涉过程中欣赏的风景、感悟的情思和启发的思索,这就是他在福州工作期间著的《行走间的拾零》《梦境穿过时光》中呈现的丰富图景,从奇崛的雁荡、古朴的周庄、毓秀的九华山等名川胜地,到案头"震中石"的生活随感,从读沃伦·本尼斯的经典品鉴,到关于"最美司机"的聚焦时事,还有怀想家人的忆念亲友……阅读元邦的行旅记录,让我想起诗人北岛在《青灯》中的一句话:"一个人的行走范围,就是他的世界。"元邦的"行走",早已超越了时空的距离,以充沛的情感和明睿的体验,展示了一个充盈饱满的生命世界。

充盈的生命造就丰盛的文心。在元邦的笔下,无论是气象万千的自然风物,还是简单质朴的世态人情,都在纵横开阖中充满意趣,于行云流水间满溢情怀。它们是《透过窗棂》中雪天山村家长里短的围炉、秋日村妇巧手酿制的米酒、农耕土坯锥房碾出的大米和广袤大山中酸甜苦涩的野果,是《坊巷格局》中错落有致的院落建筑、古典风韵的水榭戏台、古老沉静的天井和根繁叶茂的榕树……一颦一笑都留意,一花一叶皆有情,正如他所说:"这山这川有如秀外慧中的女子,总是让人眷念,让人有投入大自然怀抱的冲动,用眼去欣赏,用耳去聆听,用心去感悟,用情去讴歌。"(《用情讴歌大自然》,《透过窗棂》代序)毫无疑问,元邦是一个"有心人",更是一个"有情人",他带着细腻的体验和丰富的感知,从简单平凡的人事物象中发现美好的诗意并探询关于"爱"和"存在"的永恒主题,这就是他"行走"的本质:"其实,每个人都可能成为大自然中一道亮丽的风景。自然之境如此,社会之景也是如此。每个人如果都让自己的心灵变得美好,便可以成为大千世界中人们欣赏和赞美的一道景色。"(《亮丽的风景》)在行走中欣赏奥妙的自然,在行走中体会温暖的人情,在行走中关怀淳朴的人性,这种"生命的行走",无疑是介入现实人生的直接手段,是与时代和社会融为一体的有效途径,更是拒绝平庸、僵化、媚俗和浮躁,表达自己对人民、对国家高度责任感和满腔热忱的最好方式。

歌德在阐述"思与行"的关系时,明确肯定了"思"的首要意义:"我们的生活就像旅行,思想是导游者,没有导游者,一切都会停止,目标会丧失,力量也会化为乌有。"生活的"行旅"也罢,生命的"行程"

也好，都不仅只是空间距离和地理位置的简单变迁，更应伴随着思想的不断深入与升华，诚如元邦在《行走的拾零》中所言："用脚行走，只是行走的一种方式。在人生路上行走，不单只是通过脚步行走，而更多的是思想行走。"他在读书阅报间思考法制和权力的制衡，在漫游行旅时思考爱与责任的关系，在日常生活里思考人生道路的选择……他的思考的足迹，如脚下的步伐一般，从未止息。在我看来，元邦之所以能够在深入基层中获得体验，在经典品读中与圣贤交流，在欣赏风景中与自然对话，从平凡生活中获得各种深刻启发，关键是他善于学习和知行合一的能力，这就是英国著名哲学家弗朗西斯·培根所说的："除了知识和学问之外，世上没有任何其他力量能在人的精神和心灵中，在人的思想想象见解和信仰中建立起统治和权威。"对学习的真诚热爱和不懈追求，使他不满足于书本而持续追索，不限于当下而广泛开拓，不囿于所得而深入探究，从而在"行与思"的协调与融合中，保持着对感性生活的审慎观察和冷峻思考，体现了精神进步与时代发展的高度统一。

一个对生活充满热爱而有情趣的人，总有广泛的兴趣。元邦不仅好撰文，而且喜书墨、在看到美丽之景时会随手拍下，像是信手取来，用艺术的方式记录生活的点滴、表达生命的感悟，与其说是他的爱好，不如说是他陶冶情操和修养品格的追求。读他的散文，常感清雅质朴、温润自然。品他的书法作品，更觉与其性情相应相承。他的笔墨从不刻意求工，也不矫揉造作，而是崇尚抱朴守拙。其字结构严谨峭拔，章法自然散淡，书风典雅自信，于性情挥洒间，自有一番不骄不躁、不激不厉的舒朗气息。清代书法理论家刘熙载有言："书者，如也，如其志，如其学，如其才，总之，如其人而已。"此时看来确是恰如其分。

艺术总是相通互融的，无论是以文字表达观点，还是以笔墨挥洒性情，抑或琴音传唱意绪，都是作者对客体对象瞬间领悟的审美活动，是作者对世界的感性体验和理性认识的外化与彰显，正如鲁迅所说："画家所画的，雕塑家所雕塑的表面上是一张画、一个雕像，其实是他的思想和人格的表现。"以此观之，元邦的艺术创作其实是一个整体，他的摄影作品，与他的文字风格、笔墨气质浑然一体：构图和谐自然，色调温润平和，手法简洁含蓄，无论是江畔霞光荡轻舟，还是深巷老屋辨人语，或是梯田水坝泛春光，都是日常人事即景，追求的是一种格调冲淡、趣味秀逸、点画通融的意境，淋漓之中自有一股韧劲，如春风拂面，如林间清泉，正是他性情的真实写照。

陆游曾说："何处楼台无月明。"意思是如果每个人都能抛却世俗名利欲望，保守一颗纯粹诚挚的澄明之心，那么无论在哪里，都能看见楼台上皎洁明亮的光华。艺术创作尤其如此，技法固然重要，但对生活发自内心的热爱和对生命源自根本的尊重，才是真正重要的核心。从提笔行文到挥毫泼墨、光影捕捉，元邦的艺术创作与其对纯净自然、纯真人情和至美人性的追求始终保持一致，呈现出质朴简雅和清新从容的风格，他的这份坚持，必将使其在文学和书法等创作上更登高楼，撷取璀璨的明月。

（刊于《文化生活报》2017年10月26日）

书香墨影中的海天瞭望

——读沈世豪《醉美五缘湾》

文学的精神力量是坚韧卓绝无可取代的，即使在信息浪潮冲决翻涌、多媒体科技日新月异、声色光影变幻迷离的现代社会，文学也始终拥有旖旎迷人的魅力。它总能以对世态万象的生动描绘，对人情冷暖的淋漓表达，以及对本性芜杂的深刻揭露，在浮躁庸碌的生活烦琐中，烛照心灵最深处的角落，触动灵魂最柔软的地方。因此，提笔蘸墨的书写，不仅是一种创作的姿态，更是一番生命的旅程，是作家用深情凝望热土，用目光穿越尘埃，用文字描绘人生，创造生命与精神对话的世界。

沈世豪教授是著名的文学家，他用文学拥抱生活、感悟心灵、诠释生命。他的文学成就源于对文字细腻把握的天赋，以及后天孜孜不倦的求索和多年高校教学生活经历，他的文学创作始终保持蓬勃饱满的丰盛状态。抒情散文、随笔杂谈、理论研究、报告文学等各种文体皆能发挥自如，故人忆念、旅行观感、人生体悟、文艺创作规律等题材都游刃有余。同时，他还是一名优秀的领导干部，在担任厦门市教育学院领导期间，教学、管理、队伍建设等各项工作都备受称赞，堪称当下文坛杰出的学者和管理者。

沈教授与我同乡同好，亦师亦友，七八年前，他曾为我的散文集《一天中午的回忆》写过一篇评论，给了我许多启发和鼓励。前不久，收到沈教授的新作《醉美五缘湾》(2016年鹭江出版社出版),这是一本报告文学,又是一本长篇摄影散文,记录了许多生动故事和曼妙情节,载入了大量扎实数据和典型细节。全书以散文和记录交错的文笔,抒情和纪实相融的风格,兼得新闻纪实和文学表现双重优势,为读者呈现出一个立足苍茫海天,瞭望五缘湾、瞭望厦门、瞭望民族历史文化和时代进步的广阔图景,可谓匠心独运、妙笔生花。

"瞭望"在这里,首先是一种姿态,是对世事民情的深切关注,这是沈教授文学创作的一贯主调。无论是忆念童年往事的《山城水清清》《山村蒙太奇》,还是记录时代人物的《中国有个毛泽东》《陈景润》,或是报告社会时事的《亚细亚的太阳》《军旗升起的地方》,他的创作始终与当下现实和身边百姓紧密相连,长街深巷的市井烟火、乡土村落的淳朴民情、山野林间的濯濯清泉,乃至历史碑林的落落风尘……任何与社会民生相关的烦琐庸常而又温暖绵延的星火,都是他灵感创作的泉源。而他的内心深处,除了闽北浦城这个故乡旧土之外,最魂牵梦系的便是厦门,这里沧桑的人文历史、现代化的城市建设,都是他执着的所在。而城市中人的生存与发展,更是他关心的主题。如《醉美五缘湾》中,从历史记忆到都市建设,从人居生态到景观布局,从资源禀赋到文化承传,全方位多角度的介绍,始终围绕着"人"与"城"和谐发展的主题展开:城市改造坚持"自然生态、产业生态、文化生态、人居生态"的新生态人文主义原则,商业开发强调"尊重自然、敬畏自然,追求人与自然和谐发展的新境界"的科学规划,景观布局则体现了"提升城市文化、文明的层次和境界"的人性化设计。对"人"的关注,实际上体现的是对城市文化的理解。英国"花园城市"之父霍华德在《明日的田园城市》中说:"一座城市就像一棵花、一株草或一个动物,它应该在成长的每一个阶段保持统一、和谐、完整。而且发展的结果决不应该损害统一,而要使之更完美;决不能损害和谐,而要使之更协调；早期结构上的完整性应该融合在以后建设得更完整的结构之中。"城市因人而生动，人因城市而充盈，在沈教授的城市印象和城市书写中，这便是最根本的核心。

如果说，沈教授对世事民情的关注，让《醉美五缘湾》拥有了敞亮视野与开阔胸襟，使它得以在烦琐的历史资料中披沙拣金铸就篇章，那么求索创新的精神，则让《醉美五缘湾》获得了饱满的内在生命力量。因为瞭望，更是一种沉潜的精深与涵博，是内在于文学表现形式的文学素养和文化灵魂。沈教授是一个"慢游"型的人，即使在繁华的都市中，他也习惯慢走细看、敏思深探。他看五缘湾开发规划，分析"文化"对于城市建设和社会发展的重要意义："文化是灵魂，文化层次的高低和积淀的深浅、厚薄，直接展现这一新城区建设的档次和水平。"观赏海天胜景，回溯人类文明形态演变："从人类的文明形态来看，有三种文化：农耕文化、游牧文化、海洋文化。后两种文化崛起之处，都带有强烈的扩张性、开拓性，因而又被人称为侵略文化、强盗文化。但不得不承认，它们的最显著的特征是开放。从封闭走向开放，当然是人类了不起的进步。"漫步木栈道，感受慢生活的内涵："它的主旋律是慢……如今的世界变化太快。快，给人类带来了太多的福祉，也带来了太多的烦恼、忧伤、不幸。"还有考察海底隧道时的人类智慧怀想、欣赏白海豚时的生态文明思考、行走五缘湾桥梁时的"天人合一"建筑美学讨论……他在收放自如的行云走笔间，用清醒独立的文化精神，将历史沧桑、古今传奇、寻常琐事和世事大局尽纳方寸，看到的不止是一个五缘湾或者一个厦门，更是一方水土，一片天地，一个时代的缩影。

真挚的情怀、开阔的视野和深沉的思考，使沈教授的文章由内而外散发出从容舒朗的气度，这是一种自由感悟的诗意栖居状态："什么是诗意栖居？显然不是苟且于冷冰冰的密如森林的高楼大厦，而是在生态理想的环境里,能够和历史、古人、文化、艺术等优雅地进行沟通、对话、交流,能够在超越功利目的、文化密集的精神家园里,享受人类创作的智慧花海的浪漫和绚丽,从而真正提升幸福指数和生命的质量。"沈教授在馥雅书香和悠然墨影中,任由主体性灵自在舒展,呈现出了海天瞭望的最佳状态。

时至今日,苏东坡那段关于为文的自述依然值得我们品味:"吾文如万斛泉涌,不择地而出,在平地滔滔汩汩,虽一日千里无难。及其与山石曲折,随物赋形而不可知也。"文章创作的奥秘也许正在于:出于本心,源于自然,形诸笔端,尽舒情意。我向来推崇沈教授的文字,这不仅是因为他的文章的精妙修辞和畅达抒情,更是因为他文字中有温度的情感、有风骨的情怀和有质地的思考,使他的文字具有纵横开阖随物赋形的灵思妙笔,更给予他俯身俗世而又超拔于微尘的穿透力。

(刊于《福建文艺界》2017年第9期)

乡土文化的守望
——读"小英阿姨看客家"丛书

"小英阿姨看客家"这套丛书，是何英写给孩子们看的客家乡土文化故事，书中的文字如清晨阳光下闪耀的露珠，晶莹剔透、澄澈明朗。街巷里飞扬激越的笑声，锅灶边袅袅升腾的炊烟，田野间迎风舒展的花草，都仿佛春风中向暖的幸福，简约而真挚，纯粹而淳朴，敞亮而深情，趣味生动之余，不乏丰盛饱满的深意。行走其间，我的目光总是不自觉被那份浓郁而温暖的乡土气息深深吸引。

近年来，随着城市的工业化、城镇化、现代化步伐加快，高楼广厦在轰鸣机械中栉比林立，淳朴的乡风民情日益淡薄稀乏，不仅许多传统民俗几近绝迹，就连那些村野风土中的屋宇、街道、古树、老井等记忆拼图也渐渐零落凋散，与广袤土地血脉相生的朴素情怀渐行渐远，不能不说是一种文化遗失的缺憾。文化是充满活力的生命基因，往往决定着一个区域的气度和风骨，影响着生活在这片土地上的人的性情与品格，也就是人们常说的"一方水土养一方人"。客家乡土文化源流于北方，融合于中华，经客家人世世代代锤炼、淘洗和传承而日益丰富多彩，个性十足而开放包容，璀璨瑰丽而别具韵味，这是客家人爽朗热情性格与坚忍顽强精神的凝聚，也是客家人彼此认同的重要标志。

何英就生长在这质朴的客家土地上，生于斯、长于斯的她，从小耳濡目染客家乡土文化，童真的记忆扎根于心，成长的年华浸润生命，她为人正直，性格开朗，体现在文字上则有着浓浓的乡土情趣。翻开这套丛书，刹那间仿佛时光流转，那些情感深处中的事象人情一一清晰起来：泥墙青瓦的老屋，悠长蜿蜒的老街，郁郁葱葱的老树，还有家家户户醇美可口、回味悠长的地道小吃，集市上错落高低、卖柴卖鸡卖蛋的小贩吆喝，爷爷奶奶周到诚挚的礼数、小伙伴们走街串巷奔跑嬉闹……在这里，文字如一口夏日清凉的深井，汲一桶，便是一段旧日时光的琼浆，甘甜爽口，直润心扉，活泛生动间，展现在读者面前的是一道道客家百态风情，更是一曲曲客家乡土欢歌。在乡土文化逐渐缺失的现代都市中，这份性情书写与自觉发扬显得尤其珍贵。

　　乡土文化，从字义上理解就是乡村社会实体形成的精神文化，最基本的特征就是人与土地的关系。无论是"劝课农桑"，还是"民以食为天"，人们口耳相传熟稔于心的谚语箴言一再证明了在绵绵不息的历史长河中，华夏儿女植五谷、饲六畜、农桑并举、耕织结合的农耕文明源远流长、博大精深。作为中原农耕文化支系的客家文化也具有典型的农业文明特征，骄阳炙烤仍"锄禾日当午"，明月高挂方"带月荷锄归"，一挂苍穹下，躬耕弯腰的先辈们，以犁为笔，以地为纸，书写了客家人以农为本、安贫乐道、勤俭独立、尊天敬神的率真性情，也赋予了客家生活璀璨纷呈的丰富景象。如《客家民间文化》中描写的依节气安排农事和广泛流传于民间的各种节气、农事、气象谚语，以及精妙绝伦的传统工艺、娱神娱人的民间娱乐、随处可见的吉祥物、脱口而出的吉利语……处处洋溢着浓郁的泥土气息和朴素的乡村人情；而《客家美食》一文中乡情浓"溢"的客家米酒、滋味软糯的"粄"、香甜可口的糍粑、香气扑鼻的菜干等，更是为我们展开了客家乡土五色斑斓的多彩画卷。将文化融于生活，用生活解读文化，何英对客家乡土文化的感受如此细腻而深刻，信手拈来，从容点数，生动形象，尽情表达，无须振臂扬言，这样如话家常般地闲谈便是对客家乡土文化浩繁绚丽的最好诠释。

乡土文化是一个含义广泛的概念，除了人与土地的关系之外，还包括人们在生活与生产活动中形成的诸多礼仪习俗、法则规范。随着现代经济社会的快速发展和生产生活方式的日新月异，许多传统礼仪、民间习俗已逐渐从人们的日常生活中消失，从工具理性角度而言这似乎是正常规律，然而从价值理性来看却代表着某种人文意义的缺失。毕竟，仪式感作为世代传承的集体记忆，不仅是一种形式，更是凝聚着千百年社会文化和情感体验的行为规范，是维系血脉族群的紧密纽带，正如德国当代哲学家哈贝马斯指出的，"仪式"是一种"文化传统的延续，集体通过规范和价值实现一体化，以及一代又一代人的不断社会化"。在那些"沐浴焚香，抚琴赏菊"程序化与秩序性中呈现出的日常趣味与美好，其实蕴含着对生活的热爱与对生命的尊重，而这恰恰是最值得我们珍惜和承传的。何英深谙此理，所以在她的书中，常常用心用情描画各式各样的乡土风俗。如《客家风情》提及旧历新年的种种礼仪，从贴春联、放鞭炮、祭祀祖宗、照岁、穿新衣、炸糖枣，到元宵节的走古事、游大龙、游大粽、犁春牛，从正月二十百花生日，到六月六扛菩萨，再到中秋节提前过，乃至生育、起名、婚嫁、丧葬习俗等，可谓是繁复而琐细，却又深远而情趣。这里的每个节日、每个习俗都有着历史渊源、美妙传说、独特旨趣和深广的群众基础，不仅是客家人日常生活的一部分，更是客家文化的瑰宝，是客家人历代相传、相沿成习的生命寄托和精神守候，弥足珍贵。

在客家乡土文化中，有许多礼仪习俗逐渐从"仪式"的形式化表象脱离而出，融汇并凝固成民风民情的组成部分，这便是民俗文化演变升华的精华，正如何英在"思念中的家乡"一节中介绍的："在儿时的记忆中，我们的家乡称得上是一个'太平世界'：邻里之间和睦相处，家里煮了好吃的东西，相互之间你一碗我一碗地品尝着。谁家有什么事，大家都热情地相互帮衬着。"她进而举出"进出的家风"的例子说："还米给邻居时，虽然都是将米送到邻居家，用邻居家的米升筒量应还的米，但是，长辈一般都会嘱咐我们，量过后再抓一把，多还一点。家风好的家庭，长辈必嘱多还一些。这就是'邻居借我平升进、秋后还粮装满升'的米升筒传承下来的一种美德。"这样的例子在书中还有很多，体现的正是乡土文化最核心、也是最动人的精粹——朴素的性格、诚挚的情怀与美好的品德，这份精粹在任何时代都是一种生动、温暖、质朴、深厚、诗意、睿智的处世哲学，是客家文化具有强大凝聚力和生命力的根本保证。

而今，生活在声色光影、炫目繁华的现代文化中的青少年，普遍有一种逃离乡土的倾向，对都市的亲近和对乡土的陌生，使他们无论从情感上还是在心理上都对乡土文化产生极大的疏离感，这无疑是一种文化"失根"现象。这种缺失，失去的不仅是朗天厚土的广袤，也不仅是亲族友邻的淳朴，更是传统文化和民族精神的根底。从这个意义上说，何英对乡土文化的生动演绎和执着守望显得特别有意义。正如19世纪英国作家王尔德所说，"有文化教养的人能在美好的事物中发现美好的含义，这是因为这些美好的事物里蕴藏着希望"，我认为，何英对客家文化的热爱是源于生命的，对乡土文化的执守更是发自内心的。"小英阿姨看客家"丛书以"文以化成"的笔法，采取图文并茂的形式，文体通俗易懂，内容深入浅出，故事生动有趣，主题直观鲜明，让读者在观看鲜活清新的生活百态和生动趣味的人情万象时，强烈感受蓬勃旺盛的客家文化魅力，体会朴素敦厚的乡土生命情怀，并激发对传统文化和民族精神的认同、热爱和眷恋，无论形式还是内涵，都是值得称道的。

（刊于《福建文艺界》2017年第12期）

历史构建下的责任担当

——读钟兆云《我的国籍我的血》

小说重虚构，历史重写实。对于历史题材小说，如何处理好这两者的关系，难之又难。尤其是，当大陆、台湾、抗日这三个关键词集中在一起，其难度可想而知。而读了钟兆云的新作《我的国籍我的血》，这些担忧一扫而空。

钟兆云就职于福建省委党史研究室，一直坚持党史与文学创作相结合的路子，有着将革命史实向大众普及的责任担当。迄今为止，他出版了长篇小说、报告文学、纪实文学、传记文学等40多部，用鲜活细致的笔调、灵活多样的手法，展现了一位又一位革命先烈的情操、精神、毅力和智慧，获得了良好而广泛的影响。

爱国主义题材的长篇小说，最难驾驭平衡点的掌握：偏重写史，则易枯燥、有失活泼，容易失去普通读者；偏重文学，则易虚空缥缈，失却了历史之重。有着高度历史责任感的兆云，好似一个技艺超群的园艺师，在历史中披沙拣金，将最精华的部分完美呈现，又与现代文学相结合，以历史的"实"作干，用文学的"虚"作枝，巧手修剪，培植出一片繁荫之林。

《我的国籍我的血》这本书中，兆云驾轻就熟，左右文字，描述了70年前，以李友邦将军为代表的充满爱国情怀的台湾同胞，不甘忍受日本的殖民统治，从台湾回到祖国大陆，申请恢复国籍，投身抗战、可歌可泣的历史。兆云以融南水、北石于一体的大度和巧妙，让山石硬而不僵、使秀水柔而不媚，巧手整合，呈现"历史"与"当代"并存于一座园林的无缝对接美景，引发读者的深度思考。

在大情怀的抒发上，作者将家国情仇表现得慷慨激昂、淋漓尽致，用"国籍"这一线索演绎出最回肠荡气的壮歌，阐述了"家即是国，国即是家"这一颠扑不破的真理。如，严长庆、李友邦的翁婿家谈中，始终不离家国情怀，不忘"小"事；李友邦组建"台湾义勇队"投身抗战的如歌往事，浓墨重彩，着力勾画，谱写"大"事。一小一大，体现了两岸同胞大情怀下血浓于水的骨肉亲情。

历史小说难写还在于宏观与微观的结合，既要写出真实的大历史，也要写出历史中的小细节，这需要良好的小说布局和叙述能力。兆云从不同角度游刃有余地观察那段历史，既站在高空中俯瞰战争全景，也跟在战士们身边倾听他们的对话，甚至深入他们的内心了解思想。在场面的营造上，他把历史牵回了现实，用准确严谨的字眼，烘托战争场面，空气中浓浓的火药味、弥漫的硝烟、枪炮声、脚步声、革命者的呐喊声……让人在那场中华民族抵抗外来侵略者的较量中身临其境，血脉贲张，中华儿女同仇敌忾的火种，骤然点燃。如：敌人一次次集团式的冲锋，都被四连的铜墙铁壁毫无商量地给挡了回去。阵地前，茅草和灌木在燃烧，树干被弹片削得精光，石头遍地乱滚，野草被压得直不起腰来。战斗白热化时，在"嗒嗒嗒"震耳欲聋的枪声中，连长高大的身躯突然晃了一下，便沉重地倒了下去……

对于李友邦、严秀峰、黄绍竑、陈仪、张治中等历史人物，兆云从散金碎玉的史料中细心筛检、串织成篇，以客观、公正、严肃的态度，倾听历史，回放历史，把对历史事件的情感、爱憎，通过丰富生动的细节，广度抒发，呈现出一个个血肉丰满的形象和完整的精神世界，表达出对人物的崇敬。李友邦等革命前辈，是中华民族的精英，是人格伟大的中国人，慷慨激昂处，令人一次又一次为他们所感动，灵魂一次又一次得到净化。真实的英雄负责回放历史，虚构的人物负责活跃情节。郑中原、郑华美、程雪花等虚构人物的塑造，穿插其间的情愫，将革命者的个人感情与家国情怀紧密联系在一起，舒缓有度。

解构历史，不仅仅是简单还原，而是用心将历史重现。兆云追求"事必求真"，运用"颊上三毫""睛中一画"的手法，画面感极强。如："'台湾人民原系我国国民，因受敌人侵略，致丧失国籍。兹国土重光，其原有我国国籍之人民……应即一律恢复我国国籍！'通告发出两天后，郑成功祠后殿监国祠前的两株大梅树突然迎风绽放，花团锦簇，香溢百里。"——这是历史的见证、人性的回归，更是兆云巧妙的塑造，这种历史真实与小说情节的结合，使叙事更为多元，更为完整。

具有强烈主观色彩的文字，只要处理得当，不仅可以帮助重建历史，而且有所谓纯客观文字所达不到的强烈效果。《台湾先锋》刊物的创办，让人感受到革命者的豪情与文化情怀；停刊时的无奈，又让人感受到当局政府的强悍无理；冯玉祥的《我们要赶紧收复台湾》，更是让人为停刊扼腕叹息，掩卷沉思。每一个细节都如此到位，无论是历史事件还是背景资料，都做到了历史真实与艺术真实的统一。

尽管在故事情节的虚构上还有许多可挖掘之处，但与本书的价值观和历史大视角相比，这点不足完全可忽略不计。本书通篇行文质朴，语言隽永，简峭朗洁，行云流水，独有一种阔达雄郁的气韵，十分耐读。

台湾抗战是中国抗战史的一部分，闽台渊源深远，绝大多数的台湾人都是福建后人，生活习惯和社会价值相似。《我的国籍我的血》一书中，兆云以理性的刚直写小说，真实地反映和客观地分析历史，又以感性的深沉写历史，谱写正气歌、爱国曲、英雄泪，台湾抗日将士因此立体丰满起来，并走进人心。

"我以我血荐轩辕。"钟兆云内心翻涌着澎湃热血，埋首书林，正视历史，以强烈的历史责任感，饱蘸革命激情之墨，呈现了一段荡气回肠的战争史诗。对于今天的读者来说，更是看到了作家以同根同源的民族特性连接两岸，让那些既有中华共性、又有民族个性的历史文化在海峡两岸得以弘扬，使两岸同胞兄弟对中华民族产生更深厚、更真切的认同感和归属感，从而感知中华民族强大的凝聚力。

此心不灭，民族挺立。

（刊于《中国艺术报》2016年6月3日）

"琵琶语"声续续弹

——评徐华丽散文集《琵琶语》

阅读闽东作家徐华丽的《琵琶语》，让我想起了白居易的《琵琶行》："低眉信手续续弹，说尽心中无限事。" 徐华丽的散文多为随笔随感，不煽情、不矫情，那份暗流式的激越情感隐于朴实的叙述当中，没有刻意的精雕细琢， 也没有令人费解的陌生化， 好像与读者面对面聊天、谈心，仿佛走进她的审美视野和审美体验之中，低眉信手，却诉尽心中无限事。

作者是一个热爱生活的女性，怀揣着不大不小的期待，努力工作，用心生活，爱茶、爱旅行、爱阅读、爱写作、爱音乐、爱故乡、爱亲人朋友、爱一切美好，品味每一个独特的日子，并记录每一次新鲜的尝试。

她关爱生命、重视机缘、珍惜时光，以女性与生俱来的敏感、细腻、善良的本性，歌颂生命的纯真和伟大，在许多作品里表现出对爱与美的渴求，弥漫着窈窕的妩媚、淡淡的清雅、缠绵的柔情和思想的灵动，体现出对诗化人生的追寻，从而将流年往事化作美丽的文字，留下笑意温暖着心底的沧桑。

如：《茶里人生》记录了品茶、买茶、泡茶、以茶会友等与茶相关的经历和感悟，"在与茶相逢的一期一会里，我懂得用心灵去捕捉生活中的点滴美好；在有茶相伴的时光中，我懂得感恩、欢喜、自在，然后活在当下不去想明日的清愁"。《美丽遇见》中则谈遇到美女、才女、一件美衣、一个地方、一位古人等，这世间所有的遇见，没有早晚，没有对错，珍惜，才是最美丽的拥有，"每个人都可以在自己的生命里演绎一种别样的美丽，让自己活得从容、美丽"。《山居岁月》中，令人感念而难忘的细节，魂牵梦萦的土地亲情，如在眼前的农事习俗……作者在这里祈祷幸福、歌唱友谊、感悟成长、心怀梦想、坚定信念、缅怀前人、描绘自然，"世间万物都有它自然自在的存在原则，也许人生多些随遇而安，自在、快乐便会不请自来"。《诗心起兮》获得足够的启发：人生于世，要心有所归；归于何处？首要的是归于"对故土家园／最深情的眷恋"，以此作为生命的归宿，灵魂的港湾。有了这样的港湾，才能确保自我生命的修为和成长，才能做到"只要有爱／天堂就会玫瑰盛放"。

"你为什么写作？"好像这是所有写作者都要被问或自问的话题。不同的作者都有自己不同的答案，正如萨特在《为什么写作》中所说："各有各的理由：对于这个人来说，艺术是一种逃避；对于那个人来说，是一种征服的手段。"而对于徐华丽而言，我想起一句话：人生自守，枯荣勿念；万物美好，我在其中。写作，能够让她有一些属于自己的丰盈和坚守，在繁华世事中安静下来，聆听生命的浅吟低唱吧。

女性作者对于世界的感触总有独到的视角、独有的领悟和独有的叙事，与男性相比，她们有更多的时间去感受家庭的温馨、领略脉脉的友情、品味人伦之乐。女性的心理相对细腻，比较重视自我及周围生活的观察、思索，而不像男性那样对客观世界作大幅度的评述针砭。即使对现实生活中的矛盾有所评说或抑扬，也不太追根究底去寻找解决问题的答案，最终落笔还是述说个人对世事的感慨，难免带着自诉情调与色彩。希望作者更加仰观宇宙之大，俯察万物之盛，从而游目骋怀，天高地阔，深邃隽永，让自己的生命或作品拥有一份雄厚、一份浩荡、一份气度。

时间会让平凡变得不凡。随着时间的推移,相信徐华丽能够跨逐日月,写出如琵琶曲般饱满、穿透力强的更多更好的作品。我们期待着。

(收入《琵琶语》,海峡文艺出版社 2015 年版,刊于《闽东日报》2016 年 12 月 11 日)

纫佩秋兰抱初心

——谈魏德泮的歌词创作

近日,风光旖旎的鹭岛厦门举办了一场别开生面的音乐会——"魏德泮少儿声乐作品演唱会"。演唱会共23个节目,以童声组合和童声独唱为主,所有演唱曲目都是德泮先生作词,可以说是他的歌词艺术创作一次比较完整而集中的成果展示,获得广泛好评。德泮创作的歌词内容贴近时代生活,内涵丰富精彩,集聚了最具"闽"味特色的各种意象,如福州三坊七巷、厦门鼓浪屿、客家土楼、惠安女等风土人情,以及武夷茶文化、泉港丝路典故、莆仙妈祖传说等文化历史,淋漓地展现了深邃磅礴、新潮澎湃的海丝风采。词曲风格上,则根据"儿童"这一主体对象,呈现活泼灵活的多样性,既有淳朴生动的趣味天真,如《采茶谣》《土楼娃》《惠安小阿妹》,又有古风悠然的素雅恬美,如《少年朱子》《读唐诗》,还有情韵绵长的清纯可爱,如《爱是烛光,爱是太阳》《月牙船》等,都是以独特的儿童视角、鲜明的孩童语言和纯真的童稚情感,在胸臆直抒和情怀婉约中,表达了词作者本人对家乡故土和民族文化的真挚深情。

演唱会的成功,不仅是对德泮歌词创作成绩的充分肯定,也是对其歌词创作特征的有益彰显,即生活性和艺术性兼得、意象隐喻和情感抒发共融、感性体验和理性升华相成。作为享受国务院政府特殊津贴的国家一级词作家,德泮在歌词创作方面的成绩是有目共睹的,而他对歌词艺术的理论探索更是对中国歌词美学研究具有开拓性和创新性意义。德泮是我的长辈和同乡，2017年3月在广西南宁参加全国文艺评论家座谈会时偶遇，我由衷钦佩他坚持歌词创作的执着和潜心艺术研究的坚韧。他以数十年如一日的勤勉学习和努力工作，将生命与音乐的偶然契合，升华为理想志业的怀抱追求，这份发自内心而又深入性灵的情怀，正是得益于他对音乐艺术本质的深刻思考和准确理解。

作为配乐而作的歌词，从创作形式来看，与文学有着天然的紧密联系。无论是《尚书·尧典》中所说的"诗言志，歌咏言，声依永，律和声"，还是郭茂倩在《乐府诗集》里指出的"当时先诗而后声，诗叙事，声成文，必使志尽于诗，音尽于曲"，都是从审美层面上对语言文字、声乐音律和舞蹈表演等艺术形式同源同根、互融共通的艺术本质的理解。从这个意义上来看，所谓"歌词"，实则就是具有韵律、节奏等音乐性能的"诗"，不仅需要语言生动、形象活泼、风格鲜明，还要达到缘情抒怀言志的意境深远，是一种既可以与曲调完美配合，又可以相对独立存在的、兼具文学性和音乐性的艺术门类。正是在这个意义上，德泮在歌词美学研究上，不仅对音乐艺术进行实践操作和理论总结，更是通过对艺术创作审美特征和美学规律的梳理和解析，引导人们进一步理解艺术美的本质和艺术创造的哲学内涵，具有以感性深化理性、以个别观照普遍、以现象把握本质的重要价值。

无论何种形式的艺术理论探索，都要从绽放于生活、蓬勃于生命的创作出发，最后回归审美本质。在这方面，长期躬行实践的德泮是很有说服力的，他熟悉许多中外流行歌曲，担任过20多年的中小学音乐教师，从事歌词创作30多年，作品屡获国家和省级大奖，是享誉业内的歌词创作专家。这样丰富的经历，使他具备了丰富的歌曲创作和歌词采编经验，也拥有了广博的音乐理论知识和深厚的艺术品格修养，因此他能够准确提炼"意象"作为歌词美学的核心要素，在尊重个体主观感性差别的前提下，结合民族精神、时代特征、生活风气、文化心理和审美倾向等诸多因素，抽丝剥茧地揭示、分析并探究不同年代、不同时期、不同风格经典歌曲的歌词意象的共性化选择和个性化创新规律，从而揭开优美婉转的旋律和精美绝妙的歌词背后深藏的奥秘。这个探秘的过程，是解析艺术构思的过程，是他在书中自况的"看似简单，其中掏出了多少文化的积淀、情感的积累，只有作者知道"的过程。

在这日积跬步而至千里的甘苦自知中，德泮将30多年的创作实践经验进行理论提升，也将个人对音乐的感性体验进行规律性总结，从而使艺术生发的社会人生哲学思考，具有了充盈丰沛而又稳健扎实的精神品质。熟悉德泮歌词艺术的人都知道，他创作的歌词最重要的特征就是"浓郁的生活气息""活泼的对象风格"与"鲜明的时代特征"。在他这里，歌词不是几句机缘偶得的讨巧词句，也不是一些套用挪移的刻板样式，而是具有丰富社会人生内涵和活泼个性的鲜活艺术生命。如《红袍仙子》："哎，红袍仙子采茶来，左手采，山之情，右手采，水之爱。飞来一只彩蝴蝶，东边扑，飞西边；西边扑，飞东边。扑呀扑呀扑呀扑呀，山野的情趣扑进怀。"将孩童天真烂漫的可爱与武夷灵秀的山水、采茶的轻快欢乐巧妙融合，充满淳朴美妙的自然情趣；再如《惠安小阿妹》："头戴黄斗笠，身穿蓝上衣，腰佩银腰带，脚穿宽黑裤。外婆织渔网，妈妈扛石柱。我在海边住，走惯风雨路。"看似简洁无华的句子却生动刻画出充满地域风情的海边惠安女形象，极富生活气息。擅于提炼、表现对象鲜明特征进行艺术想象和加工，这正是他的歌词能够做到"新声含尽古今情"而深入人心的重要原因。因此，建立在这样创作实践基础上的歌词美学研究，能够打破一般现象学的形式主义教条和本体论的思维逻辑局限，以科学发展的哲学世界观为逻辑统摄，以生活经历、生命体验和文化思潮为基础内容，综合运用社会学、心理学乃至当代传播学等多学科知识进行理论构建，很好地实现了对音乐这一文化精神产品的动态现象观察，成为一个充满澎湃生命力和饱满文化内涵的艺术系统。

《离骚》中有一句话："扈江离与辟芷兮，纫秋兰以为佩。"屈原以肩披江离芷草、携带秋兰索佩为意象，形容志向高雅、不改初衷的情怀。对于德泮而言，无论是致力于歌词创作工作也好，还是专注于音乐艺术理论研究也罢，都源于他对音乐梦想和艺术人生的不懈追求，正如他自己所言："人求永恒的一个方法，是通过艺术创造……歌词就是这艺术精神家园中的一块宝地，它为人们寻求生命超越的意义提供一种途径，也为人们忘却世俗的烦恼获得创作的欢乐提供了一个途径。"正是这种"歌词作家正是寻求用自己创造的艺术作品来实现对永恒的追求"的崇高而严谨的自我定位，让他能够多年来纵情投入无所退却、坚持求索从不游离。在纷扰嘈杂的当今社会，对音乐艺术一往情深，这种初心不变的真挚和执着坚忍的赤诚，执守一份纫佩秋兰抱初心的情怀，尤其难能可贵，值得我们学习。

（刊于《中国艺术报》2018年3月2日，中国文艺评论网2018年1月5日）

铸就文学的新时代品格

——福建省第 33 届优秀文学作品榜暨第 15 届陈明玉文学榜评审印象

近日,省文联、省作协组织 7 位评委对参评福建省第 33 届优秀文学作品榜暨第 15 届陈明玉文学榜的作品进行终评。参加本届优秀作品评选的作品共有 80 多部(篇),经初评,33 部(篇)作品入选终评。我有幸参与了终评工作,和其他 6 位评委对 9 部短篇小说、9 部散文、9 部诗歌、3 部报告文学、3 部文学评论,共 5 类 33 部(篇)作品进行评审。评委经过几轮认真投票表决,最后评选出 15 部(篇)上榜及提名作品。其中:杨静南著的《我相》、何葆国著的《郑中坚和他的父亲》被评为优秀短篇小说;黄水成著的《卡》、王常婷著的《桃红四物》被评为优秀散文作品;卢辉著的《大桑田》、黎俊著的《薄雾》被评为优秀诗歌作品;林东涵著的《小说的丰富性与复杂性——以〈小说选刊〉"福建中篇专辑"为例》被评为优秀文学评论;另评出提名作品 8 部(篇)。

文学以语言形式表达情感、反映现实、诉诸理想,其实质都是创作主体思想意志的集中体现。所以纵观中外文学史,文学作品百花齐放大放异彩之时,都是作家人格独立思想自由之际。从某种意义上来说,一部文学史亦是一部社会文明史或人文思想史。考察文学形式流变、研讨文学思潮动向、分析作家群体结构,不仅是真实了解当代文学发展状态的直接方式,更是深刻把握时代人文精神的重要途径。福建地处我国东南沿海,远离权力集中的政治文化中心的同时,也带来了隔绝中原频繁战乱动荡的相对自给自足。因此自古以来,不少著名的思想家、文学家,如南北朝的江淹,唐五代的常衮,宋代的陆游、辛弃疾和朱熹,以及明代的徐霞客、冯梦龙等,纷纷从中原流寓福建,带来了文化的融合与思想的交流,为福建作家开阔视野、敞开胸怀、加强学习、促进交流提供了良好机会。这种交流融汇,与靠山面海的文化地理环境一起,共同造就了闽文化既坚韧沉稳又开放兼容的独特风格。到了近代,福建文学更是主动顺应历史潮流,吸收借鉴外来文化,展现了区域文学多元广涵的鲜明特征。从近代的陈季同、林纾、郑孝胥、严复、陈宝琛,到"五四"之后的冰心、许地山、庐隐、林语堂、郑振铎,从新中国时期的邓拓、郭风、蔡其矫,再到新时期以来的孙绍振、舒婷、南帆等,一代代闽籍作家秉承敢为人先的开放精神,以破浪乘风的奋发姿态,积极参与中国文学的现代建构实践,以生动的文学创作和活跃的文学活动,丰富了当代文学景观,彰显了福建深厚的文化传承力和蓬勃的精神创造力。

近年来,在新时代党的文艺路线和文艺方针的坚强引领下,福建文学创作队伍不断壮大,人才梯队结构优化,仅2019年,福建省就有40名作家加入中国作协、346名作家加入省作协,形成了老一辈作家实力稳健、中年作家高歌猛进、文学新人锋芒绽放的良好格局,不断推动文学创作热情高涨,精品佳作精彩纷呈。如陈毅达的长篇小说《海边春秋》获中宣部第十五届精神文明建设"五个一工程"优秀作品奖,汤养宗的诗集《去人间》获第七届鲁迅文学奖,杨少衡的长篇小说《新世界》和沈世豪、陆永建合著的长篇报告文学《千年一遇——平潭综合实验区开放开发纪实》分别入选中国作协2019年度重点作品,林那北的小说《双十一》获"中骏杯"《小说月刊》双年奖,钟红英的散文《榕城之上》、韦廷信的诗歌《土方法》、雷智华的长篇小说《风从海上来》

分别入选中国作协少数民族年度重点作品。此外，还有陈仲义、方李珍、南帆、吴玉辉、张建光、练建安等一批作家的作品分别获"啄木鸟杯"文艺评论年度优秀作品奖、"文学报·新批评"优秀评论奖和中国图书奖、好书榜等中国文学和文艺批评领域的华美荣誉。以海峡文艺出版社近年出版情况为例，2019年，出版福建作家创作的小说21部、散文集29部、诗歌28部、报告文学12部，其中不乏成绩喜人的优秀作品。福建文坛可谓成绩斐然，生机勃勃。

纵观福建省近年文学创作情况，可以发现作家视野更加开阔，思想更加活跃，具有强烈的社会责任感和历史使命感，也具有昂扬的艺术创作激情和文化创新精神；关注广阔的现实生活，更关怀深邃的精神灵魂；真挚反映大众集体的诉求，也真切传达独立个体的愿望，呈现出扎根坚实而拓展多元、格局敞阔而探研深入的总体风貌，主要具有以下几个特点。

突出主旋律，记录新时代。弘扬主旋律，记录新时代，是近年来福建文学创作的主流，无论在数量还是质量上，都达到了一个新的高峰。如长篇小说《海边春秋》，以福建平潭综合实验区开放开发建设的真实案例为蓝本，围绕兰波国际项目规划与蓝港渔村搬迁工程的矛盾和破解展开叙事，紧密贴近烟气蒸腾的现实生活，生动再现喜泪悲欢的事象人情，突出了当前中国全面深化改革中关于城市发展的整体协调、传统乡村的现代升级转型和经济社会各领域集成联动等重要的时代主题。小说以结合史传及纪实传统和虚构抒情笔法的现实题材书写方式，穿越了社会发展的风云变化和人心起伏的波涛汹涌，产生了打动人心的饱满力量。而长篇报告文学《千年一遇》则自觉而鲜明地坚持国家战略、明确历史使命、着眼趋势前瞻，紧紧围绕习近平总书记视察平潭综合实验区的重要讲话和重要指示批示精神，立足平潭毗邻台湾的独特区位优势，着眼平潭建设海峡两岸同胞共同家园和国际旅游岛的发展定位,以客观而典型、真实而生动的艺术创作手法,在沧桑历史与崭新现实的对照、宏阔场景和具象个体的融合、时代叙事和主观抒情的对接中,全景式、立体化地呈现出平潭开放开发十年来的风起潮涌和荡气回肠,体现了战略高度与实践深度、整体宏观和重点突出、历史总结与展望未来相结合的特征,为这个边陲岛屿大踏步实现"一岛两窗三区"的历史性飞跃交上了一份高分答卷。其他如长篇报告文学《幸福的革命》——垃圾分类新时尚的厦门模式,长篇报告文学《武夷之子》——精彩再现全国优秀共产党员、"时代楷模"廖俊波的光辉一生,都是书写新生活、展现新气象、塑造新人物、歌唱新精神的时代文学创作,在对中国发展进步的真实记录和生动表现中,勃发出新时代福建文学展现中国道路、关切中国价值、凝聚中国力量的澎湃激情和卓越活力。

突出闽文化,唱响新福建。福建物产资源丰富,人文思想璀璨,内陆文化与海洋文化、传统文化与外来文化、民间文化与宗教文化兼容并存、融合汇聚,为文学艺术创作提供了丰富充沛的资源。长期以来,以表现八闽大地风物人情、挖掘闽文化历史价值为主旨的类型化创作,一直是福建文学的重要内容。而近年来,随着福建加快21世纪海上丝绸之路核心区建设步伐,经济社会获得全方位高质量发展,福建文学呈现出了既突出主旋律,又扎根乡土追溯历史传统、激活古典焕发现代生命力的发展趋势。如任林举的长篇报告文学《晋江,奔流向海》以纪实性的记叙和散文式的笔法,对享誉全国的著名区域发展经验"晋江经验"进行丰富诠释。作者成功避免了线性逻辑推进的事象化陈列以及理论概念演绎的平面化叙述,通过流畅自然的叙事和隽永优美的文辞,在波澜宏阔的改革开放历史画卷上,精美绘制出一代代晋江人顽强拼搏、不懈奋斗的平常却不平凡的故事。作品成功之处在于始终坚持全局视野,怀抱大局胸怀,聚焦地方却不局限、回顾总结并不沉溺、探索经验而不刻板,叙述开阖自如,情感张弛有度,不仅生动展现了时代改革者坚韧不拔、勇于创新的开放精神,更形成了关于县域经济科学发展的经验总结与理论提升,为探索产城融合的改革创新、绿色集约的全面发展等时代课题提供了宝贵借鉴。与区域发展经验纵横开阔的表现形式不同,同为立足本土的《天涯歌仔——时光深处的乡音》是典型的文化散文,书写对象为传承百年的经典传统文化。为了突出文化传承的历史性和内涵的人文性,作者以情感为主线,贯穿岁月代谢的时光,融注于看似碎片化实则关联整体的叙事情节中,形成对宏大历史潮流的动态取像构图,全书叙述流转节制,情感内蕴深沉,如时光的余晖洒落窗前书桌上的浅淡光影,温柔而有力量,吸引着读者慢慢走近这个流传民间千年的传统戏曲,进一步认识和理解这个源起于台湾、连接着两岸血脉亲情的经典文化。此外,还有讲述两岸血脉情缘的《平安扣》以及被誉为"20世纪闽南文化的小型百科全书"的《嘎山》等,都是聚焦当下而连纵历史、立足本土而放眼四海、回顾历史而探索未来的优秀文学创作,体现了福建文学关怀乡土的真挚情怀和格局开阔的艺术风范。

突出人本精神,拓展新领域。改革开放以来,我国的文学创作积极回应时代召唤,着力表现民族历史与现实生活,不懈探索开拓新的思想艺术领域,出现了人本主义复归、人文精神张扬的勃发高潮。在这样的整体格局下,福建文学艺术也在开发人文价值的维度上不断深入,但整体仍然存在审美视野相对局限、艺术格局不够开阔、艺术水平参差不齐等问题,呈现出有高原、缺高峰,有产量、缺精品的状态。近年来,省文联、省作协致力于加强文学创作指导,加大文学人才培养、推动文学事业发展,积极探索以"不忘初心,服务人民"等形式多样的活动,引导作家走出书斋,走向广阔的社会人生,增强与群众的血肉联系,不断提高从现实生活中汲取营养、获得灵感、领悟真谛的积极性、主动性和自觉性,推动福建文学在关注个体诉求、关怀主体经验、关切生命价值的广度和深度上得到丰富拓展。如汤养宗的诗集《去人间》以立体多维的叙述方式展现裂变的思维空间,探索开启事物的隐秘结构,对话交流人情的幽微体验,在对生活的诗意发现和智性勘问中,提供了重释主体生命存在价值的新路径,诗集因此荣获第七届鲁迅文学奖,是该奖项设立以来,福建诗人首次获此荣誉。当然,所谓人本,不仅是重视并理解个体需求的现实合理性,更是关注并开拓主体价值发展的丰富可能性,这就需要我们的文学创作不仅要做到"以人为本"的细致观察和深入挖掘,还要实现"人的发展"的开放理解和多元阐释。正是在这个意义上,陈仲义的《现代诗:接受响应论》得以在诸多诗歌理论研究中独放异彩,获得第三届"啄木鸟杯"文艺评论年度优秀作品奖。现代诗研究是现当代文学研究的重要课题,理论扎实,成果丰硕,要独辟蹊径有所新见是比较困难的,而陈仲义与众不同之处就在于,他始终坚持将现代诗作为诗人的特殊精神创造,从创作主体出发,在中西文化接受比较的宏阔视野中,围绕现代诗"创造——接受——反馈——响应"模式,对现代诗接受响应中的特异性、主体性和"有界"性等问题进行了深入考察和分析。作者通过对"哑铃模式""细化响应""品级坐标"等概念的深入阐释,为认知现代诗艰涩、跳脱、变幻等审美形式,以及潜意识、意念、直觉、智性等主体表达,提供了新的理解角度,是中国现代诗接受研究领域一项有意义的崭新成果。可以说,"文学即人学"理念的秉持和张扬,不仅厚重了福建文学扎根生活、坦诚人情的现实主义创作底色,而且还丰富了福建文学叩问精神奥义、淬炼思辨哲理的艺术探索维度。

  突出少儿题材,扶持新文学。文学对于人格尊严、人性权利、人本价值的重视,不仅来源于对生活历程、生存经历的高度关注,也深植于对生命成长的认真思考。因此,不仅成年人的生活应该深化表现,儿童的世界也应该丰富渲染,这正是福建文学创作近年来展现出的又一新貌。少儿文学题材创作一直是福建文学领域的"薄弱项",作品数量不多,质量平平,出彩较少,而近年来这一现象得到了很大改观。如小山的最新作品集《紫紫村童话》,摆脱了成年人看儿童的俯视视角,以微观的"小"为切入点,走进奇幻玄妙的儿童世界,深入细腻天真的儿童情感,展现出丰富生动的儿童心灵,于小角色中发现大美之德,在小故事中探讨深刻哲理,传达了关于爱与美为主题的新的理解。任军的儿童文学《星际天地》则大胆结合科幻小说情节和童话故事内涵,以"住在孩子身体里的外星人"这样"异想天开"的奇幻构思,表达了孩子对于关爱、尊重与理解的纯真渴望,真实体现了成年人被掩盖、被遮蔽和被扭曲的精神异化,仿佛生命成长的小小宣言,实则是关于对话与沟通的郑重呼告。其他如曾志宏的《骑云豹的女孩》,讲述了一个少女的奇幻历险,李秋沅的《天青》,用凄美的故事塑造少年英雄等,均拓展想象思维、开掘多样方式、选取不同角度,深化生命成长主题,推动儿童文学进一步走出类型文学的区隔范畴,以独特而独立的生命体验方式,丰富人文世界,丰富艺术表现。

与儿童文学一起获得长足进展、取得优秀成绩的是网络文学,如萧鼎和藤萍分别获第二届茅盾文学新人奖、网络文学新人奖以及提名奖,余虹创作的LOL电竞代表作《联盟之谁与争锋》登上了福布斯精英榜,而树下野狐的多部作品被改编成电影、网游,《搜神记》更是被评为近年来中国最畅销的网络作品之一……互联网时代的福建网络文学,可以说是异军突起,势头迅猛,在把握信息化时代机遇、关注社会新人类群体、表达青年新生代诉求等方面,呈现出了勃勃生机,逐渐成长发展为当代福建文学的一支强大生力军。

"舆论生态、媒体格局、传播方式深刻变化,重组着内容生产与信息传播的链条,一个'万物皆媒'的全媒体时代渐行渐近。"《人民日报》对于当前全媒体时代"融合+"的特征进行了准确概括,提醒我们注意这是一个前所未有的时代，它充满机遇，到处生机盎然，万物生长众声喧哗；它又极具挑战，暗藏礁石险滩，江河翻涌泥沙混杂。越是这样的时代，越需要我们辨清航向，把稳船舵，沉下身子在热气蒸腾的生活万象中，踏稳步伐在厚实沉广的泥土大地上，恒守初心在澎湃郁勃的精神世界中，更多地与时代相互呼应，更生动地为时代画像立传，更强有力地为时代明德尚义，在执着守望土地时增强使命担当，在深情歌咏生命里提升精品意识，在鼓舞追梦奋进中做好先锋表率，推动福建文学把握历史机遇，紧跟时代潮流，创作出更多更好地反映新时代风貌和福建特色的文学精品，登上更高更辽阔的艺术高峰。

（刊于《福建文艺界》2020年第9期）

五味酌见
——《碎语闲言》序

闽北人都知道，黄光炎是个有趣的人，做人办事真诚直率，文章辞赋风采俊逸，就连品茶饮酒也自得情趣，是一个对工作有热情、对生活有温情、对人生有激情的人。我与光炎兄是多年老友，悉知他数十年如一日，笔耕不辍坚持创作，也常在报纸杂志上阅读到他的一些佳作。《碎语闲言》是他的第一部杂文集，汇集了20多年来在各类报刊发表的文章，既是他志趣人生的一份记录，也不妨视为他飞扬生命的几许心得。这些文章接地气而有丰富的生活动态，涵品质而有严肃的思考探求，以敏锐的观察针砭时弊，以生动的笔法激浊扬清，旁征博引中关怀民生，说古道今间问询世道，具有质朴的人文精神，更富有稳健的义理内涵。

鲁迅《集外集拾遗补编·做"杂文"也不易》中曾直言："比起高大的天文台来，'杂文'有时确很像一种小小的显微镜的工作，也照秽水，也看脓汁。"作为一种直接、迅速反映社会世情和时事动态的文艺性论文，杂文要同时兼备热烈的激情、敏锐的观察、激扬的文采以及深刻的思想，才能在短小篇幅间展示锋利，在锋利劲道中获取隽永，以独特的艺术魅力显示强大的生命能量。其中，思想性是杂文的核心与灵魂，源于创作主体对生活百态的细致观察和独到发现，更深植个体生命对世情人心的深刻体悟和不懈探求。诚如《碎语闲言》所展示的，从街头巷尾到地头田间,从高宇广厦到草舍屋棚,林林总总的琐事,形形色色的人群,选材全部来自最日常的生活和最平凡的工作,却能以小见大,见微知萌。作者无意高谈阔论,而是专注于从平凡处看见不凡,从细碎处发现庞杂,在嬉笑怒骂的洒脱与豁达间,在鞭辟入里的洞见与锋利间,关怀贴近百姓的生活现象,扎根深入基层的工作问题,务实而稳健,真切而中肯,亲近而温暖。

人常说:"文如其人。"读黄光炎的文章,能深切感受到他迹深墨浓的字里行间散发的凛然正气和刚直骨气。他的文章,针砭时弊精练而犀利,如手执利刃,切金断玉,干脆利落。他时而情绪饱满铿锵有力,如在《不敢看书》里,通过一系列对比,严厉批判当前经济利益驱使下,出版行业粗制滥造出版物的问题,并怒而发问:"有关直接责任者,究竟是对得起作者,对得起社会,对得起广大读者,还是对得起谁呢?"时而讽刺尖锐犀利深刻,如在《"安利"热,让人欢喜让人忧》中,他一针见血地指出链条式推广营销现象产生的深层动因:"企望通过加入'安利'直销队伍挣大钱的盲从者们,则当慎而从之。"时而又理性思辨思考深刻,如在《让医疗回归"初心"》中,他透过时事热点"长生疫苗事件",直指医疗卫生改革症结,并对商业经济下的医疗卫生事业发展进行深思:"人一旦失去人性、唯利是图,就无异于动物……由是观之,我们是否应当呼唤医疗初心的回归,呼唤医行灵魂和本质的回归,呼唤其回归到人性的真、善、美上来!"如此提笔行文,贴现实,戳痛点,动人心,启深思,堪称时代之文。

时评杂文,最讲究一个"新",要么关注时事新奇,要么考察角度新颖。光炎的文章时时有新景,处处有新意,新的独具匠心、新的出其不意。他看问题,往往突破一般的思维常规,发现独特之处,同时也引发深刻思考。他的杂文短小精悍,却拥有充实饱满的生命能量,其原因不仅在于它的新颖和新意,更在于其中丰富而深刻的思想。光炎的文章，巧辩妙证，去伪存真，在微观和宏观的统一、"破坏"与"建设"的和谐中，达到辩证的理论思维和情感形象的审美思维的完整构建。如《"名人"文化与文化名人》中，作者瞄准文化丑陋现象，"真正文化名人的作品，才是能经得起时间检验的艺术……尤其一些并非真正的历史名人的'名人'们，其'出名'往往是一时或具有狭隘的地域性。万一到处题词刻石刻碑等，一旦时过境迁或其他原因，他们的'作品'往往就会被人铲除，从而使得一些原本很美的名山胜石、琼楼名园留下遗憾的疤痕。"让那些虚伪的假名人、伪名人羞愧难当，悔不当初，丢尽脸面。在《找准"1℃"》里，"如同一壶水烧到99℃还没有沸腾，还没有产生价值。因而，牟其中就是去找准那个'1℃'，从而使'99℃+1℃=沸腾'来创造财富。"揭示出1与99的关系。他用杂文之铁锨，挖出了企业的成败之源。

　　光炎的杂文，以古查今，以个别鉴类型，以特殊证普遍，在胸怀敞亮、视野开阔的渊博见解中，流露俊逸的儒雅风度和大家气概。他的杂文，议论不刻板，说理不生硬，思考不古奥，全在妙趣横生的形象生动营造间，庄谐并置而收放自如，情理纵横而开阖有度，非有足够的"嚼"劲儿，才能体味出其中的辛辣滋味。如《何不食肉糜》，他先是举出晋朝的惠帝，听说天下闹饥荒，人民没有饭吃，便说："何不食肉糜？"通过这样的故事，鞭挞映射如今的"政府之于企业管理、上级机关之于下属单位、单位领导之于属下工作人员，如果也是一味包办、代替、迁就、恩宠，久而久之，也会有朝一日造出许多的'惠帝'来的——'何不食肉糜'"。苦口婆心，足见作者的"医者仁心"。"智术之子，博雅之人，藻溢于辞，辞盈乎气。苑囿文情，故日新殊致。"光炎兄的杂文，从民间来，到百姓中，稳健踏实，刚柔并济，锋芒直爽，妙意情趣，融个性情感表达与理性逻辑思辨于一体，是不可多得的精神美餐，值得慢读，更值得细品。

我真诚喜欢光炎的文字,更由衷欣赏光炎的为人。

是为序。

(收入《碎语闲言》,团结出版社 2018 年版,刊于《闽北日报》2020 年 10 月 19 日)

个性化写作

——《坛中日月长》序

法国批评家埃莱娜·西苏在《美杜莎的笑声》中,阐述了个性化写作的概念:"写吧!写作是属于你的,你是属于你的。"任何一个作家,写作时都离不开他们所处的环境、成长或生存的境遇,这是他们获取个体经验的渠道。变迁的时代、恍惚的光阴、不同的经历,构成了写作风格上的差异,这种差异带来个性化。个性化的是大众的,个性化在大众之中才能显得更为独立和自由。

翻阅平潭作家欣桐的《坛中日月长》,欣桐表现出一种充满个性化的随意,一种自然率性的谐谑,她以一种轻松洒脱、收放自如的心态来写作,款款道来无话不说,让人产生悠闲快乐的审美体验。她通过描摹人生社会的林林总总,呈现对自身内外的独立思考,对生活、对平潭的热爱,有着向上、热烈而富有良知的力量。这一方面是由于平潭的地域特色与欣桐个性基因的融合,另一方面也缘于她的知识积淀和过往经历的相互渗透。

欣桐的散文,节制又有效地承载了个人生活和精神历程。如《他的出生地,我的乡愁所》《平潭世相写生》《海岛的叫卖声》,回望中她对平潭的热爱是鲜明的、也是立体性的:历尽风吹雨打的石厝、成片的木麻黄、"韩国馒头"的叫卖声、收废品的安徽夫妇、朴素的八婶婆三叔公……她关注着人性与人生、人的命运与生存价值,体现一种内在的超越性。在她明快、爽朗的叙述之外,也让人看到岁月渐渐远走、环境不断改变后难舍的惆怅、失落的乡愁。她让记忆中的平潭发出光来,并让这些光照亮内心世界和现实生命。日常生活的"俗态"在她笔下别有一番韵味,跳动着幽默、闪烁着智慧、浸透着情致,一步一景,九曲十回,桃红李白,景象万千。

每一位远离家乡的人,无论走到哪里、扎根在哪,都会时时回想起自己的故乡、成长的经历。《故乡的云》一辑,其篇幅和文章的气度是充沛和饱满的,欣桐打捞了最具典型意义的人物和事件,难忘的场景和人事的变换、年轻时的磨炼、归乡时的情怯……时间过后的那种刻骨铭心,在记忆里明亮动人:《坐在宽窄巷子听雨》中成都的宽窄巷、雨、芭蕉、访书、小儿和先生、白发苍苍的老父母,这一切,有了游子的感伤,也多了一份回归的温暖情愫。在此,欣桐呼唤人文精神、关注社会人生、表现内在人性,并使之不断深化。

欣桐好读书、爱品鉴,时常漫谈电影、评论文学、记录采风、谈论人生等,《翻阅阳光》《桐花万里》《采撷春光》一系列的文字里飘逸着浓厚的书香意气、文化精神,发散出对生命本质的肯定,对世俗人生的雅赏,诗性的言说以不断的思考给人审美与智性的阅读。《履仙踪·觅仙景·写仙作》《永远的马缨花》《金山路·跨世情》等文章中,有溶解在张贤亮、张翎作品中的思想元素,有立足于来自海峡两岸作家诗人的行踪、作品而呈现出的对人生价值、生活哲理的探索,凝结着渗透于形象、情感之中的人生智慧,读者可以凭借自身的审美,进入一种超越的悟境,获得思考的愉悦。

欣桐是一名记者,与社会接触面广,这给她的写作带来了源源不断的素材,但她的文章能够源于现实又超脱于现实,进行有效的弹跳和穿插,行文畅达,又不失气度。她始终锲而不舍地与这个时代、这座城市进行全面的接触,用记者的敏锐不断思考时代性的生存问题和大众性的精神要求："怎样的人生才是如意的人生？怎样的人生才是辉煌的人生？"她的文章内涵饱满，物象丰腴，有着内在的悲悯，以及一个外来媳妇对平潭的认同感和归属感。《荷锄种花》《秋实家园》《凝》诸文，以平潭岛上的变化为背景，将个人的观察、记忆融合成独特的体验，看到了平潭的一种风俗和命运，写出普通大众生存的真实状态，从他们身上表达对精神的守望。

清朝诗人沈德潜在《说诗晬语》里说"性情面目，人人各具"，意指文学作品应有自己的特征、风格，就像人的性情面目一样，应各有不同。一个作家的胸襟抱负、文学积淀、思想性格，对作品的内容、风格有决定性的作用。他必须真诚地热爱生活、关心社会，撇开时尚和潮流的浮华，抵制烦琐、无聊、浅层次的欲望和心灵的萎缩，做生活的创造者、参与者而不是享受者，抹去对人生、世界、社会同质化的印象、认识和体验，真切地理解所生活的时代和这个时代的人，自觉地承担起文化的守望者、社会的批判者、人类的良心等角色。这样才能从热闹纷繁中形成自己的价值判断、写作个性，用作品向社会提供独特的社会风貌、人生意味和价值理想。

近日，欣桐请我为她的作品集《海坛日月长》题写书名并作序，我以为，有个性的欣桐在作品中已渐渐有了独特的气质，希望她能够坚持下去并进一步提高，真诚地投身现实生活，真正融入整个时代与社会，秉持对人生思考、哲学内涵和情感密度的深度探求，使心灵的开掘达到一个更深的层面，在叙述、描写、抒怀的过程中，做到以盐溶水、如汤沃雪，渗透、融汇进去更加深刻的、思辨的、感悟的意蕴，在作品中发出只属于自己的声音色彩。

是为序。

（收入《坛中日月长》，海峡书局2016年版，刊于《平潭时报》2016年1月28日）

浮世小悲欢　清明大世界
——《新月似当年》序

　　读骆锦恋的文字，总体感觉是细碎而简单。

　　这份细碎，既源于书写题材的广泛，也源于观察感受的细致。锦恋喜欢创作，她写诗、写散文，也写评论，最擅长的还是写古典诗词与散文，这一方面与她文学科班出身、具有较高文学素养有关，另一方面也是她的性情使然。她的创作，从来不向往振臂高呼的激越澎湃，也不追求锋芒毕露的尖锐深刻，诗歌也好，散文也罢，都是一些极其平凡的浮世小悲欢，从山川记行，到名胜观览，从读书阅报随想，到亲朋邻舍往来，甚至第一次领工资、过28岁生日等日常生活，都能吟咏成诗，下笔成文，可谓是随景赋情，随感造境，平淡却有乐趣，琐碎却有情调。

　　散文创作，行文自由、笔法自如、题材广泛，较适合日常情境的表达。锦恋的散文随性自在、真切生动。充满仪式感的传统祭祀、简单却有趣的童年小游戏、风情万千的五店市老街，以及祖母养的猫、老人的棺材架、父亲的杂货店等，平淡无奇，却别有一番风味。如她写师范学生时代，"上学第一天，全宿舍的人都在哭"的艰难适应，"个个都拼命在补习英语"的勤奋学习，编辑校刊通讯杂志的激情梦想等青春片断，演绎得生动活泼。这些林林总总都得益于她敏感细腻的观察力和舒缓有致的文字功底。锦恋是个擅长捕捉细节的人，她描写老式店铺："店门不是常见的卷帘防盗门，而是老式的那种用一块一块木板拼接起来的木门。一整排许多木板紧挨着，尽头靠墙的地方有一扇木门，门与木板之间用插销可以锁起来。这门看上去像电视里面老药铺的门，就好像哪个下雨的晚上，你去紧急敲门，一阵'咚咚'的声音之后，老板会先打开木门，探出头来。"画面形象，情景生动。在她眼里，河水会因为洗衣服的阿姨而"欢快起来"，祭祀的纸扎人，"好像的确就是我们一家，然后，会一刹那觉得在这次祭祀后，灶神真的会保佑我们。"这种细腻的观察和恰到好处的文字把控能力，与她常年学习创作诗词尤其是古典格律诗有较大关系。比起意象新颖跳跃、形式相对自由散漫、具有强烈隐喻性质和象征意味的新诗，古典诗歌音韵平顺、意象清晰而意境隽永等特征，在表现具象化的生活情境和丰沛的情感体验方面独具优势，可以有效地帮助作者更细致地观察生活点滴，更细腻地把握情绪变化，更恰当地营造情境氛围。锦恋深谙此道，她的散文平淡中充满了生活情趣，纯粹而富有意味。

  这份简单，源于情感流露的真诚，也源于感怀体验的坦然。曾有论者评锦恋的诗词创作是在"物我交感的情味和时空回环的旋律"中透出"一片素心，万般关切"，说的正是她情感的真切和关怀的真诚。如果说诗歌将生活的理解抽象成符号化，小说以虚构文本呈现人生内在规律，戏剧将生活矛盾聚焦于分明的情节演绎，那么，散文就是以相对灵活自由的叙述构造"真实"的生命体验，正如钟怡雯在《天下散文选Ⅱ》的序言中所说："我们说的真实，是指当下叙述的真实，从创作者的角度来看，散文是真实的，但它不是现实，所以不是现实的反映。只是从创作者的角度来看，散文是真实的这个认知，其实反而更方便创作者虚构。"散文的"真实"，来自于情感的真实，来自于生命的真切，这也是锦恋散文创作的特征：真实而不造作，真诚而不虚伪。她坦承面对陌生世界的惶惑不安："在对外面世界的向往中，我收到师范学校的录取通知书。那时候，我竟发现自己是害怕出去的，我害怕那个没有海、没有亲戚、没有母亲的'三公里'的地方。"她直言生活跌宕里的疲惫无奈："我缩在角落里，头靠着墙壁，觉得自己像走丢的小孩，没有人会懂的……"在锦恋的文字中，描写较多的是忙碌的庸俗和简单的欢愁，是琐碎的嘈杂和无来由的情绪，正如她自己所说："我常常觉得像我这样平凡的人，才是社会的大多数。"没有离奇曲折的剧情，没有引吭高歌的旋律，这难道不正是生活的常态吗？所以，锦恋从不回避生活的一地鸡毛，从不忌惮情感的庸人自扰，在她眼中，凡人也有凡人的快活，平淡也有平淡的情趣，"一沙一世界"都有存在的价值，都有独特的意义，每一处风景都值得欣赏，每一段旅程都值得纪念，所谓浮世悲欢看遍，沧桑岁月涤尽，皆有冷暖在心。散文的真实在此，散文的感动也在于此。

当然，如果一味沉湎在琐碎中不能自拔，这样的文字，充其量只能算作心情日记，是无法与人分享，为读者提供精神支持的，正如鲁迅批评一些文艺创作者只顾"咀嚼一己小小的悲欢，并视之为大世界"。只有从自己的个体经历出发，提炼出具有普遍价值的生命体验，进而思考追寻更深刻的存在意义的文学作品，才具有感动人心、触动灵魂的力量。锦恋的文学创作虽然生发于浮世悲欢，描写小儿小女的欢喜愁怨，直白而坦诚地记录生活的点点滴滴，率真而爽快地展现自己的纷乱情绪，但不是为了顾影自怜，而是为了叩问和探寻生命的意义。她从殡葬的棺材架理解了生存的艰辛与死亡的解脱；从家乡祭祀风俗体悟到民生的精神祈盼和仪式化的文化传承；从孩子的童真游戏感受到简单纯粹的情怀……在看似琐碎的日常生活中，有着丰富的人世百态；在状似平庸的情绪里，有着深沉的人文情怀。锦恋试图用文字表达一种理解：俯仰天地不一定要壮丽辽阔，也可以择枝拈花。当虚实交错的掠影冲决出表面的呈现和肤浅的感喟，向着更深入、更深刻的思考和醒觉持续探进时，文字就更能给予人坚实的力量，这是来自岁月守望的沉静,也是来自生命体悟的清明。

　　文学是社会生活的反映,是灵魂世界的记录,也是精神内宇的象征。因此,无论何种形式的文学创作,首先是一种"个人化"的存在,具有鲜明而强烈的个性色彩,有屈原"亦余心之所善兮,虽九死其犹未悔"的愁怨,有陆游"王师北定中原日,家祭无忘告乃翁"的悲壮,也有陶渊明"户庭无尘杂,虚室有余闲"的适意。可以说,一部文学作品,就是一次个体直面人生的生命之旅,是以独特的情感记忆和个人体验重塑世界的一种方式。优秀的文学作品,不应该仅仅局限于个人生活记录和个人情绪体验,停留在对现实生活"真实"层面的客观呈现,更需要以独立的理性思辨对这种"真实"注入有力度的审美评判和艺术表现,在展现缤纷的人情物象时,透露多元的人文景观,在表达丰富的情绪感受时,透视错综的浮世微尘。锦恋的文学创作一直向着这个方向努力,也取得一定的成果,但还存在一定程度的局限,要出入自由而放眼天下,要收放自如而敞亮旷达,还有很长的路要走,这是一个艰辛的过程。所幸她对文学有着真诚的热爱和执着的坚持,希望她能继续保持初心,不懈求索,用心灵的眼睛观察生活的表象,用灵魂的温度感受生命的本真,在更加成熟、圆融的表达中,达到涤荡生命、洗去浮华、拥抱大世界的境界。

　　是为序。

　　(收入《新月似当年》,海峡文艺出版社 2017 年版,刊于《海丝商报》2020 年 9 月 21 日)

汲古得修绠　开怀畅远襟

——陈为新寿山石雕刻印象

现代信息技术的高速发展，标志着我们进入了一个日新月异的时代，其显著的特征就是求新求变，仿佛一夜之间"千树万树梨花开"，所有领域都在趋之若鹜争先恐后地追求"新变"，信息智能的瞬息万变自必不说，就连追求"永恒美感"的艺术创造，也纷纷高举"时代创新"的大旗，打破固定的法则，突破旧有的规范，改革传统的形式，创造全新的表现……在一番快意恩仇酣畅淋漓中，我们既欣赏到天马行空的恣意潇洒，也遭遇到无厘头的冲突凌乱；既赞叹于耳目一新的创意发挥，也瞠目于博人眼球的哗众取宠。一味求新求变造成的对传统美学大规模的背离和颠覆，难免出现走偏的迹象。当代艺术发展，究竟应该如何正确审视和对待传统艺术与美学经典，成为当前迫切需要人们深思熟虑的一个重要问题。

在这方面，陈为新是冷静而清醒的。颇有意味的是，一个名"为新"的人，却并不盲目热衷于"标新立异"，而是潜心于"尚古慕古"。他的寿山石雕刻以传统印纽为主，技法融合纽雕、浮雕、透雕、薄意等诸类，题材广涉龙凤、龟禽、鸟兽等多样，形态生动又惟妙惟肖，趣味盎然且内涵丰富，意境典雅而气度从容，具有独特鲜明的艺术风格。业界有人论其创作"宁根固底，取法乎上，深造自得"，评其风格"远绍古代玉器纹饰、秦汉印纽法乳；近挹现当代名家妙绪，旁涉美术、篆刻，博采众长，遗貌取神"，可谓精当。显然，陈为新之"新"，正是"汲古为新"之"新"，是观览古物沧桑斑驳而得新意，更是深研技法更迭变迁而出新招，是以当代审美理念和眼光，对古典工艺美学的深刻理解、全新阐释和光大发扬。

既为"汲古"，当然需要先"审古""研古"。业界都知道陈为新"喜古""好古"，甚至达到了痴迷的地步，正如他的一位朋友所说："和为新去博物馆，他就是带路的。他会带你直接走进某一个展厅，然后告诉你哪几个柜子里摆的东西最好。他对博物馆里的藏品不是走马观花式地看看，而是如数家珍。"陈为新是个"沉得下来"的人，他曾连续数年埋首于古器物研究，用大量的时间和精力收藏古物古件，工作室里随处可见精心淘选的老旧物件，如晚明的瓷器、唐朝的石刻，乃至魏晋的铜印……件件沉淀着岁月的痕迹，处处流转着年代的风华，都是他多年来辗转奔波世界各地的辛劳收获；他也曾与三两好友结伴自驾，遍寻全国各地古建筑古遗址，到各大博物馆学习研究名字名画名器等，在古典器物的形态各异中，体会奇思妙想的气韵生动，在典藏艺术的意象万千中，领悟纵横捭阖的收放自如。

"磨刀不误砍柴工"，陈为新对古物的执迷，正是源于他对传统文化的理解和尊重，对他而言，对优秀传统文化的欣赏，不仅是视觉的美感体验，更是跨越时空的美学交流与人文对话，是开启和敞亮身心神智的积极能源。

作为一个以寿山石雕刻为业的艺术家，陈为新和绝大多数人一样，有着源于天然本性的对雕刻艺术的热忱挚爱，而他更有着与其他人不同的长期丰富的"读石"经验，也许这就是触发他追求"复古"艺术的重要原因。陈为新坦言，自己是摸索着走上寿山石雕这条艺术之路的："我1973年出生于罗源县，小时候放牛、放羊，那时喜欢形状怪异的树根、石头。青年时期开始外出打工，搬运石头做苦力。19岁开始学习寿山石雕刻。"早年为谋生计，帮助开石料厂的亲戚搬运整理石头，整天和各种石料打交道，积累了关于石材辨识和鉴定的深厚基础。20世纪90年代初，他整车整车购买石头练习雕刻，在经历了无数次失败再尝试、停滞再提升的反复实践探索之后，现在的他是一个名副其实的"读石人"。多数情况下，一块石头拿到手里，他只要打眼上下、摩挲几遍，什么材质、什么纹理、如何构型、如何取意，就在心中有了大致的方向。

"器"与"物"之间的关系，正是艺术本体和艺术创造之间的关系，强调艺术必须回归和重视形式本体的当代西方形式主义艺术理论代表克莱夫·贝尔（英国）提醒人们，形式是第一性的东西，语言、声音、色彩等这些基本元素的确立，带出了所谓的"意味"，只有在充分尊重形式本体的基础上，讨论艺术究竟是对外部世界的模仿还是对内部世界的表现，才具有真正的意义。从这个意义上说，形式即意味，形式建立起自己的内容而直接成为本体。正如一个作家，必须首先对语言文字充分熟悉，才能够进行拆解、重组等一系列自由发挥和灵感创造。雕刻艺术也是如此，只有充分了解雕刻的器物，包括材质、性能、结构、状态等，才能更好地顺势造型、拟态生意。对此，陈为新有着自觉而深刻的认知，他认为，"读石"是为了更好地"造石"，只有认识和理解手上的石头，才能真正运用、发挥和创造。

这是一份对艺术严谨而认真的态度。因为这份态度，陈为新有意放慢脚步，思考探索寿山石雕刻的艺术内涵和艺术价值。寿山石雕刻作为一门悠久的传统艺术，拥有千年的发展历史，经过世代手工艺人和艺术家的不断努力，技艺日趋完善，内涵愈加丰富，形成了不同的技艺类别、审美风格和艺术流派。年代久远、斑驳沧桑的寿山石雕，不仅氤氲着凡世疏远的安宁和尘嚣隔绝的清净，更沉淀着千百年来中国优秀传统文化的精粹，是华夏民族对于天地万象和寰宇人伦观察体验、理解思考的智慧表达。酌水须知源，荣枝须正本，只有返归历史，面向传统，才能真正参透寿山石雕刻的无穷奥义，才能真正发扬传承传统而立足当代的寿山石雕刻艺术，这就是陈为新"复古"的本心，也是他端正严肃而执着不懈的艺术追求。

所以，陈为新坚持立身当下而抱朴守拙，思接千古而行稳致远。他潜心钻研明清古代印纽源流，以大量扎实细致的整理、爬梳和编撰工作，致力于复兴古典雕刻工艺技法，经过长期深入的揣摩钻研和反复的临摹实践，不仅熟练掌握"形"的丰富变化，更深刻领悟"意"的流转回荡，从而摆脱了技法的单调桎梏，实现了寿山石雕刻由内及外的气韵生动。其代表作品《胡人驭兽》，以寿山灰白坑头石为素材，选择传统人兽题材。人形蛾眉临髯，粗壮有力，沉稳而质朴；兽态双眼圆睁，脊骨耸节，矫健而雄拔，以口咬链之态，与紧临的胡人构成动感丰富而气势蓬勃的整体，恰与坑头石厚重饱满的材质结构产生视觉美感的碰撞融合，最终形成了虚实相生、刚柔并济的艺术效果。而他的其他作品也多为传统题材，瑞兽纽、神物章，体态矫健者有之，内敛俯卧者有之，动静结合者有之，皆能构局精妙而赋义深邃，形象生动而韵味无穷，具有强烈的艺术张力和艺术感染力。十多年来，为新先后有20多件作品荣获国家级和省级艺术展金奖，屡屡得到专家肯定和业界好评。

艺术的魅力就在于，不仅能推动技艺的钻研和风格的塑造，更可以启发人格的独立和精神的自由。寿山石雕刻让陈为新意识到，传统对于当代追新逐变的艺术潮流乃至现代浮躁激进的文化思潮的深刻影响和重大作用，因此，他希望借由寿山石雕刻做更多有益于当下艺术发展的实事。画家、评论家漆澜的帮助支持，无疑为这份事业增加了强劲的动力。这位与陈为新同龄的美学博士，具有扎实的理论功底和高水平的审美修养，对印纽雕刻艺术有着独到深刻的研究，他与陈为新一见如故，是陈为新的良师益友。两人凭着对优秀传统文化的热爱尊重,以及对艺术创造的执着追求,在寿山石雕刻之路上携手并肩,使陈为新走出工作室格子间,面向广阔的社会和未来。陈为新告诉我:"我想让寿山石雕刻界更多的年轻人去学习、认识古代传统雕刻技法、古老的雕刻艺术,去研究探索里面的历史人文内涵和气息。"为此,陈为新和漆澜合作,耗时十载,合力对可见的明清古典印纽资料进行搜集、整理,并进行系统研究,他们相信:通过回顾梳理中国印纽雕刻艺术的发展历程,展示中国古代社会审美风尚、美学观念和文化思潮流变,可以为当代寿山石雕刻者乃至所有石雕艺术家和研究者提供参考和借鉴。倘若有朝一日,他们的学术成果能够向大众开放展示,想必亦会成为一桩为寿山石雕刻艺术增添光彩的美事。

  陈为新认为,梳理几百年来传统雕刻的脉系,了解古人雕刻的精髓、雕刻的状态,并把这些养分作为创作的扎实基础,才有能力自我更新,没有传统的根基,其创作都是肤浅的,创新就是一句空话。他是这么想的,也是这么实践的。多年来,他广征博取而开阔眼界,接思怀古而畅达胸襟,对博大精深的传统雕刻艺术的潜心学习和积极借鉴,显示出一个真正立足当代、面向未来的"创新者"风度。这份创新,并不一味求新求变或强调个性另类,恰恰相反,重视的是正本溯源而开阔从容,兼容并蓄而融会贯通。汲古是为修绠,开怀更畅远襟,他以审慎清醒而端正严谨的艺术态度,上追汉唐古风,下承明清流韵,在斑驳的青痕中寻觅芳华,在沧桑朴拙间品哑精粹,讲究"古"得有声有色,"古"得情趣盎然,"古"得气韵流转。在当前一片高声呼号颠覆改革、追新逐变的艺术市场商业化潮流中,这种巧思妙构、神气兼备、意涵深邃的艺术创造,何尝不是当代艺术最需要的"创新"精神,不是一种值得尊重和学习的艺术态度?

(刊于《文化生活报》2020年3月20日)

"石帆"丛书总序

茫茫东海之滨，巍巍君山之麓。

这片古老的麒麟岛礁，正风云际会波澜壮阔。

这片神奇的创业热土，正革故鼎新百舸争流。

北宋大儒张载说："为天地立心，为生民立命，为往圣继绝学，为万世开太平。"数百年来，无数仁人志士以此为己任，宵衣旰食、筚路蓝缕。

起自高远，指向海洋。作为海峡西岸的国际战略支点，平潭承载着厚重的希望。光阴的故事里，我们不是匆匆过客，盛世的建设中，每个人都是参与者。而"石帆"丛书面世的责任，就是成为浇铸支点的文化支撑，努力与大地、与时代、与生活、与自由生命、与人民对接共生。

这片文化璀璨的沃土，秉承古魏风韵，追随海坛潮涌，薪火正旺、文脉流芳。历史和现实是"石帆"汲取的泉源，足以立一片郁郁葱葱的风景，建一座文采风流的殿堂。

嘤其鸣矣，求其友声。"石帆"丛书将立足平潭、放眼四海，不唯名家、但求名篇，不拘篇幅、唯求美文，不唯形式、文道并重，不分畛域、没有圭臬，不拘一格、雅俗共赏。在未来的岁月中，一切因你而生动，一切因你而精彩！

旦复旦兮，日书其华。历史需要书写，沙尘沉积成岩，才成为厚重的地质纪年；文化需要探寻，江流蚀刻河道，不复是倏忽而过的漫漶。"石帆"将逆物欲横流而上，以坚守的姿态迎接来自灵魂的声音，高扬文学的精神和风骨，给文学一个真正的家园、一份高洁的礼遇，让文学的光芒在这里闪耀、在时空激荡。

衣沾不足惜，但使愿无违。时间仿佛河流，贴着大地行走。在继续行进的时间之旅中，我们的脚步将踩着同样的足点，我们的目光将望着同样的方向。

泮泮石帆，擎天巨柱矗立于海天之间，风已吹起，帆已涨满，且让我们带着初心，汗洒足迹，黾勉耕耘，相聚"石帆"，昂然前行！

（收入《石帆1》，海峡文艺出版社2017年版）

"海坛文丛"总序

历史文化是一个地区、一座城市的文脉和灵魂，也是一个群体文化自信的根基和底气。我们为平潭拥有源远流长又独具特色的历史文化感到自豪和骄傲。

平潭，古称海坛，别名"东岚"，简称"岚"。地处闽东沿海，港澳纵横，地平如坛，沙明水净，为全省第一大岛，中国第五大岛，是大陆与台湾本岛距离最近的海岛城市。

眺望古今，平潭承天地之恩泽、得海洋之浸润，承沧桑之古朴、纳日月之精华，置身苍茫海疆之畔，诉说着地灵人杰、人文荟萃的往昔与今朝。山水的对抗与冲撞、人文的渗透与融合、习俗的同化与变化的蔚然大观，最终形成了平潭多元一体、多样共存的文化生态，显示出平潭文化厚重、博大的独特魅力。

这里，有说不完、写不尽的史迹风情。新石器时代的壳丘头文化遗址，讲述着平潭延续7000多年的人类文明史诗。祖先农耕渔织，与中原文化相融共生，唇齿依存，形成了独具特色的海洋文化、饮食文化、婚丧嫁娶文化等文化基因，薪火相传。

这里，有得天独厚的地理区位，曾在东南海防举足轻重。六提督、十总兵的事迹，闻名遐迩；戚继光、郑成功抗倭保国、浴血海坛的故事，盛传不衰，激荡胸怀。

今天，平潭已擎起国家重大战略举措的发展旗帜，迎着海风，烈烈飘扬。海峡西岸经济区战略、自贸区战略、"一带一路"行动纲领、对台工作前沿阵地等，成就了当代平潭奇迹般的成长与发展。正是这份青睐，构成了平潭大开大合、大疏大密的生命场景，锤炼出平潭人敢拼敢闯、热情豁达、开拓开放、不甘人后的精神品格，平潭文化也因此呈现出不可复制的个性和特质。冯骥才曾说："一个民族不管有多么博大精深的文化，关键是你现在手里还剩下多少，你对自己的文化知道多少，还有你心怀多少文化的自尊与自豪。"言犹在耳，时不我待。否则，祖先遗留的文化精髓将难以厘清，文化遗产将面临窘境……如何保存好、传承好、弘扬好平潭的历史文化，已成为迫在眉睫的重大课题。

基于这一共识，近年来，大批平潭在外的文化界、知识界有识之士对平潭历史文化给予了高度关注和深情注视，进行全面深入的挖掘和研究，体现了文化自觉和责任担当。从2015年开始，"海坛文丛"编写工作正式启动，北京平潭联谊会、平潭一中等负责此项工作，王强先生任主编。以平潭区域和平潭人为中心，通过汇编、点校、影印等方式，整理出一套较为规范、统一、权威的文献资料，积极探索平潭历史文化的衍生、演变和发展。目前列入文丛的有15部专著：《平潭县志》（8册）、《山水吟稿》、《平潭谚语选》、《戚继光集》、《海不扬波——平潭舆图辑》、《〈申报〉平潭资料汇编》（12册）、《民国平潭期刊史料汇编》、《平潭古籍史料汇编》、《海山词笺》、《清代岚台关系档案》、《高名凯先生译文集》（12册）、《智慧之花——平潭俗语》、《第三只眼——陈星摄影作品集》、《自有天真无限乐——陈菊生先生拍摄影集》及《东岚毓秀——平潭一中影像集》等。显然，"海坛文丛"是对平潭历史和地方特色文化的一次全景式扫描和全面的梳理、总结，是一套总结历史、盘点遗产、延续文脉、服务现实的地方性文化丛书，能够全方位、多角度、多层面地揭示平潭文化的丰富内涵，在一定程度上就是一个地域的文化史和百科全书。它的出版，展现了世代平潭人最深层的精神追求、最根本的精神基因和最为独特的精神标识，是一部平潭人的精神回家之旅，对于检视平潭文化实力、彰显平潭文化魅力、提升平潭文化影响力具有十分重要的意义，是一项重大的平潭文化工程建设项目。

文章千古事，家国万年情。透过这套丛书，我们真切地感受到编者对平潭文化的热爱，对历史、对后人高度负责的态度和严谨求是的学术精神。正是得益于他们的辛勤奉献，平潭人共有的历史认知和文化体验转化成了生动的书写符号，才有了今天呈现在我们面前的这一部部沉甸甸的专著。

历史的记忆总是闪烁着微茫的灯火，文明的脚步一直在探索中风雨兼程。历史进程改变的是手段和方法，不变的是人类社会对光明大道、对至善目标的追寻。纵观历史长河，时代车轮滚滚向前，始终有一个坚定稳固的内核，散发出永恒的光芒：温故知新，继往开来；以史为鉴，古为今用；前贤后昆，一脉相传。历史与现实，是一条永远割不断的长河。平潭从过去走来，向着明天走去，昨天与今天，看似短暂，但其间的筚路蓝缕、上下求索，又是何等漫长与艰辛。前人的经验与教训，正是后人前行的宝贵财富。以史为鉴、面向未来是一个永恒的话题，它在不同时代有着不同的内涵和解读，但是它所包含的精神境界和精神气质会历久弥新，像璀璨的星光一样熠熠生辉。

先贤前辈们创造了平潭文化，充盈了平潭史实，凝聚了平潭精神，我们有理由相信，当代平潭人一定能找准历史的方位和坐标，让文化深深地扎根在人们的生活中，深刻反映生活、揭示生活、美化生活、激励生活，更加自觉地承担起引领社会进步的责任，更加自觉地承担起弘扬优秀传统文化的责任，更加自觉地承担起满足人民精神文化需求、保障人民基本文化权益的责任,以更深层次、更高境界的追求推动文化的发展繁荣,创造出平潭新的历史、新的文明、新的辉煌。

是为序。

(收入"海坛文丛",凤凰出版社2017年版、吉林出版社2017年版、四川大学出版社2017年版、台湾亨利出版社2016年版、香港采薇阁出版社2017年版等)

附录

陆永建作品出版年表

1997—著：《浦城公安志》（合著），厦门大学出版社。

2001—著：《县（市）科级领导职务职位说明大全》（上下卷），福建电子音像出版社。

2008—著：《柳永》（合著），海风出版社。

　　　编：《武夷山书法大观》（合编），海风出版社。

2009—编：《武夷山青竹碑林》（1—3卷），海潮摄影艺术出版社。

2010—著：《一天中午的回忆》，海风出版社。

2011—著：《飞翔的痕迹》，海峡文艺出版社。

2013—编：《武夷山青竹碑林》（增补本），海潮摄影艺术出版社。

2014—著：《思想与性情》，作家出版社。

2016—编：《热点平潭》，福建人民出版社。

　　　　　《解读海山》，福建人民出版社。

　　　　　《发现海坛》，福建人民出版社。

　　　　　《观察岚岛》，福建人民出版社。

2017—编：《平潭实验》，中央党校出版社。

　　　　　《牢记嘱托　砥砺奋进》，中央党校出版社。

　　　　　《石帆》（1-4辑），海峡文艺出版社。

　　　　　《武夷山青竹碑林》，福建美术出版社。

2018—编：《平潭随笔》，福建人民出版社。

《平潭讲堂》，福建人民出版社。

《平潭实践》，福建人民出版社。

《平潭品读》，福建人民出版社。

《平潭探索》，福建人民出版社。

《时间的声音》，海峡文艺出版社。

《石帆》（5-8辑），海峡文艺出版社。

《大美平潭》，福建美术出版社。

《文脉流芳》（合编），福建美术出版社。

2019—著：《审美的印记》，海峡文艺出版社。

《千年一遇》（合著），海峡文艺出版社。

《雄姿卓态八闽风——闽籍古代书法大家艺术风格和时代意义研究》，福建美术出版社。

编：《石帆》（9-12辑），海峡文艺出版社。

2020—编：《石帆》（13-16辑），海峡文艺出版社。

2021—著：《陆永建自选集》，海峡文艺出版社。

《山那边有条河》，海峡文艺出版社。